ディスカヴァー文庫

禁じられた遊び

清水カルマ

Discover

プロローグ

何かいる……。

テーブルの上にバッグを置くと、倉沢比呂子《くらさわひろこ》はゆっくりと部屋の中を見まわした。六畳の洋間と四畳半のダイニングキッチン。間仕切りは取り払ってあるので、部屋の隅々まで見渡すことができる。

白とピンクを基調とした部屋。小さな陶器の人形がいっぱい飾られていて、二十四歳になるOLにしては少し少女趣味に過ぎる、およそ怪奇なこととは無縁そうな部屋の中に、ひんやりとした妖気が漂っている。

テーブルの上に置いた鍵がすーっと滑り、床に落ちて尖った音を響かせた。窓を閉めてあるのにカーテンがひらりとなびく。換気扇がいきなり回り始め、またすぐに止まった。

「お願い、もうやめて。そんなことをしてどうなるっていうの？　私はあなたに恨まれるような悪いことなんて、何もしてないわ」

まるで目の前に誰かが立っているかのように、比呂子は涙を浮かべながら訴えかけた。次々に起こる不気味な出来事に比呂子の精神はもう限界だった。

比呂子の懇願を聞き入れてくれたのか、不意に部屋の中の妖気が薄れたように感じられた。ほっとすると同時に猛烈に喉が渇いていることに気がついた。水を飲もうと流し台のところに置かれたグラスに手を伸ばした。指が触れた瞬間、グラスは風船を針で突いたみたいに粉々になって飛び散った。

足がすくんで動けない。ガラスで切れたのだろう、指先に血の珠が赤く滲《にじ》み出てくる。ふらりとよろめいて、比呂子はキッチンの椅子に座り込んだ。リモコンに触れてないのにテレビのスイッチが入り、画面が明るくなった。

でも、画面には何も映し出されない。ただ、細かい粒子が渦巻くように動きまわる。そこにぼんやりと女の顔が浮かび上がる。うつむき加減で口元が微かに動いている。雑音がすごくて何を言っているのかは聞き取れない。

不意に緑色の音量メモリが急激に上がり、部屋の中を轟音が埋め尽くすが、すぐにまた電源が切れて、画面が黒一色に戻る。

しんと静まり返った部屋の中、比呂子は身動きひとつできずにじっとしていた。金縛りにあったかのように身体の自由がきかない。

静寂の中で電話が鳴り、比呂子はびくっと身体を震わせた。ゆっくりと視線をめぐらせて部屋の隅に目を向けた。白い電話機から電子音が鳴り響いている。連夜の無言電話に耐えかねて電話線を引き抜いてあったので、電話がかかってくるはずがなかった。それでも現実に、大きな音が部屋の中に響き続けていた。

「いやよ、もう許して」

椅子から崩れ落ちるようにして、耳を塞いでしゃがみ込んだ。それでも手のひらを通してくぐもった音が耳の中に押し入ってくる。いつまでも鳴りやみそうにない。比呂子は涙に濡れた顔を電話機に向けた。

言ってやろう。私にはやましいことは何もない。あなたの夫と不倫なんかしてない、と。

勇気を出して受話器を手に取った。部屋の中に静寂が訪れた。手が震える。そっと受話器を耳に押し当てた。風の音が聞こえる。どこか暗い谷底を風が吹き抜けているみたいな、不吉な寂しい響き……。

「……あなたが誰だか、わかってるのよ」

震える声で比呂子は言った。ぴたりと風の音がやんだ。自分の心臓の音ばかりが部屋の中に響く。次の瞬間、手に持った受話器が急激に熱を持ち始めた。

「いや！」

慌てて放り出した受話器は白く煙を上げている。カーペットが焦げ、強烈な刺激臭が漂う。火事になってしまいそうだ。慌てて拾い上げようとして手を伸ばすと、指先が触れる直前で受話器はさっきのグラスと同じように乾いた音を立てて破裂した。

比呂子が弾き飛ばされるように部屋の隅まで飛び退《の》いた瞬間、玄関の呼び鈴が軽やかに鳴った。ビクンと身体を震わせて、比呂子は背後に耳を澄ました。鍵はしっかり閉めたはずだ。それなのにノブがまわされる音に続いてドアが引き開けられる、蝶《ちょう》番《つがい》が微かに軋《きし》む音がした。動物のもののような荒い吐息が背中に聞こえる。振り返る勇気はない。足音がゆっくりと近づいてくる。

「ああ、許して」

比呂子は身体を小さく丸め、目を閉じて耳を塞ぎ、ただ許しを乞うだけだ。

「わかったわ。もう会社も辞める。あなたの大切な人とは二度と会わない。だから……、だからもうこんなことはやめて」

呪文を唱えるように比呂子はつぶやき続けた。

1

知人の家で生まれた柴犬の子犬をもらうことになっていた。一戸建ての家で犬を飼うのが伊原直人《いはらなおと》の子供の頃からの夢だったのだ。

さっきから直人は庭の隅に乱雑に積み上げられた木切れを使い、降り注ぐ太陽の光の下で犬のための小屋を作っていた。鋸《のこぎり》を挽《ひ》くたびに、おがくずが足下に降り積もっていく。

デザイン用品会社の営業マンとして働いていた直人だったが、芸術的センスは皆無だった。会社がデザイン用品を扱っていても、直人はそれを売るだけなのだ。昔から学校での美術や技術の時間は、勉強の息抜きのように考えていた。そんな自分が、こんなことをするようになるとは想像したこともなかった。

まだ五月だというのに日差しは強く、まるで夏のようだ。直人は鋸を挽く手を止めて、額に浮き出た汗を腕で拭った。すぐ横では、五歳になる息子の春翔《はると》が庭を駆けまわっている。ずっとマンション住まいだったため、こうやって庭で遊べることがうれしくて仕方ないのだ。

「おい、春翔。服を汚したら、またママに叱られるぞ」

「だってぇ。どろんこ遊び、おもしろいんだもん」

引っ越してきたばかりで近所にはまだ友達がいないから、子犬はこの子のいい遊び相手になってくれることだろう。ゆったりと過ぎていく昼下がりの時間に微笑《ほほえ》ましい気持ちになりながら、直人は我が家を見上げた。

一階に二十畳のリビングとキッチン、それに六畳の和室と洋室が一部屋ずつ。二階には六畳間が三部屋。そこそこ広い庭もある。親子三人で暮らすには充分過ぎるほどだ。

今まではずっと都心の賃貸マンションで暮らしていたのだが、家賃が高く、おまけに狭い。息子も大きくなってきたことだしと思って、一大決心をしてローンで購入した。だが、直人に買える家は限られている。いろんな条件を消去法にしていくと、都心から電車で一時間半という場所になってしまった。

山を切り崩して宅地を造成しているらしく、家のまわりは剝き出しの地面や、痛々しく削られた山肌に囲まれている。そうやって切り開かれた住宅地の一番奥に直人の新居はあった。

両隣はまだ空き地だ。いや、両隣どころか、直人の家以外、辺り一帯はまだようやく更地にされたところだった。そのまわりもちらほらと家が建っているだけで、建築中の家も多かった。その分自然も多く、育ち盛りの息子には、都会の汚れた空気の中よりもここのほうがずっといいことだろう。

筋肉の強《こわ》ばりをほぐそうと腕をまわし、直人は再び犬小屋作りに取りかかった。材料は家を建てた時の残りの材木を、あらかじめ大工に頼んで庭の隅に積み上げておいてもらったものだ。

全身に汗を浮き上がらせながら金槌で釘を打ちつける直人の横を、紋白蝶《もんしろちょう》がひらひらと風に飛ばされるように舞っている。

「あら、上手ね」

背後からのぞき込みながら妻の美雪《みゆき》が言った。黒く艶やかな長い髪が風になびいている。肌は相変わらず蠟《ろう》細工のように白いが、ほんのりと紅をさしたみたいに顔色はいい。ここに引っ越してきてからは体調が良さそうだ。

「当たり前だろ。今までは場所がなかったからやらなかっただけなんだよ」

誉められて子供のように誇らしい気持ちになった。以前だったらこんな会話は考えられなかった。ふたりの関係はもっとぎすぎすしていた。この引っ越しは成功だったようだ。

八年前に結婚して以来、ほとんど家庭を顧みることはなかった。仕事が忙しいからと自宅に帰らないことも多かった直人を、美雪は愚痴ひとつ言わずに支えてくれていた。三十代になり、営業部の主任を任されるようになったために仕事が忙しかったのは本当だが、家に帰らなくなったのにはもっと違う理由があった。

控えめでおしとやかな美雪に惚れて結婚したのだが、感情をほとんど表に出さない大人しい彼女に、直人は次第に苛立《いらだ》ちを感じるようになっていたのだ。その頃の家の中は陰鬱《いんうつ》な空気に満ちていた。直人を惹《ひ》きつけた美雪の美しい顔も、どこか作り物めいた人形のもののように見えてきた。

直人の心が自分の部下として働いていた倉沢比呂子に惹かれていったのは自然な流れだった。美雪とは正反対で、明るく活力に満ちた比呂子。だが、まさかそのことが彼女にあんな災いをもたらすことになるとは思いもしなかった。

比呂子には悪いことをした。今でも申し訳ない思いが薄れることはなかったが、直人にできることはもう彼女に近づかないこと、それだけしかない。

それに、あの出来事でいろんな人が傷ついたが、一番傷ついたのは美雪のはずだ。そして、傷つけたのは直人なのだ。この家はそんな美雪への贖罪《しょくざい》の贈り物のつもりだった。

美雪にはコンクリートの箱であるマンション暮らしよりも、たとえ不便でもこういう自然に囲まれた環境のほうがずっといいはずだ。

「ママ！」

直人たちの仲の良さに嫉妬したかのように、春翔が美雪の尻にしがみついた。

「駄目よ、春翔ちゃん。汚れた手でママに触らないで」

美雪が可愛らしい悲鳴を上げながら庭を逃げまわり、その後ろを春翔があぶなっかしい足取りで追いかけまわす。土をいじって遊んでいたせいで両手が泥まみれだ。

「ねえ、あなた。笑ってないで助けてよ」

美雪が助けを求めるような視線を直人に向けてくる。仕方ない。

「春翔。ママをいじめちゃ駄目じゃないか」

「でもぉ」

円《つぶ》らな瞳を向けて不満そうに唇を尖らせ、頬をふくらませてもじもじと身体をくねらせている。こんなに無垢な存在が、こうやって自分の意思を持って動きまわっているなんて奇跡のようだ。

抱きしめてやりたい気持ちを抑え込んで、なるべく父親の威厳を感じさせるようないっぱしの声を出した。

「春翔は男の子だろ？　ママは女の人なんだから、春翔が守ってあげなくちゃいけないんだぞ。わかるだろ」

「うん。ごめんね、ママ」

春翔は素直にうなずいた。「男の子だろ」という言葉が最近はお気に入りなのだ。こんなに小さいのに、男らしさに憧れを抱くものなのか。大抵のことなら「男の子だろ」と言えば聞いてくれるようになっていた。

その言葉の威力で、この家に引っ越してきてからの春翔は、夜は自分の部屋でひとりで眠ってくれるようになり、おかげで直人と美雪は久しぶりに夫婦の時間を持てるようになっていた。

「あら、いい子ね。じゃあ、お手々を洗いましょうね」

美雪がちらりと直人を見て微笑みを浮かべ、春翔を庭の隅に連れていった。そこには水道の蛇口がある。そのうちガーデニングを始めたいという美雪の希望を聞いて、わざわざ水撒き用に作ってもらったものだ。

今はまだまわりは空き地だらけだが、あと一年もすれば裏にも家が建ち、近所の子供たちの住宅地のようになることだろう。庭越しに隣人と挨拶を交わしたり、近所の子供たちが連れだって家の前の道で遊んだりするのだ。それは今の直人にとって、想像できうる限りの最も幸せな未来だった。

優しく美しい妻と、可愛い子供と、日曜日の昼下がりに一緒に楽しいひとときを過ごすことができる幸せ。会社からは遠くなったが、家を買ってよかった。直人は心の底からそう思っていた。

犬小屋は意外とすぐに完成した。木工作業は高校の技術の授業以来だったが、それにしては我ながらよくできたと思う。あとは鎖をつなぐための杭を立てれば完成だ。

大工に頼んで作っておいてもらった木の杭が、庭の隅に無造作に置かれている。それを地面に立て、体重をかけて押し込んだ。手を離しても辛《かろ》うじて立っている。その杭の頭に、これもまたホームセンターで買っておいた大きなハンマーを叩きつけた。

地面を掘り返したばかりだからか、一叩きで簡単に数十センチほどが突き刺さった。

子犬をつないでおくだけなのだから、これで充分だ。あんまり深く突き刺してしまうと、あとで場所を移動させようとした時に抜けなくて困るかもしれない。だけど最後にもう一叩きだけ。

直人がハンマーを思いっきり振り下ろし、硬い音が裏の雑木林に響きわたったその時、美雪の悲鳴が聞こえた。春翔を相手にじゃれていたさっきの悲鳴とは全然違う。

直人は慌てて声のしたほうに駆け出していた。

「美雪！」

「あ、あなた……」

家の陰から飛び出してきた美雪が、直人に抱きついた。

「どうした？　何があったんだ？」

直人の問いかけに、美雪は顔を背けたまま、おそるおそるといった様子で背後に手を伸ばしてぽつりと言った。

「トカゲよ」

「……トカゲ？　おいおい、びっくりさせるなよ」

拍子抜けして、直人は苦笑いを浮かべた。

「だってぇ、爬虫類《はちゅうるい》って苦手なんだもの」

ばつが悪そうに言うと、美雪は直人の腕から擦り抜けて背中を向けた。

可愛いところがあるじゃないか。トカゲぐらいでこんなに驚いて。新しい生活が始まったばかりだからだろうか、まるで新婚の頃に戻ったように美雪が愛しく感じられた。

そんな直人たちの前に、春翔が駆け出してきた。

「パパ……」

きょとんとした表情で直人を見上げ、春翔が手を差し出した。小さな手が硬く握り締められている。トカゲを捕まえたのかと思ったが、この小さな拳《こぶし》の中にトカゲを一匹握り締めることはできないだろう。それに春翔に捕まるような鈍いトカゲがいるとは思えない。

「春翔、何を持ってきたんだ？」

直人が問いかけると、握り締められた春翔の拳がゆっくりとひろげられ、中から黒い小さな紐のようなものが現れた。なんだこれはと思った瞬間、その紐はビクンと跳ね、春翔の手から飛び出して地面に落ちた。

「いやっ」

美雪がまた悲鳴を上げた。直人も一瞬、身体をのけぞらせたが、すぐにそれがトカゲの尻尾であることに気がついた。春翔に追いまわされて、トカゲは尻尾を切り捨てて逃げたのだろう。

子供の頃には直人も同じような体験をしたことがあったが、ずっと都会のマンション暮らしだった春翔はトカゲなど見たこともないのだ。もっとも、長く自然と離れて暮らしていたせいか、地面をのたうちまわる黒い尻尾には背中が粟立《あわだ》つような嫌悪感を覚えてしまう。

だが、それがなぜだか直人の心を引きつけた。幼い頃の好奇心が蘇ってきたのだろうか？　いつしかその忌《い》まわしい生き物のカケラをじっと見つめていた。

「これ、壊れちゃったの？」

本体から切り捨てられ、敵の目を引きつけようと地面の上をのたうちまわる尻尾を見つめながら、春翔が不思議そうに言った。

「壊れたわけじゃないさ。トカゲは敵に襲われると、自分で尻尾を切り捨てちゃうんだ。こうやって尻尾がピクピクしているのに敵が気をとられているうちに逃げるんだよ」

「でも、尻尾がなくなったら困るんじゃないの？　トカゲさんはあとで尻尾を取りに来るのかな？」

可愛らしい質問に、直人はつい笑い声を上げてしまった。

「トカゲの尻尾はまた生えてくるんだよ。だから、その尻尾はもういらないんだ」

「ふ～ん、尻尾がまた生えてくるなんて、すごいね」

春翔の目がきらきらと輝いている。今まで知らなかった新しい世界に触れたよろこびに浸っているのだ。子供にとっては毎日が驚きの連続なのだろう。

「じゃあ、この尻尾からもトカゲさんが生えてくるの？」

直人は言葉に詰まってしまった。子供の想像力には驚かされる。そんなこと、考えたこともなかった。いや、自分だって子供の頃にはきっと考えたのだろうが、常識というものを身につけるようになった今では、そんなふうには考えなくなっていた。そのことがなぜだか少し悔しかった。

その悔しさのせいだろうか、直人の中にほんのちょっとした悪戯《いたずら》心が芽生えた。可愛い息子の好奇心を裏切りたくなかったせいもある。

「うん、そうだよ。この尻尾からもトカゲが生えてくるんだ」

「ほんと？」

春翔が顔をパッと明るくして、大きな声で訊ねた。

「ちょっと、あなた……」

咎《とが》めるように言う妻に、直人は片目をつぶって、話を合わせてくれよと合図を送った。あきれた様子で顔をしかめ、ゆるゆるとかぶりを振ったが、美雪はそれ以上何も言おうとはしなかった。

直人はその場に屈《かが》み込み、まだ土の上でのたうっているトカゲの尻尾を拾い上げて春翔の手に握らせた。

「だけど、土に埋めて、ちゃんと水をあげないと駄目だぞ」

「へえ、じゃあ、お花の種とおんなじだね」

美雪がガーデニングについて話しているのを聞いていたのだろう。春翔は子供なりに、トカゲの仕組みを理解したらしかった。直人の悪のりを美雪は強張《こわば》った表情で見ていた。それを直人は笑いながら無視した。罪のない冗談だったのだ。少なくとも、この時はまだ……。

「ああ、お花とおんなじだとも」

直人の冗談を完全に信じ切っている息子が可愛くて仕方なかった。強く抱きしめてやりたいぐらいだ。そんな直人の機先を制するように、春翔はくるりと身体の向きを変えて、庭の隅のほうへちょこちょこと走っていった。

「ねえ、パパ、ここに埋めてもいい？　ここだったらお日様もよくあたるでしょ？」

春翔は振り返って黒目がちの瞳を直人に向けた。今さら嘘だとは言えない。どうせ、すぐに忘れてしまうだろう。直人はそう軽く考えていたのだった。

「ああ、いいよ」

春翔は美雪が花壇を作るために買ってきたスコップを手にして、地面を掘り、そこにまだ動いているトカゲの尻尾を埋めた。そして、小さな身体にはあまる大きな如雨《じょう》露《ろ》を抱え上げ、水をかけ始めた。

「そうそう。忘れてた。トカゲの尻尾はお花とは違って、水をあげるだけじゃ駄目で、呪文を唱えないといけないんだった」

「じゅもん？」

「そう。えろいむえっさいむ、えろいむえっさいむ……って呪文を唱えないといけないんだ」

2

週末がこんなにも待ち遠しかったことはない。新しい家に引っ越したものの、その分仕事場が遠くなったために朝早く出ていかなければならず、夜は逆に帰りが遅くなり、家で過ごす時間は極端に減ってしまっていた。引っ越してきたばかりで、いろいろと片づけをしたかったのだが、それもできないことがストレスだった。

そんなに待ちこがれていたというのに、カーテンの隙間から差し込んでくる光に顔を照らされて直人が目を覚ました時は、もうすでに昼近かった。

「あら、起きたの？　なんだか疲れてるみたいだったから、起こしにくくって」

一階のリビングに降りていくと、キッチンから美雪がエプロンで手を拭きながら声をかけてきた。

「ああ、いいんだ。おかげですっきりしたよ」

直人はぼさぼさの頭をかきながら言った。美雪が笑みを浮かべて見つめる。

「素敵な家をありがとう」

「なんだよ、改まって。その言葉は、できればポチから聞かされたかったな」

美雪がおかしそうに笑った。

知人の家からもらってきた犬はポチと名付けられた。昔、直人が子供の頃は、犬の名前というとジョンかポチが定番だった。ずっと犬を飼いたいと思いながらも団地暮らしだったために叶わなかったその思いをようやく達成できるのだから、直人は迷わずポチと名付けたのだった。

そのポチのために、犬小屋を一生懸命作ってやったというのに……。

週末が待ち遠しくて仕方なかった理由のひとつは、もっと庭をいじったり、日曜大工をしたりしたかったからでもあった。犬小屋を作ったことによって、直人は日曜大工の楽しさにはまってしまったのだ。でも、悲しいことに、その犬小屋が使われることはなかった。

ポチだけが外で寝るのはかわいそうだよ、と言って春翔に泣かれてしまうと、せっかく作った犬小屋も無駄にするしかなかった。

チワワやプードルのような小型犬ならともかく、柴犬は庭で飼うものだという意識があったが、確かにまだ小さくころころした姿は可愛らしく、結局、家の中で飼うことになってしまった。それにポチはまだ子犬だから、どうせ番犬にもならないだろう。そう自分を慰めるしかなかった。

「で、そのポチは？」

何気なく訊ねた直人の問いかけに、美雪は表情を曇らせた。

「そう、あなたに言いたいことがあったのよ」

促《うなが》されるままガラス戸を開けて直人は庭に出た。ポチは庭の隅にちょこんと座っていた。まだ手足が短くて頭の比率が大きく、そうやって座っていると全体的にまん丸な茶色い毛の塊のように見える。

その横に、春翔がこちらに背中を向けるようにしゃがみ込んでいた。

「春翔は何をしてるんだ？」

「あなたが変なことを言うから……」

庭の隅に小さく盛り土されたところに向かい、春翔は舌足らずな発音で「えろいむえっさいむ、えろいむえっさいむ……」と何度も繰り返しつぶやいているのだった。

「まさか、あれを本気にして」

「そうなのよ。毎日、ああやって水をあげて呪文を唱えてるの。そのことをあなたに言おうと思ってたんだけど、なんとなく言いそびれちゃって」

すっかり忘れていた直人の軽い冗談を、春翔は本気にしていたのだ。

「ふふ……」

思わず笑ってしまった。息子には申し訳ないが、真剣に呪文を唱えている姿は胸が締めつけられそうなほど可愛らしい。

春翔の横でポチも神妙な顔をしている。子犬でも主人には忠誠を誓っているということなのだろう。そんな犬の性分が直人は好きだった。だが、どうしたわけかポチは春翔ばかりに付き従い、直人が呼んでもそっぽを向いたままで、餌をもらう時以外は知らん顔をしているのだった。

どうやら直人や美雪のことは自分と同等か、それ以下の存在と思っているらしい。まあ、我が家で一番発言力があるのは春翔なのだから、主人を見極めるポチの眼力は正しいということになるのかもしれないが……。

「あ、パパ。起きたの？」

直人たちの声が聞こえたらしく、振り返った春翔がこちらに駆け寄ってきた。小さな運動靴を履いた足下にポチがうれしそうにまとわりつき、春翔が足をもつれさせはしないかとはらはらする。

思わず差し出した両手に、春翔が飛び込んできた。そのまま抱え上げると、春翔は足を擦り合わせるようにして運動靴を脱ぎ捨てた。ポチがよろこんで運動靴にじゃれつく。

「ねえ、パパ。もうトカゲさんは生えてきたかな」

直人にしがみつきながら真剣な表情で訊ねる春翔の顔を見て、ちくりと胸が痛んだ。笑ってなどいられない。救いを求めるように視線を向けると、美雪は顔を強張らせていた。その様子に戸惑い、直人は大袈裟に眉を八の字に寄せた。

「そうだなあ。あとでパパと一緒に見てみようか」

＊

軽く食事を済ませたあとは、日曜大工どころではなかった。春翔の虫取り網を手に、直人は雑木林の中を這いまわらなければならなかった。

むっとする草いきれに包み込まれ、額から汗が噴き出す。草や木の枝で腕に擦り傷を負いながらも、直人は必死になってトカゲを探し続けた。こんなことをするのは何十年ぶりだろう。それは奇妙に心躍《おど》る作業だった。

裏山はまだ手つかずの自然が残っていたので、獣道を這いまわっていると一時間ほどでなんとかトカゲを見つけることができた。直人は捕虫網で捕らえたトカゲを、尻尾を切り離さないように気をつけながら、春翔の目を盗んで庭の隅に埋めた。

「春翔、そろそろトカゲさんが生えてきたか見てみようか」

手についた土を払って急いで声をかけると、家の中にいた春翔は歓声を上げながらポチと一緒に飛び出してきた。この子がよろこぶ顔が見てみたい。たとえ、それが嘘であっても、春翔がよろこぶなら、尻尾からトカゲが生えてくることにしてやりたい。

直人の胸の奥に、そんな思いがこみ上げてくる。

「さあ、春翔、掘ってごらん。だけどトカゲさんを傷つけたらかわいそうだから、スコップは使わずに手でそっと掘ってみようか」

「うん」

緊張の面持《おもも》ちでうなずくと、春翔は盛り土をされた部分を手で掘り始めた。その横でポチが興奮した様子で跳ねまわっている。動物の本能で、この土の下に何か生き物がいることを感じているらしい。

「えろいむえっさいむ、えろいむえっさいむ……。パパも一緒に唱えて」

春翔に頼まれると断るわけにはいかない。

「ああいいよ。えろいむえっさいむ、えろいむえっさいむ……」

出任せに言ったつもりの呪文だったが、よく考えると、昔観た映画の中で、呪術を使って死人を蘇らせる時に使われていたものだということに気がついた。

小さな息子と一緒にそんな呪文を唱えているなんて、何か不吉なことをしているような気分になったが、気にすることはない。この土の下には、直人がさっき捕まえてきたトカゲが埋められているだけなのだ。

春翔は呪文を唱えながら、少しずつ土を掘り起こしていった。その下に埋まっているものを傷つけないように慎重に……。

「うわぁっ」

春翔の歓声を聞いて、直人はハッとした。土の中から黒い塊が這い出し、直人たちの足下をすごい勢いで擦り抜けていった。ポチが猟犬さながら、勇ましく唸りながらトカゲを追いまわすが、まだ幼い子犬に捕まえられるわけはなく、すぐにトカゲは草むらの中に逃げ込んでしまった。

「パパ、すごいね。本当にトカゲさんが生えてきたよ」

白くやわらかな頬を上気させ、春翔が興奮した口調で言い、まだ草むらの中でトカゲを追跡しようとしているポチを追って駆け出していった。

「おい、春翔、転ばないように気をつけろよ」

いつもの習慣でそう声をかけながらも、直人はまるで自分が本当に呪術を使ってしまったかのような罪悪感を覚え、こんなことをするべきではなかったのではないかという気がしていた。

3

数ヶ月後——。
季節の変化をこんなに身近に感じるのは久しぶりだった。暑くなるにつれて緑がみるみる濃くなっていき、ピークを過ぎると今度は紅葉が徐々に裏山を覆い、秋の訪れを直人に報せた。その紅葉もすでに枯れ落ち、最近では時おり小雪がちらつくようになっていた。

相変わらず都心の会社に通っていたが、毎日森林浴をしているような生活だからだろうか、直人の心は晴れ晴れとしていた。長い通勤時間も慣れてしまえばかえって快適なぐらいだ。

朝は始発駅からゆっくりと座って行けたし、帰りも半分ほど過ぎると電車はがらがらになっていた。不足している睡眠は電車に揺られながら取ればいいだけのことだ。何より直人には自分の家がある。たとえそれがローンを組んで手に入れた家であってもだ。

それにその我が家には直人を待っていてくれる家族もいる。美雪と春翔があたたかく迎えてくれる。とは言っても春翔は直人が家を出る時にはまだ眠っていて、帰宅する頃にはもう眠っていたので、ほとんど寝顔しか見ることができなかったのだが……。

ご主人様の代わりのつもりなのだろうか、そんな時はポチが直人を出迎えてくれた。最初に家にやってきた時は本当にまだ小さかったポチだが、二、三ヶ月もするとすでに姿形は大人の柴犬とほとんど変わらなくなっていた。ただ、全体的に小さい、ということだけが、ポチがまだ子犬だということを表していた。

直人が作った犬小屋は結局一度も使われることはなく、庭の隅にそのまま放置されていた。ポチをつなぐために立てた杭もそのままだ。もっともこうやって家の中をうろつきまわっているのが普通になった今、もうそんなものを使う必要は感じられなくなっていた。

美雪も最近は体調がいいみたいだ。きれいな空気と開放的な住環境がよかったのだろう。すべてが順調だった。少なくとも、その日、会社に一本の電話がかかってくるまでは……。

内線電話を取った直人は、受付の女性社員に「警察からお電話です」と伝えられ、訝《いぶか》しく思いながら外線につないだ。

「はい。お電話代わりました。伊原ですが」

『奥さんが……』

警察官だと名乗るその男の声には、切羽詰まった様子はなかった。ただ、何かとても言いにくいことを言わなければならないという苦渋に満ちた声だった。

電話を切ると直人はすぐに会社を飛び出した。この時ほど家を遠く感じたことはなかった。電車はまるで停まっているのではないかと思うほど緩やかにしか進まない。途中、直人は電話の言葉を何度も何度も頭の中で繰り返していた。

——奥さんが居眠り運転のトラックにはねられてお亡くなりになりました。

直人は自宅近くの警察署に駆けつけた。救急病院ではなく、なぜ警察署なのか？　そのことが直人を絶望的な気分にさせた。直人は警察署内の医務室に案内された。廊下の長椅子に座って直人の母、頼子《よりこ》が待っていてくれた。

「美雪は？」

直人の問いかけには答えずに、頼子は「春翔ちゃんが中で待ってるよ」と消え入りそうな声で言って、医務室の扉を開けた。ベッドの上に春翔が横たわり、そのまわりに美雪の両親と直人の父、秀二《しゅうじ》が立っていた。

「直人さん……」

妻の母親は直人の顔を見るなり、その場に泣き崩れた。がらんとした白っぽい医務室の冷たい空間に、すすり泣く声ばかりが響き続けた。

だが、直人には彼女を気遣う余裕はなかった。

「春翔！」

ベッドにすがりつくようにして声をかけた直人を、春翔は無言のまま見つめ返した。ただ横になっていただけで、眠っていたわけではなかったようだ。

「春翔ちゃんは大丈夫よ。奇跡的にかすり傷ひとつなかったの。だけどショックのせいか、さっきから一言も口をきかないし、眠ろうともしないの」

頼子の言葉を聞いて、止まっていた心臓が不意に動き出したかのように全身に血がめぐり始めた。指先までがじんわりと痺れるように熱くなった。春翔の瞳はじっと直人を見つめていたが、そこにはなんの感情も読みとれない。

美雪が事故に遭った様子を見て、相当強いショックを受けたのだろうか……。直人の全身から力が抜けていく。

「美雪は？　美雪はどこにいるんですか？」

直人が振り返ると、全員が一斉に目を伏せ、沈痛な面持ちで黙り込んだ。そのタイミングを待っていたかのように、ドアのところに立っていた白衣の男が言った。

「ご主人ですか？　この度《たび》は……」

口の中でくぐもった言葉を発し、芝居がかった様子で軽く頭を下げる。その横で背筋を伸ばして立っていた制服姿の警察官が、男の言葉のあとを引き継いだ。

「奥様は地下です。お会いになりますか？」

直人は無言で静かにうなずいた。さっき活発に動き始めた心臓がまた動きを弱めていき、身体《からだ》の隅々が急に冷たくなった。

妻の両親と頼子は春翔の側に残った。美雪の痛々しい姿はもう見たくないということだった。

　直人は実父と警官と白衣の男に連れられてエレベーターで地下二階へ向かった。途中、誰も口をきかなかった。重苦しい沈黙が直人の心臓を締めつけた。徐々に酸素が薄くなっていくかのように息苦しさが増していく。

「即死だったそうだ。苦しまずに逝《い》けただけよかったかもしれない。だけどな、ちょっとむごい有様で……」

　エレベーターを降りて地下の無機質な廊下を進みながら、秀一が言葉を詰まらせた。

　買い物に行った帰りに歩道を歩いていた美雪は、居眠り運転のトラックにはねられたというのだ。まったくブレーキをかけたあとはなく、それどころか坂道で加速してきた大きなトラックの衝撃はどれほどのものだったのか……。

　美雪が助けようと突き飛ばしたらしいが、連れていた春翔が無傷だったのが奇跡という状況だったらしい。

「ここです」

　先頭に立って歩いていた白衣の男が立ち止まり、扉を開けた瞬間、冷え切った空気が、まるで冷蔵庫を開けた時のように漂い出て、直人を足下から飲み込んでいった。

　男の肩越しにのぞくと、中には白い布をかけられた美雪らしきものが横たわっていた。枕元には線香があげられている。寒々しいコンクリート剝き出しの空間に線香という組み合わせに、なんだか不思議な印象を受けた。

「さあ、どうぞ」

声をかけられたが、全身が強張《こわば》り、足を踏み出すことができない。

「いやだ」

直人はかぶりを振った。今朝、直人を笑顔で送り出してくれた美雪が、こんな薄暗く冷え切った場所に横たえられているなんて。しかも、白い布の下の美雪はむごい状態だというのだ。その事実を確認したくなかった。

「そうか。やめとくか。無理に見る必要もない。可愛い嫁さんだった美雪さんを記憶の中にとどめといたほうがいいかもしれないな」

秀二が直人の肩に手を置いた。身体が冷え切っていたせいか、コートの上から触れられたのに、体温が伝わってくる。

「すでに検死は済んでいます。一応、指紋でも確認していますから、特にご主人に身元を確認していただく必要もありませんので」

警官も幾分ほっとしたように言った。本当は直人に見せたくなかったのだろう。

「あとは葬儀屋に任せてきれいにしてもらえばいいさ。さあ、春翔のところに戻ろう。

あの子は母親の死を目の前で見て、相当ショックを受けているみたいだからな」

秀二に背中を押されるまま霊安室に足を踏み入れることなく立ち去ろうとした直人の背後で、扉が微かに軋《きし》みながら閉められていく。その耳障《ざわ》りな軋みが、呻《うめ》き声のように聞こえた。いや、そう聞こえただけではない。確かに美雪が苦痛に呻いているのだ。

「駄目だ。美雪は死んでない」

直人の言葉にみんなが一斉に顔を強張らせて、白衣の男が宥《なだ》めるように言った。

「いいえ、残念ながら奥さんはお亡くなりになっています」

「嘘だ。今、声が聞こえた。おまえ、ちゃんと治療したのかっ？　なんで病院に連れていかないいんだ？　いきなり警察署の霊安室だなんておかしいじゃないかっ」

「直人！　落ち着け。美雪さんは亡くなったんだ」

秀二が直人の肩を抱え込むようにして宥めた。

「嘘だ。そんなのは嘘だ。今、確かに聞こえたんだ。美雪の声が聞こえたんだ」

直人は父の腕を振り払い、警官を押しのけて霊安室の中に足を踏み入れた。誰もとめようとはしない。本当はとめてほしかったのかもしれない。身体を動かすと、まるで油が切れた機械のような音がしそうなほど、全身が強張っていた。

「美雪、一緒に帰ろう。俺たちの家に一緒に帰ろう」

声が震える。そっと手を伸ばして白い布をつかみ、直人は一気にめくりあげた。

「ああっ、美雪……。ああ、なんて姿に……」

気を失う直前に直人が見たものは、直人のよく知る可愛らしい妻ではなく、赤黒い肉の塊でしかなかった――。

4

「ああ、寒い寒い」

直人の母――頼子が両手を擦り合わせながら、居間に置かれた石油ストーブに火をつけた。とたんにいやな匂いが部屋の中に漂った。

直人は灯油の匂いがどうも苦手だったのだが、ガスストーブやエアコンに比べれば安上がりだという美雪の言葉を聞き入れて、この冬から使い始めたばかりだった。もっとも以前はマンション暮らしだったので、石油ストーブは使いたくても使えなかったのだが。

そのいやな匂いでさえ、美雪が望んで導入した石油ストーブのものだと思うと、直人の心を切なくした。

目を閉じると、霊安室に横たわっていた美雪の姿が蘇ってきてしまう。痛々しさも通り越して、とてもあれが美雪だとは信じられない。それは同時に、美雪の死が信じられないということでもあった。だが、認めないわけにはいかない。警察はすでに指紋の確認まで済ませているというのだから。

とりあえず通夜の準備もしなければならないからと美雪の両親とは警察署で別れ、直人の両親と春翔の四人で家に戻ってきたが、直人はほとんど放心状態のままだった。

幸せの絶頂で、いきなり足下に穴が開き、奈落の底まで突き落とされたような気分だ。頭の奥が痺れていて、何も考えられない。

そんな直人とは対照的に、少しのあいだもじっとしていたくないというふうに、頼子は普段どおりにせわしなく動きまわり、散らかった部屋の中を片づけていた。

どんなに美雪が一生懸命片づけようとも、春翔がその端から散らかしてしまう。最初は神経質に片づけていた美雪だったが、最近はどちらかというとおざなりになっていた。

神経が細か過ぎる美雪が乱雑に散らかった部屋で平気そうにしているのを見ると、

だったのだ。

なぜだか直人は安心したものだった。ごく普通の家庭生活がそこにはあった。これからこの家で暮らし、何十年もローンを払いながら春翔の成長を一緒に眺めていくはずだったのだ。

オモチャの散乱した部屋の中の様子が、あんな悲惨なことが本当にあったのかと疑わしい気分にさせた。できれば、そのままにしておいてもらいたかった。

「いいよ、母さん、片づけなくても」

直人はソファに座り込んだまま、ひとりごとのように言った。身体《からだ》が重く、クッションに深くどこまでも沈み込んでいくようだ。

頼子は直人の言葉など聞こえないかのように片づけを続けていた。美雪の死というショックをやわらげるためにも、日常的な行動に夢中になりたい気分なのだろう。母の気持ちはわからないでもない。

直人はそれ以上何も言わず、視線を庭のほうに向けた。外は真っ暗だ。ただ、森と空の境目だけは、濃い闇と薄い闇との違いで辛《かろ》うじてわかった。森の葉影が揺れている。風が強いのだ。電線で切り裂かれた風がぴゅーと鳴るのが、家の中にいてもはっきりと聞こえる。まるで悲鳴のようだ。

「もう、カーテンぐらい閉めなさいよ」

頼子が直人の視線を遮るようにカーテンを引いた。とたんに直人は真綿《まわた》に包み込まれるような甘美な闇の中から、蛍光灯に照らされた生々しい現実の中に引き戻された。

「しっかりしなさいよ。あなたがそんなことでどうするの？　春翔ちゃんのためにもあなたがしっかりしないと……」

頼子はゆっくりと視線を上に向けた。秀二が春翔を二階の子供部屋に連れていったはずだった。そう言えば、警察署にいる時からずっと春翔は口をきいていない。母親が事故にあう瞬間を間近で見たショックは相当なはずだ。

そのことに気をまわすだけの余裕もなかった。直人に残されたのは春翔しかいないというのに……。

「春翔……」

ふらりと立ち上がり、直人は二階へ向かった。傷ついた主人を守っているつもりなのか、春翔の部屋の前で番をするように座り込んでいたポチをどかせてドアを開けた。

「ああ、直人。具合はよくなったか」

秀二が振り向いて、ほっとしたように言った。

「うん、俺はもう大丈夫だよ。それより春翔は？」

ベッドに腰掛けていた春翔は焦点の合わない虚ろな視線を直人のほうに向けている

が、その視線は直人の姿を通り越してもっと遠くを見ているかのようだ。

「やっぱりショックだったんだなあ。春翔ちゃんはずっとこの調子なんだよ」

深く皺《しわ》が刻まれた顔を悲しげに歪めながら秀二が言った。

春翔はまだ幼稚園児だ。何が起こったのか理解できていないのかもしれない。だとしたら、理解できないだけによけいに目の前で起こったことのショックは大きかったはずだ。

「春翔、少し眠ったほうがいい」

そっと頭を撫でてやると、春翔はいきなりベッドから飛び降り、直人の横を擦り抜けて部屋を飛び出していった。

「春翔！」

反射的に直人は春翔のあとを追った。階段の下には頼子が心配そうな顔をして立っていた。

「どうしたの？　春翔ちゃん、すごい勢いで外に飛び出していったわよ」

「なんでもない。俺が捕まえてくるから心配はいらないよ。母さんたちは部屋の中で休んでてくれよ」

直人は靴を履くのももどかしく外に飛び出した。だが、捜すまでもなかった。春翔は暗い庭の隅で、こちらに背中を向けてポツンと立っていた。

「春翔、そんなところで何してるんだ？　風邪を引くぞ」

いきなりまた駆け出すかもしれないと注意しながら直人は春翔に慎重に歩み寄ったが、そんな心配は必要なかった。

直人が背後から肩に手を置くと春翔はゆっくり振り返り、円《つぶ》らな瞳を向けた。母の死にショックを受けている瞳ではない。では、何を考えている目なのか……。直人にはわからなかった。ただ不吉な思いばかりが、風に煽られる枯れ枝のように胸の内で騒ぎ続けた。

冷たい風が足下から吹きあがってくる。山を切り崩して住宅地を造成しているために、すぐ近くに山影が覆い被さるように迫っている。森全体が揺れていて、まるで何か得体の知れない大きな生き物みたいに見える。

「男の子だろ？　おじいちゃんとおばあちゃんに心配かけちゃ駄目じゃないか」

自分の心の中の不安をごまかすように言うと、春翔が今日初めて口を開いた。

「パパ」

直人は息を呑《の》んで息子の口から続く言葉を待ったが、春翔は無言で直人の顔のほうに手を差し出しただけだった。その瞬間、頭の中に白く閃光が走り、強烈な既視感が津波のように直人を飲み込んでいった。

ぎゅっと握り締めた小さな拳《こぶし》。そう言えば、春翔は警察署にいた時からずっと手を握り締めたままだった。それはただ美雪の死にショックを受けてしまったせいだと思い、特に気にすることはなかった。いや、直人自身が強烈なショックを受けていたために、気にする余裕もなかったのだ。

春翔は手の中に何かを持っているらしい。

「なんだ？　何を持ってるんだ？　見せてみなさい」

「パパ……。指が動かないの」

幼い顔には不似合いな大人びた表情で、春翔は静かにかぶりを振った。指先が白くなっている。ずっと強く握り締めていたために、自力では開けないのだ。いったい何を、そんなにまで大切に握り締めているのか？

直人は春翔の小さな拳を包み込むように手を添え、指を一本ずつ開かせていった。

親指、人差し指、中指……。

一応庭園灯があったが、それでも辺りは薄暗い。指先に触れたものの感触に、直人は思わず息を呑んだ。春翔の手のひらが濡れている。それは水や汗ではない。黒っぽい、何か粘り気のあるもので濡れているのだった。

薬指……、小指……。

ようやく開いた小さな手――微かに震える春翔の小さな手のひらに載っているのは、指だった。第一関節と第二関節のあいだ辺りで、何か強い力でねじ切られたようになっている。

「これは……、これはママの指なのか？」

春翔が小さくうなずいた。

封印しようとしていたあの警察署の霊安室で見た美雪の……美雪だと言われたものの姿が頭の中に蘇ってきた。手足がバラバラになり、まるで組み立てる前のプラモデルのように台の上に並べられていた美雪の姿……。

指の一本ぐらいなくなっていても、誰も気がつかないことだろう。その指が、ここにあってもおかしくはない。

事故でバラバラになったのを春翔が拾ったのだ。血で汚れているが、よく見ると爪がきらきら光り、庭園灯の明かりを反射している。春翔が生まれてからはほとんどマニキュアを塗ることはなくなったが、それでも美雪は「爪はきれいにしておきたいの」と風呂あがりによく爪を磨いていた。

少し唇をすぼめるようにして真剣な表情で爪の手入れをしている美雪の様子が思い

出されて、また感情の留め金が外れてしまいそうになった。

「ねえ、これ埋めていい？」

春翔の声で我に返った。

「なんだって？」

「このママの指を埋めたいの。ぼく、毎日お水をあげるし、呪文もいっぱいいっぱい唱えるよ。だからいいでしょ？　ママの指をお庭に埋めてもいいでしょ？」

さっきの既視感の原因がわかった。トカゲだ。この家に引っ越してきたばかりの日曜日に、春翔が捕まえてきたトカゲの尻尾を庭に埋めた時の、背中に悪寒が走るようなあの感覚が蘇ってきたのだ。

「ねえ、いいでしょ？」

まだ人の死など完全に理解できてはいないだろう幼い息子が、黒目がちの瞳で直人を見つめ、懇願した。その足下では主人に加勢しているつもりなのか、ポチまでもが直人をじっと見つめ、千切れそうなほど尻尾を強く振っている。

「……ああ……、ああ……」

喉を切り裂かれ、そこから空気が洩《も》れているかのような声で直人は言った。

「いいよ。ママを埋めてあげなさい」

暗く沈んでいた顔をパッと明るくして、春翔は「うん」と大きくうなずき、庭の隅にしゃがみ込んだ。美雪のガーデニング用のスコップで穴を掘る。子供心にも人間の身体はトカゲに比べてかなり大きいということがわかっているのか、春翔は深く深く穴を掘り続けた。

その横をポチが駆けまわる。傍目《はため》には、土遊びをしているように見えるが、春翔がこれから埋めようとしているのは死んだ母親の指なのだ。しかも、埋めるのは墓を作るためではなく、復活させるためだ。

手足がかじかみそうに寒い夜だというのに、目の前の光景が陽炎《かげろう》のように揺らめいている。こんなことをさせてはいけない。馬鹿げている。埋めるのをやめさせなければ、と思いながらも直人はただ立ちつくしていた。

直人自身、美雪が帰ってきてくれればどんなにいいだろう、という気持ちを抑えることができなかった。それがたとえ土の中からだったとしても……。

「パパ」

春翔が直人の手をぎゅっと握った。土にまみれた手。直人の手まで泥だらけになってしまった。まるで、おまえも同罪なんだぞ、と息子に念を押されたかのようだ。

庭の一隅《いちぐう》が小さく盛り上がっている。掘り返された土はそこだけ黒く湿り、不吉な印のように平凡な日常の風景の中にくっきりと浮き上がっていた。

その地面を見下ろしながら直人は、自分が後戻りがきかない暗い道へ足を一歩踏み出してしまったことを感じた。

5

『デスクから移動四〇一……デスクから移動四〇一……』

信号待ちをしていると、愛車のランドローバーのダッシュボードの上に置かれた無線機が、ノイズ混じりの声でがなり始めた。何か事件が起こったのだ。緊迫している様子が伝わってくる。倉沢比呂子は慌てて応答した。

「はい、こちら移動四〇一です」

『おう、俺だ。現在地、扱いどうぞ』

無線の声がほんの少しだけ砕けた調子になって、すぐに事務的な口調に戻った。草《くさ》間英二《まえいじ》の陽に焼けた仏様みたいな顔が頭の中に浮かんだ。比呂子だとわかっているのだから、何も律儀に番号で呼ぶ必要もないだろうに、その辺、草間は妙に真面目なところがあるのだ。

「現在地、方南《ほうなん》通り清水橋交差点付近。扱いなし。どうぞ」

比呂子も事務的に返事をした。扱い、というのは現在何かの取材をしているかどうかという意味だ。「扱い中」と言えば、仕事中ということになる。比呂子は午前中に、吉祥寺にある人気のカフェを取材してきた帰りだったので、ちょうど今は「扱いなし」だった。

それに、毎回無線で居場所を訊ねられるものの、比呂子が持たされている無線機には所在地がわかる位置情報システムが装備されているので、最初からデスクには居場所がわかっているはずなのだ。それなのにどうして毎回訊ねられるのか。形式的なことを重視するテレビ局のそういうところが少し鬱陶しかった。

『道玄坂《どうげんざか》上交差点付近で少年グループ同士の乱闘事件が発生している模様。至急、取材に向かってくれ』

草間の声がまた少し緊張を帯びた。乱闘事件と聞いて、怖じ気《おけ》づくどころか比呂子は身体《からだ》の中にアドレナリンが湧き出てくるのを感じた。この仕事を始めて三年、すっかり事件屋に染まっていた。

「了解。すぐに向かいます」

『張り切るのはいいけど、あんまり無理すんなよ』

比呂子が返事をする前に、無線は切られた。苦笑いが浮かんでくる。草間はいつまでも比呂子を子供扱いする。ごく普通のＯＬだった自分をこんな世界に引きずり込んだ張本人のくせに。

気がつくと信号が青になっていた。比呂子は慌てて車を発進させた。道玄坂上交差点といえばすぐ近くだ。この時間の山手《やまて》通りは空いている。だが、交差点を左折するといきなり車は渋滞し始めた。比呂子はかまわず反対車線にはみ出して車を走らせた。すぐに人垣が見えてきた。野次馬がまわりを取り囲み、大通りの真ん中を完全に塞いでしまっていた。おそらく近くの交番勤務の担当者が駆けつけたのだろう、警官がふたりばかりいるだけだ。

彼らは少年たちの勢いに圧《お》され、何もできずに野次馬の整理をしながら乱闘を眺めている。もっともパトカーが応援に駆けつけたら、すぐにこの騒ぎも収まってしまうに違いない。なんとかその前に素材をゲットしたい。

路肩に車を停めると、比呂子は助手席に置いてあったソニー製の大きな業務用ビデオカメラを手にした。今ではもう誰も使っていない、化石のように古い機材だ。そのため、ずっしりと重い。

バッテリーを含めると五キロ以上もある。最初は片手で持つことができなかったほどだ。でも今では軽々とまではいかないまでも、それほど苦ではない。苦でないどころか、これを肩に担ぐと、この重さが事件現場での緊張や不安をやわらげてくれるのだった。

早くしないと乱闘が終わってしまう。車から飛び降りてビデオカメラを肩に担ぎ、比呂子は野次馬たちを押しのけて前に進んだ。ショートカットの髪が乾いた風で掻き上げられる。

首までタトゥーを入れた少年や髪を金色に染めた少年など数十人が、大通りを塞ぐようにして乱闘を繰り広げていた。手に手に木刀や金属バットを持っている。

比呂子はビデオカメラのファインダーをのぞいて、少年たちの姿をとらえた。そのうちの何人かはすでに血を流し、道路の真ん中にしゃがみ込んだりしていたが、まわりの野次馬たちに囃《はや》し立てられた少年たちは、まるで自分がリングに上がった格闘家かステージ上のアーティストにでもなったかのように、昂揚《こうよう》した表情で殴り合いを続けている。

その目からは恐怖や憎悪は感じられない。彼らは皆、注目されることに誇らしげな表情を浮かべていた。やり場のない怒りをぶつけているわけではない。ただ単にこの瞬間を楽しんでいるのだ。

比呂子は道路の真ん中に進みながら、少年たちのうれしそうな表情を狙い続けた。暴れる少年たちの本当の姿を伝えたかったからだが、どうせニュースで放送される時にはモザイクを入れられてしまう。そのことが悔しい。

「おい、あぶないぞ」

警官が駆け寄り、比呂子を押し戻そうとした。最近ではスマートフォンのカメラで撮影する野次馬たちも多い。それと同じ距離から撮った映像では臨場感もなく売り物にはならない。プロとしてのプライドもあった。警官の制止を振り切り、比呂子は少年たちの乱闘の輪の中に足を踏み入れていた。

すでに少年たちは十数分に及ぶ乱闘で疲れ果てていた。あとは乱闘をやめるきっかけを探しているだけだ。なのに野次馬の存在がそれを許さない。

「なんだよ、もう終わりかよ！　根性ねえなぁ」

「せっかくテレビが来たんだから、もっと派手なことやってみろよ」

「かまわねえから、相手を殺しちまえ！」

トーンダウンしていく少年たちに、野次馬たちが口々に声をかけた。反射的に声がしたほうにカメラを向けたが、人混みに紛れていて誰が言ったのかわからない。みんな同じように薄笑いを浮かべている。

無神経なヤジを飛ばした人間を探し出して、どんな顔をしているのか全国に放送してやりたいと思ったが、そんなことができるわけもなかった。それに報道という大義名分はあっても、比呂子もスマートフォンを手にした野次馬たちとたいして違いはしない。

不意に背後に気配を感じてまた乱闘のほうにカメラを向けると、肩で息をしている少年の目がぎらりと光った。目立ちたい。注目されたい。そんな思いが少年たちに一線を越えさせるのだ。

「おおーっ！　テレビなんか撮ってんじゃねえよ！」

眉を完全に剃《そ》り落とした少年が怒鳴り声を上げながら、比呂子に向かってバットを振り上げた。

知らぬ間に、比呂子は道の真ん中まで進んでいた。現場ではズームで撮影するのではなく、広角で間近まで寄らないと迫力のある映像は撮れない。いつも他のカメラマンよりも必ず一歩被写体に近づくように心がけていたため、思いがけず騒動のど真ん中まで足を踏み入れてしまっていたのだ。

「この野郎ーっ」

少年は自分を鼓舞するようにもう一度声を張り上げた。振り上げられたバットに一瞬怯《ひる》んだが、比呂子はファインダーをのぞき続けた。

——恐怖を感じた時にはファインダーをのぞけ。自分は真実を記録する使命を持ったビデオカメラマンなんだと思えば、勇気と力が湧いてくるから。

ビデオカメラマンになったばかりの頃に草間に言われた言葉が頭をよぎった。事件や事故の現場に駆けつける時、比呂子はいつもその言葉を心の中で自分に言い聞かせるようにつぶやくのだった。

まわりの野次馬たちが囃し立てている。少年の顔がアップになる。よく見るとまだ子供のように可愛い顔をしている。比呂子はまっすぐにカメラのレンズを向け続けた。剣の達人にじっと睨みつけられると足がすくんで動けなくなるという。華奢《きゃしゃ》な女である比呂子にそんな力はない。だが、業務用ビデオカメラの大きなレンズは比呂子の瞳の力を何倍にも、何十倍にも強くしてくれるのだ。レンズを向けられた少年は、ただ声を張り上げるだけでバットを振り下ろすことはできない。

その時、ようやくパトカーのサイレンがこちらに近づいてくるのが聞こえた。やべえぞ、逃げろ。少年たちが口々に言い、野次馬たちを蹴散らすようにして、バイクや車に飛び乗り逃げ去って行った。

喧噪《けんそう》の中、比呂子はカメラを構えたまま、動けなかった。恐怖のせいで身体が硬直していた。電源を切ると、カメラが耐えられないほど重く感じられた。だらりと身体の横に提げて、大きく深呼吸した。

6

開けっ放しのドアから、比呂子は東邦テレビ報道局のフロアに足を踏み入れた。広いフロア中を大勢の人間が忙しそうに走りまわり、大声で何かを言い合ったりしている。一分一秒の時間を争う報道は、ついつい人間を殺気立たせてしまうのだ。

その中を比呂子は大股で進んだ。フロアの一番奥に草間のデスクがあった。草間は誰かと電話で打ち合わせをしている様子だったが、比呂子と目が合うと「また連絡する」と短く言って電話を切った。

「例の少年たちのＶＴＲです」

比呂子が革ジャンパーのポケットからメモリーカードを取り出すと、待ちわびていたように草間が立ち上がり、比呂子の手からそれを奪い取った。

「お疲れさん。ちょっとチェックしよう」

報道局フロアに隣接した編集室に草間は駆け込んだ。比呂子もそのあとに続いた。草間はメモリーカードを素早く編集機に挿入した。プレイボタンを押すと乱闘の様子がモニター画面に映し出された。早送りで最後まで見て、草間は満足したように言った。

「相変わらず怖いもの知らずだな。なかなかいいんじゃないか。夕方のニュースのトップに使わせてもらうよ」

そう言うと、草間は背後からモニター画面をのぞき込んでいたスタッフに指示を出した。

「これを六十秒に編集しといてくれ。少年たちの顔にモザイクを入れるのを忘れんなよ」

比呂子は壁にかけられた時計をちらっと見た。午後四時七分だ。五時からのニュースには充分間に合うことだろう。

「おい、ちょっと付き合え」

草間は編集室を出て廊下の端に作られた喫煙スペースに移動した。

最近はどこも禁煙分煙とうるさく、喫煙者は肩身の狭い思いをしていた。草間も例外ではないらしい。透明な扉を閉めると煙草を取り出して火をつけ、一口吸って美味《うま》そうに煙を吐き出す。

反射的に革ジャンパーのポケットに手を伸ばしそうになった比呂子は、なんとか思いとどまった。

「どうした、吸わないのか？」

「ええ、ちょっと控えてるんです。ま、節煙ってレベルですけど」

フリーのビデオカメラマンというのは体力勝負だ。禁煙しようと思いながらも果たせず、まずは一日三本だけ——食後の一本だけに抑えようと心に決めていた。

「ふ～ん。そうか」興味なさそうに言うと、草間はまた一口吸って煙を吐き出す。「それにしても、ずいぶん近くまで寄ったんだなあ。無理すんなって言ったのに」

「草間さんに教えてもらったカメラマンの心得を実践しているだけですよ」

「俺、そんなこと、教えたっけ？」

草間は顔をくしゃくしゃにして笑った。

この笑顔が曲者《くせもの》なのだ。草間の「無理するな」は「無理しろ」と同意語だ。最初のうちは言葉どおりに受け止めていたが、経験を積むごとにその言葉の本当の意味を理解することができるようになってきた。

「ええ、草間さんにみっちり教えられました」

比呂子はにこりともせずに答えた。

「そうだっけかなあ」

草間が今度は苦笑いを浮かべた。日焼けしたふくよかな顔。全身にでっぷりと脂肪がつき、すでに成人病の心配が必要な四十男。のんびりした外見とは裏腹に、現場の人間には過酷な取材を期待する。その辺はプロの報道屋という感じだ。

ごく普通のＯＬしかやったことのなかった比呂子をこの世界に引きずり込んだ張本人が、この草間だった。

比呂子は大学の時に写真サークルに所属していた。撮影するのは主に風景だ。季節を記録したくて、いつもあちこち旅行ばかりしていた。もっとも撮影技術は一向に上達しなかった。途中からは写真よりも旅行のほうがメインになってしまっていたぐらいだ。草間はその写真サークルのＯＢだったのだ。

当時すでに草間はテレビ局で働いていたが、学祭や合宿などのイベントには足繁《あししげ》く顔を出し、後輩たちを熱心に指導していた。本人が言うには、自分はまだ学校を卒業したくないモラトリアム人間なだけだということだった。

だが、そんなに真面目に活動していたわけでもない比呂子には、十歳以上歳の離れた草間は、ただの面倒臭い大人としか思えなかった。だから大学を卒業してからはまったく音信不通になっていた。

それがどういうわけか、三年前、比呂子が最悪の状態でほとんど自宅に引きこもっていた時に草間が目の前にふらりと現れ、その最悪の状態から抜け出すきっかけになる、ビデオカメラマンという職を与えてくれたのだった。

「どうも。お世話になってます」

喫煙スペースの扉を開けて、柏原亮次《かしわばらりようじ》が顔をのぞかせた。

「なんだよ、部外者が勝手に入って局内をうろちょろされたら困るな」

「ひどいなあ、草間さん。僕と草間さんの仲じゃないですか」

草間がわざと意地悪そうな声で言うと、柏原は茶色に染めた長い髪に手をやって笑みを浮かべた。

柏原は比呂子よりもひとつ年下の二十八歳。童顔なために学生アルバイトによく間違えられるが、そこそこ遣《や》り手のディレクターだ。以前は東邦テレビの報道局で、草間の部下として勤務していたのだが、初めて任されたニュース番組の特集コーナーで意図せずにスポンサー批判を行ってしまい、その責任をとらされて退職させられたのだった。

その後、柏原は自分で小さな制作プロダクションを立ち上げ、かつての縁を頼って草間から仕事をもらったりしていた。草間は写真サークルのことでもそうだが、意外と後輩の面倒見がいいのだ。

そんな柏原の制作プロダクションから、比呂子は時々仕事をまわしてもらっていた。いわばお得意先だ。比呂子が軽く頭を下げると、柏原は照れ臭そうに頭を掻いた。

「で、なんの用？」

「草間先輩には別に用はないんですけど、比呂子さんが廊下を走っていくのが見えたんで、どうしたのかなと思って」

「なんだ、倉沢目当てか。そんな軟弱なやつがやってる制作プロダクションは信用できないな。もう仕事を振るのはやめようかな」

「そんなぁ。勘弁してくださいよ」

そう言いながら、柏原は助けを求めるように比呂子に視線を向けてくる。いつものことだ。このふたりのやりとりには付き合っていられない。

仕事になれば何日も眠らず、可愛い顔に似合わずタフなテレビマンぶりを発揮する柏原だったが、比呂子の前では甘えん坊の子供みたいに好意的な感情を隠そうともしない。

だが、そんな感情は比呂子にとっては重荷になるだけだ。もう誰も好きにならない。比呂子は心にそう決めていた。

「比呂子さんは、このあと予定ありますか？　僕ももう今日は終わりなんで、一緒に食事でもどうですか？」

「せっかくですけど、仕事以外では他人と一緒に過ごしたくないの」

「相変わらずクールだな」草間はあきれたように言った。「せっかく可愛い顔してるんだから、もう少しニコニコすればいいものを。倉沢の笑った顔なんか見たことねえぞ。どっかの誰かさんには見せるのかもしれないが、それは柏原じゃないってことだけは間違いなさそうだな」

横で柏原が情けなさそうな顔をしている。

「じゃあ、私はこれで失礼します。ギャラはいつもの口座に振り込んでください」

比呂子はショルダーバッグを手に持った。

「あ、もう行っちゃうんですか？」

「ええ。また仕事があったら、いつでも連絡してくださいね。じゃあ」

比呂子はさっさと喫煙スペースをあとにした。

7

「お待たせしました」

ウエイトレスが小さく頭を下げて、比呂子の前にコーヒーカップを置いた。

「ありがとう」

膝の上に置いた雑誌から顔を上げて比呂子はウエイトレスを見た。じっと見つめられて、彼女は恥ずかしそうに顔を背けた。

「ごゆっくりどうぞ」

ぺこりと頭を下げ、トレイを抱きかかえるようにして厨房のほうへと立ち去る。

可愛らしい。まだ高校生だろうか？　それともフリーター？　いかにもヒップホップが好きそうな髪型と化粧。それに鼻ピアスがピンク色の少女っぽい制服にはミスマッチだ。

日焼けサロンで焼いたらしい黒い肌はきっと黒人に憧れているからだろう。ただ漫然と日々をやり過ごしている、その時その時が楽しければいいという今時の少女たちとはどこか違う。ダンサーを目指して、自分の夢のためにがんばっているという雰囲気が全身から漂っている――。

ああ、またやっちゃった。

比呂子は小さく舌打ちした。ついそうやって他人の内面を詮索してしまう。これはもう職業病のようなものだ。軽くかぶりを振って、手に持った雑誌に目を落とした。

『輝く女たち』という特集で、ページの四分の一を割いて比呂子のことが紹介されていた。

いつもは取材する側なのに、こうやって取材されるのは不思議な気分だった。少し引きつった硬い表情の写真が照れ臭い。あんなに何枚も撮ったのだから、もう少しましな写真があっただろうに。

だが、写真が小さいからだろうか、それともストロボを焚き過ぎていたからだろうか、白っぽく飛んだ比呂子の顔はずいぶんと若く見えた。うれしかったが、そんなものはなんの意味もない。名前の下には二十九歳とはっきり書かれてあるのだから。

肩書きはフリー・ビデオカメラマンとなっている。こういう書き方をすれば格好いい職業のように思えるが、実際は単なる肉体労働者だった。

自分ひとりで業務用の大きなビデオカメラを担いで事件や事故、それに地域のイベントの現場などを取材し、時には三脚を立てて自撮りでレポーターの真似事をすることもあった。さらには自分で編集までして、そのデータをテレビ局に売りつけたりもするのだ。

ただ仕事がきついだけでなく、立場も不安定だ。完全歩合《ぶあい》制なため、自分が拾ってきたネタが放送されなければ、一ヶ月間、まったくのただ働きなんてこともある。

そういう状況を避けたいために、東邦テレビの報道局ともフリーの報道ビデオカメラマンとして契約をしていた。そのため、さっきの少年たちの乱闘騒ぎのように、時々は無線で呼び出されて事件や事故の現場に急行するなどということもある。

本当なら東邦テレビ報道局技術部所属のカメラマンにしか無線機は与えられないのだが、草間の判断で特別にフリーである比呂子も無線機を渡されていた。もっともそれは、事件事故現場の近くに他のカメラマンがいない場合、比呂子が一番早く到着できる時に使われるだけなのだから、まんざら比呂子のためだけというわけでもないのだが……。

だから特別恩義に感じる必要はない。さっきの事件は草間からの連絡を受けて取材したために、その映像データは東邦テレビに売りつけたが、いいネタはより高く買ってくれるところに持ち込む、というのが比呂子のやり方だった。

ネタがない時には冷たくあしらわれるのだから、せっかくいいネタを手に入れた時ぐらいは高く買ってもらわないと。

インタビュアーにそんな話をしたからだろうか、『現代の賞金稼ぎ』というキャッチフレーズが比呂子の写真の横につけられていた。この記事を書いたライターはなかなか才能があるようだ。確かに比呂子の日々の生活は、賞金首を狙ってトラブルを追いかけまわしているイメージがあった。

まさか自分がこんな仕事をするようになるとは思いもしなかった。もともとはごく普通のOLだったのだ。大学を卒業後、比呂子はデザイン用品会社に就職した。絵が好きだからという理由で選んだ会社だったが、実際そんな趣味はまったく関係なかった。地味なデスクワークばかりの毎日。それでもよかった。

決まった時間だけ拘束されれば、決まった額の給料がもらえる。残業や休日出勤もほとんどない。休みの日には友達とカフェめぐりをして、ゴールデンウイークや夏休み、年末年始のたびに海外旅行に出かけたりする日々。当時の比呂子は、そのことに対してなんの不満も疑問も持っていなかった。

あとは適当に相手を見つけて寿《ことぶき》退社。子供をふたり作り、平凡な専業主婦としてのんびりと暮らしていく。そんなふうに人生の青写真を描いていたのに、あんな乱闘の中に飛び込んでいって金属バットで殴られそうになるなんて……。

もっとも今日のような危険なことは滅多《めった》にない。普段は地方の祭やイベントを取材して糊口《ここう》を凌《しの》ぐことになる。ギャラは安く抑えられてしまうが、仕方がない。それに、いつもいつも犯罪や事故などヘビーなニュースばかりを追っていると、心が荒《すさ》んでしまいそうだ。

比呂子は自分のインタビュー記事が載った雑誌を閉じて横に置いた。テーブルの上では黒褐色の液体の表面が微かに揺れている。いい香りだ。一区切りついたあとのコーヒーが飲みたくて、この仕事をしているようなものだ。

比呂子がコーヒーカップに手を伸ばそうとした時、不意に耳元で何かが小さく唸った。虫かと思ったが違うようだ。不吉な予感が胸の奥で騒ぎ、うなじの辺りがちりちりした。その瞬間、目の前でカップに亀裂が走った。縦に四本。

あっと思った時には、まるでマジック・ショーで箱の中から人が飛び出してくる時のようにカップが四つに割れて、テーブルの上にコーヒーがひろがった。

「大丈夫ですか？」

さっきのウエイトレスが慌てて駆け寄ってきて、ナプキンでテーブルを拭いた。

「ええ、平気よ」

「すみません。すぐに淹《い》れ直しますから」

すっかり恐縮しているウエイトレスに、洋服にはかかってないから気にしないでいいと言うと、比呂子は動揺を隠すように化粧室に向かった。

鏡に映った自分の顔を見た瞬間、思わず声を上げそうになった。真っ青なのだ。それに疲れ果てた表情をしている。二十九歳にしては幼い顔立ちのために普段は二十代前半に見られることも多いが、今ばかりは実年齢よりも年上に見られることだろう。

偶然だ。もともとひびが入っていたところに熱いコーヒーを注いだものだから、カップが割れてしまっただけに違いない。だけど、いくらなんでもあんな割れ方をするものだろうか？　五年前の恐怖が身体《からだ》の底から蘇ってきた。

伊原美雪……。

忘れるわけもない。不思議な力を持った女だった。だけどあれは、もう終わったことなのだ。比呂子が前の職場を辞めて以来、奇妙なことは何も起こらなかったではないか。

ビデオカメラマンを始める前、比呂子がOLをしていた時の上司だったのが美雪の夫である伊原直人だった。ふたりは気が合った。直人の真面目で中年の男にしてはナイーブなところに惹《ひ》かれた。

毎日、直人に会うことが楽しみで会社に行っていた時期もあった。でも、相手は既婚者なのだ。比呂子は不倫を犯すつもりなどまったくなかった。ただ心密かに憧れていただけなのだ。それなのに……。

いやだ。思い出したくない。

手を洗おうと比呂子は水道のレバーを押し下げた。水は出ない。

「やっぱりだわ」

大きく息を吸い、吐き出し、ということを何度か繰り返し、気持ちを落ち着けた。ゆっくりと顔を上げ、鏡に映った自分の顔に視線を向けた。青ざめた顔に赤みがさしてくる。あの頃の自分とは違うのだ。

「もういい加減にしてください。私はあなたのご主人を奪ったりしないわ。そのことはちゃんと理解してくれたんじゃないんですか」

比呂子が鏡に向かって声を荒らげた時、ドアを開けて別の客が化粧室に入ってきた。一瞬怪訝《けげん》そうな表情で辺りを見まわしたが、比呂子以外に誰もいないことを確認すると、女はばつが悪そうな表情を浮かべた。

少しおかしい人だと思われたことだろう。比呂子は顔が熱くなるのを感じた。

「失礼」

横を擦り抜けて比呂子がドアに手をかけた瞬間、蛇口から水が勢いよく噴き出して女が悲鳴を上げた。無視して洗面所を出た。新しいコーヒーがテーブルの上に置かれていたが、もう飲みたくない。

ボア付きの革ジャンを羽織り、金を払って外に出ると、辺りはもうすっかり日が暮れていた。大股で駐車場まで歩いた。ちょうど駐車したばかりの車から降りてきたサラリーマンらしき男が驚いたように比呂子を見つめた。きっとひどい顔をしているのだ。

大きな四輪駆動車の運転席に乗り込み、自分を落ち着かせようと比呂子はひとつ大きく深呼吸した。反射的にポケットから煙草とジッポーのライターを取り出していた。銀色に光るそのライターは適度な重さで手のひらに存在感を示す。

煙草は控えようと思っていたが、そんなことを言っている場合ではなかった。火をつけて一息吸い込むと、気持ちが少し落ち着いた。もう一息吸い込み、ゆっくりと煙を吐き出した。ようやく心に余裕ができた。

視線を外に向けるとコンビニエンスストアの前で、高校生ふうの男女がひとつの肉まんを分け合って楽しそうに話をしていた。

一月の風は冷たいが、そんなことはあのふたりには関係ないようだ。若い恋人たちの微笑《ほほえ》ましい光景を見ていると、不気味な出来事など何も起こりそうにないという気分になってきた。

さっきまでの、取り乱していた自分がおかしく感じられた。あれはもう、ずっと昔に終わったことなのだ。シートに身体をあずけて、比呂子は思い返してみた。

伊原美雪には一度だけ会ったことがある。直人の職場――それは比呂子の職場でもあった――を訪ねてきたのだ。美しい女だった。長い黒髪と白い肌が印象的だったが、ずいぶんと神経質そうに見えた。美し過ぎる姿形も、どこか人形のように作り物めいていた。

美雪ももともと直人と同じ職場に勤めていた。いわゆる職場結婚だ。比呂子が入社する前に寿退社したために面識はなかったが、他の同僚社員たちは美雪のことを知っている者も多かった。

近くまで来たから久しぶりに昔の同僚たちに挨拶しに寄ってみたと美雪は言っていたが、それは口実に過ぎないのはすぐにわかった。美雪は比呂子に会いにきたのだ。比呂子に向けられたその瞳の中に、青白く嫉妬の炎が燃えていた。美雪は比呂子と直人が不倫をしているのではないかと疑っていたのだ。

もちろん面と向かって問いつめられたりはしなかった。直人が言うには、美雪は控えめで自分の感情をほとんど表に出さないらしい。比呂子と会った時も、主人がいつもお世話になっていますと笑顔で挨拶をしてくれた。もちろん比呂子も笑顔で挨拶を返した。あとあんなことになるとは思っていなかったからだ。

職場を訪ねてきた時、美雪は生まれたばかりの赤ん坊を連れていた。ベビーカーの中で眠っていた可愛い男の子。

春翔……。

そう、確か春翔という名前だった。可愛い子ですねと比呂子がしゃがみ込んで手を伸ばそうとすると、春翔が目を覚ましていきなり泣き始めた。美雪はそんな春翔をすっと抱き上げて背中を向けてしまった。

「私たちの子供に触らないで」

比呂子にだけ聞こえる小さな声でつぶやき、振り返った美雪の目は氷のように冷たかった。それ以降だ。奇妙なことが続いて起こり始めたのは。最初のうちは何がなんだかわからなかった。もともと霊感などない比呂子には初めての経験だった。戸惑い、恐怖に震え、比呂子は追いつめられていった……。

だけどそれはもう昔のことだ。さっきのこともただの偶然。煙草を一本吸い終わる頃には、比呂子はそう思えるほど落ち着いていた。

これは私の精神安定剤。当分、煙草はやめられそうもないわ。ほとんどフィルターだけになった煙草を灰皿でねじ消すと、比呂子は車のエンジンをかけた。

8

車を路肩に停めてエンジンを切り、比呂子は自分が五年前まで働いていたデザイン用品会社を見上げた。ここに来るのは会社を辞めて以来だ。

どうしてここに来てしまったのだろう？　冷静になって考えればカフェでの出来事は単なる偶然だとしか思えない。あれからずっと、なんにもなかったのに、今また急に異常な現象が発生するのは不自然だった。それなのになぜここまでやって来たのか？　考えるまでもない。答えはわかっていた。

比呂子の目は自然と玄関ロビーから出てくる社員たちに向けられていた。ちょうど退社する社員が一番多い時間だ。その中に直人の姿を探していた。

男は全員スーツ姿で女もみんな似たような格好をしている。以前は、あの中に自分もいたのだと思うとなんだか不思議な気分になってしまう。いや、ジーンズに革ジャンパー姿で四輪駆動車を運転し、五キロ以上あるビデオカメラを担いで事件や事故を追いかけまわしている今の自分のほうがよっぽど不思議かもしれない。

「あっ……」

思わず声を洩《も》らして、比呂子は身体《からだ》を隠すようにシートを倒した。灰色の建物から吐き出されてくる人間たちの中に直人を見つけたのだ。懐かしさが一気に胸の中に満ちていく。あんな別れ方をしたせいもあり、比呂子はあれから直人とは一度も会っていなかった。

そっと身体を起こして窓から直人の姿を目で追った。まっすぐこちらに向かって歩いてくる。懐かしい直人の姿。だが、何かが違う。そこにいるのは比呂子がよく知る、明るく朗らかな直人ではなかった。げっそりと頬がこけ、顔色も悪い。それに、まるで何かに糸でたぐり寄せられているかのようにふらふらとした歩み。

直人は車のすぐ横を通り過ぎていったが、比呂子の視線には気づかなかった。声をかけることはできなかった。過去の出来事のせいではない。今の直人の姿があまりにも変わり果てていて、比呂子は少し怖くなってしまったのだ。

*

一ゲーム百円のダーツ台のまわりで、時おり歓声があがる。背広姿の数人の男たちが、ここの飲み代《しろ》を賭けて勝負をしているらしい。昔勤めていた会社のすぐ近く、直人の部下として働いていた時に同僚たちとよく立ち寄ったパブに比呂子はいた。

そんなに狭いわけでもない店内は、会社帰りのサラリーマンとOLたちでほとんど満席状態だった。ホールでは数人の男女が会社でのストレスを発散しようと踊り狂っている。

「はい、お待ちどうさま」

カウンターの一番奥の席に座っている比呂子の前に、バーテンダーがトマトジュースを置いた。比呂子がまだOLだった頃から働いていた男だ。おそらくもう四十代だと思うが、上唇の上に線を引いたような細い気取った口髭《くちひげ》を生やしていたので、同僚たちと「口髭」というあだ名をつけたことがあった。物腰が女っぽいから、きっとゲイだよ、と噂していた。つまらないことでよろこんでいたかつての自分が微笑《ほほえ》ましく思い出された。

この人、まだ働いてたんだ。この五年間にいろんなことがあったので、ずいぶん時間が経ったように感じていたが、こうやって昔の『知人』と昔どおりの環境にいると、そんなに長い時間ではなかったような気がしてくる。

「ありがと」

比呂子がグラスを手に持ってにっこり微笑むと、口髭は満足そうにうなずいてまた忙しくカクテルを作り始めた。

比呂子はトマトジュースを一口飲んだ。適度な酸っぱさが口の中でひろがった。比呂子はアルコールを受けつけない体質なのだ。事件や事故はこっちの都合など考えてはくれない。情報屋や報道局デスク、それに柏原をはじめとした制作プロダクションから、いつ仕事の依頼がくるかもしれない。

呼び出されれば、生活費を稼ぐためにも真夜中だろうとすぐに車で駆けつけなくてはならない。酒を飲めない体質は、比呂子の今の職業にとっては好都合だった。

さっきからチラチラと男たちの視線を感じるが、誰も声をかけてこようとはしない。女がひとりで飲んでいるというのに……。もっとも彼らにとっては、比呂子は奇異な存在に見えるのだろう。ボア付きの革ジャンにジーンズという姿はオフィス街のパブには不似合いだった。

比呂子が二本目の煙草に火をつけた時、後ろから軽く肩を叩かれた。

「お久しぶり」

振り返ると、平丘麻耶《ひらおかまや》が長い髪をなびかせてにっこり笑った。男だったらこの笑顔だけで、一発でメロメロにされてしまうことだろう。

「どうしたの？　ずいぶん変わったわね。声をかけていいかどうか迷っちゃったわ。人違いだったらどうしようって」

麻耶は比呂子の横に並んで腰掛けて、ビールを注文した。

「ごめんね、急に呼び出したりして」

「いいのよ。私も飲みたい気分だったんだ。一日中埃《ほこり》っぽい事務所でデスクワークしてて、そのまままっすぐマンションに帰るなんて味気なさ過ぎるもの。でも、まさか比呂子と飲むことになるとは思わなかったけどね」

「はい、お待ちどうさま」

口髭が麻耶の前にビールがなみなみと注がれたグラスを置いた。口髭と比呂子を交互に見ると、麻耶がおかしそうに笑った。口髭は絶対にゲイだと言い始めたのは麻耶だったのだ。

「じゃあ、再会を祝して、乾杯！」

デザイン用品会社に勤めていた頃、同い年ということもあり、麻耶は一番の仲良しだったが、彼女と会うのも久しぶりだった。比呂子があの奇妙な出来事に巻き込まれた時にはいろいろと相談に乗ってもらった。

何事にも前向きな麻耶のアドバイスにはずいぶんと助けられたものだ。だが、忌《い》まわしい異常な体験を忘れてしまいたくて比呂子のほうからは連絡せずにいたら、結局そのまま疎遠になってしまっていた。

今日は昔勤めていた会社をちょっとだけ眺めてそのまま帰るつもりだったが、直人のやつれた姿を見たらそんな気分にはなれなかった。直人のことを誰かに訊ねたかった。当時の同僚で連絡先を知っている人物は麻耶しかいない。それでほぼ五年ぶりに電話したのだった。

「比呂子はがんばってるみたいね」

「知ってるの？」

「うん。噂はいろいろね。テレビのカメラマンとか取材記者みたいなことをやってるんでしょ？　比呂子がテレビでレポートをしてるのを見たって人もいるけど、残念ながら私は、比呂子の勇姿はまだ一度も見たことがないのよ。それにしても、危険な仕事なんだろうって心配してたんだけど……」

麻耶はじろじろと比呂子の服装を眺めた。

「何よ」

「ずいぶん逞《たくま》しくなったわね。あの頃はほんと少女趣味のお嬢さんって感じだったのに」

「まあね。私も大人になったってわけよ」

「だけど、ちょっと大人になり過ぎじゃない？　そのファッション、まるでハードボイルド小説好きのオヤジみたいよ」

「オヤジは言い過ぎよ！」

ふたりで笑い合うと、あんなことが起こる以前に戻ったようだ。また買い物と旅行に命をかけるＯＬ道に戻れそうに思えた。

「ごめん、ごめん。それにしても比呂子にそんな仕事が務まるなんて意外ね」

「私、大学の時は写真サークルに入ってたのよ。知らなかった？」

「知らないわよ。だって社員旅行の時に比呂子に撮ってもらった写真、全部ブレブレだったじゃないの」

「そんなこともあったかな、と遠い目をする私だった」

「もう、ごまかさないでよ」

五年の月日など関係ない。ふたりはすぐに以前のように打ち解けた。ひとしきり当たり障《さわ》りのない近況報告をし合うと、不意に麻耶が恥ずかしそうにうつむいた。

「私ね、今年の三月に結婚するの。二十代のうちに結婚したかったから、滑り込みセーフね」

「えっ、そうなんだ。おめでとう！」

比呂子は心の底から祝福の言葉を発した。

「で、お相手は？」

「比呂子も知ってる人よ。昔、営業部にいた渡瀬《わたせ》さん。今はイベント事業部に異動になっちゃってるの。近場で間に合わせたように思われたらいやだなあと思ったんだけど、成り行きでそういうことになっちゃったの」

「渡瀬さん？　ああ、覚えてるわ。優しそうな人だったよね。いいなあ、うらやましい」

その時、どこからか電子音が聞こえてきた。

「あ、ちょっとごめんね」

バッグの中から取り出したスマートフォンを手に麻耶が立ち上がった。

「彼から？」

「うん、まあ。毎晩、私の仕事が終わる頃に電話がかかってくるの。今は違うフロアだから社内で顔を合わせる機会はほとんどないし、帰る時間も彼のほうがいつも遅いから」

「ここで話せばいいじゃない」

「でも、音楽がうるさいから。すぐ戻るね」

幸せそうな様子で麻耶は小走りに外へ出ていった。

「スマホか……」

比呂子は革ジャンパーのポケットから自分のスマートフォンを取り出した。かかってくるのは事件や事故の発生を報せる仕事の電話ばかりだ。あのことがあって以来、誰かからの電話を心待ちにすることはまったくなくなってしまった。

「なあ、一緒に踊らないか？」

いきなり腕をつかまれた。振り返ると、スーツ姿の男が赤い顔にいやらしい笑みを浮かべていた。

「あんたをダンスに誘って成功するかどうか、仲間と賭けたんだ。そういう色気のない格好をしてるのが、またそそるんだよなあ」

相当酔っぱらっているようだ。フロアでは連れらしきスーツ姿の男たちが、にやにやしながらこちらを見ている。ことの成り行きがどうなるか楽しみにしているのだ。

さっきは誰も声をかけてこないのかと寂しく思ったが、実際に声をかけられるとただうざったいだけだ。

「手を放してちょうだい。私はそんな気分じゃないの」

「いいじゃないか。一曲だけ。ノリの悪いやつだなあ。一緒に楽しもうぜ」

「あんたと踊ったって、私は少しも楽しくないの。もっと自分にふさわしい相手を探したらどう?」

つかまれていた手を振り払うと、男はバランスを崩して倒れ込み、スツールに頭をぶつけた。

「いてぇ!」

大袈裟に悲鳴を上げて頭を抱え、みっともなく転んでしまった恥ずかしさと怒りに顔を紅潮させながら男は立ち上がった。

「この女! お高くとまってんじゃねえぞ。こんなところでそんな野暮《やぼ》ったい格好をしやがって」

今にも殴りかかりそうな様子で男は怒鳴り声を上げた。比呂子は冷ややかな目で男を見つめ返した。本当に殴る勇気なんてありはしない。それに、もし殴られたとしたら、それを倍にして殴り返してやる。

「おいおい、いい加減にしろよ」男の同僚らしき男たちが慌てて駆け寄ってきた。

「すみませんねえ、こいつ、ちょっと飲み過ぎたみたいなんで」

眉を八の字に寄せ、心底申し訳なさそうな表情を浮かべながら、男たちは比呂子の前ですごんでいる同僚を宥《なだ》め、連れ去っていく。その後ろ姿を見るともなく眺めていると、電話から戻ってきた麻耶が心配そうに訊ねた。

「どうしたの？　何かあった？」

「ううん、なんでもない。酔っぱらいが絡んできただけよ」

比呂子は唇の端を少し歪めた。実際、なんでもないことだった。今の比呂子なら、上司にセクハラをされたらはっきりと拒否することができる。いざとなれば平手や膝蹴りで制裁を加えることだってできるだろう。だけど、あの頃は違っていた。

あれは比呂子がデザイン用品会社に就職して半年ぐらい経った時のことだった。比呂子は営業部長に言い寄られて困っていた。少女趣味で可愛らしく、そのくせ自己主張が苦手で自分の意見をはっきりと言えない比呂子は絶好のセクハラ対象だった。社内イベントでの飲み会等の酒の席だけではなく、就業時間中にも会議室に呼び出され、部長にしつこく関係を迫られて泣きながら逃げ出したこともあった。

部長は女子社員だけではなく、男性社員たちにも嫌われていたが、自分の気に入らない部下には仕事のミスをすべて押しつけてクビにしたり左遷《させん》したり、まともな神経の人間ならできないようなことを平気でするために怖れられていて、誰も意見することさえできなかった。

そんなある日、終業時間を告げるチャイムの音で一斉に事務担当の社員たちがパソコンの電源を切り、書類の後片づけを始めた。比呂子も同じように後片づけをしていると部長に声をかけられた。

「ちょっと倉沢君。残業を頼みたいんだがね」

「え、私ですか？」

つい警戒するような声がこぼれてしまう。他のＯＬたちは自分にとばっちりがこないうちにと「お先に失礼します」との言葉を残して、さっさと部屋から出ていってしまった。その場に麻耶がいればなんとかしてくれたかもしれないが、麻耶は取引先に書類を届けに行き、そのまま帰宅することになっていた。

明日の朝までにどうしてもほしいんだ、と議事録のテープ起こしを言いつけられた。部長の命令は断れない。そのうち、残っていた社員もひとり帰り、ふたり帰りして、最後に部長と比呂子のふたりだけが広い営業部のオフィスに残された。

節電のためにと言って、部長と比呂子がいる辺りを残して、あとの明かりはすべて消されてしまった。空気が一気に重苦しくなった。

「どうだい、疲れただろう。少し休憩しようか。倉沢君は恋人はいないのか？　君みたいに可愛い娘なら、いろいろと誘惑は多いんじゃないのかな？」

なれなれしく髪に触れてくる。比呂子は身体を硬く緊張させながらもはっきりと拒否することができないでいた。相手を傷つけたくないという優しさと、他人に嫌われたくないという思いから、比呂子は自分の意見をはっきり言うことが苦手だった。

「どうだい、私と付き合ってみないか？　君のほしいものをなんでも買ってあげるぞ。こう見えてもそこそこ金は持ってるんだよ」

耳元に口を近づけ、部長が囁く。嫌悪感で全身に鳥肌が立つ。

「部長、私……、困ります」

もじもじしていると、部長の手が比呂子の肩に置かれた。そのままゆっくりと比呂子の腕を撫でまわす。会社でこんなことをするなんて……。怒りの感情はあったが、比呂子はそれを表現することができない。部長の手の動きは徐々に大胆になり、鼻息が荒くなっていく。

その時、廊下に人の気配がした。部長が慌てて比呂子から離れるのと、ドアが開くのはほとんど同時だった。入ってきたのは、当時はまだ主任だった伊原直人だった。大阪に出張に行っていた直人は本当ならその夜は直帰するはずだったのだが、翌日の打ち合わせの準備のために会社に寄ったのだった。

「ああ、お疲れさん。伊原君、大阪はどうだったね？」

気まずい場の空気をごまかそうと愛想良く声をかける部長に、直人はまっすぐに歩み寄った。

「廊下まで丸聞こえでしたよ。もういい加減にしたらどうですか。部長は人の上に立つ立場なんですから、少しは恥を知るべきです」

直人は部長を正面から睨みつけて意見をした。誰もが心の中で思いながらも口にすることができなかった言葉をぶつけたのだ。部長の顔がみるみる紅潮していった。

「わ、私のやり方に文句があるっていうのかっ？」

「そうです。今、世間ではセクハラが問題になっています。あなたのやっていることはそのセクハラです。いや、もっと悪い。痴漢と一緒ですよ！」

顔を強張《こわば》らせながらも、直人は一歩も引こうとはしなかった。先に目を逸《そ》らしたのは部長だった。

「上司にそんな口をきいて、ただで済むと思うなよ。君のことは次の人事会議で問題にしてやるからな」

上着とカバンを抱えると、部長は捨てぜりふを残して部屋から出ていった。

「伊原主任……、大丈夫なんでしょうか、あんなことを言って……」

助けてもらったよろこびよりも、このことによって直人が微妙な立場に置かれるのではないかという心配のほうが大きかった。

「大丈夫だよ。倉沢君が気にすることはない。間違っていることを間違っているって言っただけだ。それで部長がごちゃごちゃ言ってきたら、俺だって戦うよ。まあ、あの人に少しでも恥の概念があれば、これ以上、馬鹿なことはしないだろう。だけど、君もよくないよ。いやなら、いやってはっきり言わないと。曖昧な態度は男を不必要に刺激するだけなんだから」

強い口調でそう言い、ほんの一瞬、比呂子を睨みつけると、直人は日に焼けた顔に白い歯を見せて爽やかに笑った。

自分の立場が悪くなることなど気にせず、比呂子のために部長を諌《いさ》めてくれたのだ。身体の芯が痺れるほど感動していた。この会社に入社して直人の下で働くようになってから、ずっと好意を持っていた。

相手は既婚者だからと自分の気持ちを抑え込んでいたが、直人のことを考えて眠れない夜をいくつも過ごした。もう、あんな夜は過ごしたくない。思いを伝えて楽になりたい。比呂子は直人に一歩近づいた。

「伊原主任……私……私……」

「え？　どうした？」

不意に部屋の中の空気が変わった。直人はじっと比呂子の目を見つめ、次の言葉を待っている。さあ、勇気を出すのよ。

思い切って言葉を発するために息を吸い込んだ時、直人のスーツの内ポケットから電子音が響いた。その音に突き飛ばされるようにして比呂子は直人から離れた。

「あっ、ごめん。おふくろからだ」

内ポケットから携帯電話を取り出した直人は、比呂子に背中を向けて耳に当てた。そして声を潜《ひそ》めて何か話し、振り返った時の直人はもういつもの主任の顔に戻っていた。

「ごめん。俺、行かなくちゃ」

そう言うと、直人はカバンを手に持ってオフィスから飛び出して行った。比呂子はその背中をすがるように見つめていたが、直人が振り返ることはなかった。

翌日以降、直人はふたりのあいだには何もなかったかのように、事務的に比呂子に接してくるようになった。もちろん、あの時の電話がどういう用件だったのかも話してはくれなかった。

そのあとすぐに、部長は会社の金を使い込んでいたことが発覚して懲戒解雇され、直人に害が及ぶことはなくて、そのことには比呂子はほっとしたものだった。

「ねえ、私の話、聞いてる?」

手のひらでライターを弄《もてあそ》んでいた比呂子は、麻耶の少し怒ったような声で意識を呼び戻された。

「あ、ごめんなさい」

比呂子は慌ててライターをポケットの中にねじ込んだ。あの時、部長から助けてくれた直人に何かお礼をしたいと思って買ったのが、このジッポーのライターだった。結局、渡す前に、直人の妻——美雪が妊娠したことがわかり、直人が禁煙宣言をしたために、渡すきっかけをなくしてそのまま比呂子の許《もと》に残ってしまった。

そして比呂子の禁断の恋は、始まる前に終わったのだった。

「それでね、私の誕生日が四月でしょ。だから、その前に結婚式をあげようってことになったの」

「へえ、そうなんだ。職場結婚だったら、みんな大騒ぎでしょ？」

「ええ、まあ。でもね、先月、伊原さんの奥さんにあんなことがあったばかりだから、会社ではあんまり話題にしにくくって……」

直人の名前が出た瞬間、比呂子の全身を血が激しく駆け巡った。鼓動が激しくなり、その音が耳を両手で塞いだみたいに身体の中で大きく反響した。

「伊原さんの奥さんに何かあったの？」

なんとか言葉を絞り出した。

「なんだ、そのことで来たわけじゃないの？」

麻耶は言いにくそうにしながらも、伊原の妻が自動車事故に遭って亡くなったこと、それ以降、伊原の憔悴《しょうすい》はひどく、まるで人が変わってしまったようになっていることを話してくれた。

「だけど、よかったじゃない。あの人が亡くなったんだから、もう比呂子にはあんな変なことは起こらないわよ」

麻耶は声を潜めて言うと、最後にぽつりと付け足した。

「不思議な力を持った気味の悪い女だったもの。比呂子を呪い殺そうとするなんてね」

頭の中に浮き上がってこようとするのを比呂子がさっきから何度も打ち消していた言葉を、麻耶がはっきりと口にしてしまった。そのとたん、全身の筋肉が強張り、頭の中に白く蒸気が満ちたようになった。まだあの恐怖は癒えていないのだ。

あの時、比呂子に襲いかかった数々の異様な出来事に関する話を、麻耶だけは疑うことなく受け入れてくれた。もともとオカルト映画が大好きで、雑誌の巻末の星占いを読むことを何よりの楽しみにしていた麻耶にとっては、超常現象は当然起こることだったのだ。

麻耶がいてくれたおかげで、比呂子はずいぶん勇気づけられたものだった。身のまわりに起こった異変を必死に訴えたために病院に強制入院させられてからも、麻耶は何度も見舞いに来てくれた。

たったひとりだけでも比呂子の話を信じてくれている人がいるということは心強かった。もしも麻耶がいなければ、比呂子まで自分の気が狂ってしまったと思い、本物の狂人になっていたかもしれない。

だけど、呪いなんて馬鹿げたことが本当にあるだろうか？　自分の身に起こらなければきっと比呂子も信じることはできなかっただろうが、繰り返される異常な出来事の裏に確かに美雪の悪意を感じたのだった。

藁《わら》にもすがる思いで神社にお祓《はら》いを受けに行ったが、なんの効果もなかった。それどころか、異常な現象は日に日にひどくなっていった。常に誰かに見られているような感覚に囚われ、精神の崩壊の予感と命の危険を感じ始めた時、比呂子は直人に泣きついた。

「伊原主任の奥さん、私を呪い殺そうとしているんです」

もちろん直人は比呂子の気のせいだと主張した。

「おいおい、俺の妻を化け物みたいに言わないでくれよ」

部長のセクハラから救ってもらう数週間前から、比呂子と直人は恋が始まる直前のように親しく口をきくようになっていた。たまにランチをふたりで食べに行くこともあり、その時に出てきたのが美雪に関する話だ。

直人は不意に暗い目つきになり、昔から妻には少しエキセントリックなところがあって時々怖いと感じてしまうと話すと、自分が口にした内容に戸惑ったように頭を振り、話題を変えてしまったことがあった。

そんな話を聞かされていたために比呂子が美雪に対してマイナスイメージを持ってしまったと直人は思ったようだった。

自分の妻を化け物扱いされたくない気持ちはよくわかるが、気のせいではなく、本当に美雪は比呂子を呪っていたのだ。

だけど……。死んだ？　伊原美雪が死んだ？　死んだのであれば、もう比呂子を呪ったり苦しめたりすることはできないはずだ。では、やはりさっきのカフェでの出来事――カップが四つに割れたのは本当に偶然だったのだろうか？

「ねえ、結婚式には比呂子も来てね」

うれしそうに言う麻耶の声が、どこか遠いところから聞こえてくるように感じられた。

9

外は寒い。吐く息が真っ白だ。雨が降り始めたら、すぐに霙《みぞれ》か雪に変わってしまうだろう。山の上だからか、街よりも明らかに気温が低い。

坂をのぼりきったところで立ち止まり、伊原直人は遠くに佇《たたず》む自分の家を見つめた。まわりがまだ空き地だらけなせいで、家が闇の底に沈んでいるように感じられる。それにあんなことがあって家自体が忌《い》まわしい思い出にまみれてしまったためか、ただ見つめているだけで気持ちが暗く落ち込んでいく。

それでもなんとか重い足を引きずって辿り着き、玄関のドアを開けると、靴箱の上に置かれた猿の置物が直人を出迎えた。風水に凝っている母――頼子が「魔除けになるから」と買ってきたものだった。ふてぶてしい顔つきの猿で、美雪なら絶対に家に置かないだろうと思える置物だ。

「おかえり」

頼子が廊下の奥から姿を現した。春翔の世話をするために、あの日からずっと、仕事のある父を厚木の実家に残し、直人の家に泊まってくれているのだった。

最初は春翔をしばらく預かってもいいと言われたのだが、庭に埋めた美雪の世話をしなければならない春翔が祖母の申し出を受け入れるわけはなかった。その春翔の態度を、美雪との思い出の詰まった家から離れたくないからだと頼子は勝手に理解したようだった。

「裁判所から手紙がきてるわよ」

「ああ、そう」

生返事をして、手紙を手に取ろうともせず、直人はコートを脱いでネクタイを緩めた。まだこれから裁判が控えていたが、そんなものに興味は持てなかった。事故を起こした運転手は居眠り運転の非を認めていたが、せいぜいが業務上過失致死。有罪になっても執行猶予がつくかもしれないということだった。

葬式が終わるとすぐに、運送会社に雇われた弁護士がやってきて、できる限りの補償はすると言っていたが、どこか手慣れた感じで、すべてが事務的に処理されていくことが不満でもあった。

けれども、どんな補償をしてもらったところで美雪は……、美雪との平凡だが幸せだった日々は戻ってこないのだから同じことだ。

階段を上り、春翔の部屋に行こうとした直人に頼子が駆け寄り、誰に聞かれるのを怖れているのか小声で囁くように声をかけた。

「春翔ちゃんは二階にはいないよ」

直人が振り向くと、頼子は後ろめたそうに視線を逸《そ》らした。

「庭にいるのよ。今日は朝からずっと、庭の隅にしゃがみ込んでぶつぶつ言ってるの。家に入るように言ったんだけど、聞かなくてね。一応、あたたかい格好はさせてあるんだけど、やっぱりあのショックは大きかったのかねえ。私は春翔ちゃんが心配だよ」

頼子にはあのことは秘密にしてあった。春翔に死んだ美雪の指を庭に埋めることを許した。しかもそれは美雪を蘇らせるためだ、ということを知ったら、頼子はきっと直人の気が違ってしまったと思うことだろう。

だから春翔にも「おばあちゃんには言っちゃいけないよ。他の人に話したら、お祈りの効果がなくなるからね」と言ってあった。あのことはふたりだけの秘密なのだ。

もっとも直人も本気で美雪の復活を信じているわけではなかった。ただ、ほんの少しの気休めのつもりだったのだ。そのうち、春翔の心の傷も癒えるだろう。

「ちょっと見てくるよ。母さんは飯の支度をしといてくれないか。腹が減っちゃってさあ」

腹が減ったなんて嘘だ。食欲はまったくなかった。頼子に春翔との会話を聞かれたくなかっただけだ。

直人は廊下を進んでリビングに向かい、カーテンとガラス戸を開けた。結局一度も使われたことのない犬小屋が庭の隅に放置されていて、反対側の一番奥の隅に春翔の背中があった。その横には春翔の忠実なしもべであるポチが座っている。ポチはすっかり大きくなったが、成長するに連れてよけいに春翔に対する忠誠心を増していくようだ。

春翔の真剣な様子に、声をかけることもできず、直人はそっと背後から歩み寄った。気配に気づいたポチがちらっと振り返ったが、それがこの家の人間であることを確認すると、またすぐに春翔が見ているもののほうへと視線を向けた。

「えろいむえっさいむ、えろいむえっさいむ……」

春翔は無心に呪文を唱えている。その真剣さは恐ろしいほどだ。やはりあの時、はっきりと「ママの指を埋めてはいけない」と言ったほうがよかったのだろうか？いや、それ以前に、トカゲの尻尾を拾ってきた時に、尻尾からトカゲは生えてこないと言ってやるべきだったのだ。なまじ期待を抱かせたせいで、春翔はこの寒空の下でこんなにまでも一生懸命に母親の復活を祈っているのだから。

罪の意識に苛《さいな》まれながら、肩越しにのぞき込んだ瞬間、直人は息を呑《の》んだ。背中を小さな虫が何匹も這い上がっていくような不気味な感覚があった。春翔が美雪の指を埋めた場所が、微かに盛り上がってきているのだ。

確かに春翔が盛り土をして小山を作ってあったが、それよりもさらに裾野がひろがり、明らかに何か、指よりももっと大きなものが埋まっているように見える。

そんなことがあるわけない。トカゲの時も春翔の呪文が効いたわけではなく、直人が代わりのトカゲを捕まえてきて土の中に埋めておいただけなのだ。指の先から人間が再生するなどということがあるものか。春翔があとからまた土を被せたのだろう。きっとそうに違いない。そう思いながらも、直人は息子にそのことを確認するだけの勇気を持たなかった。

「パパ、帰ってきてたの？　おかえりなさい」

振り返った春翔が無邪気な笑みを浮かべた。死者を蘇らせようとしているとは思えないほど可愛らしい笑顔だ。もっとも春翔にとって、母親は死んではいないのだ。指一本になってしまったものの、そこから新しい身体が生えてきて、またもとのとおりの優しい母親が自分を抱きしめてくれると信じているのである。

「一日中ここにいたのか？　おばあちゃんが心配してたぞ」

直人の問いかけには答えずに、春翔は興奮した口調で話し始めた。ずっと話したくてうずうずしていたという様子だ。

「あのね、パパ。今日の朝ね、ぼくが寝てるとママが来て『もうちょっとでまた会えるわ。だから、春翔ちゃん、がんばってお祈りしてね』って言ったの。それでね、ぼくは今日、一生懸命お祈りしてたんだよ。ねえ見て。ママの身体《からだ》がだいぶ生えてきているみたいだよ」

冗談はよせ。そう怒鳴りつけたい気分になったが、もちろんそんなことはできない。

「夢を見たんだよ」

直人はできるだけ平静を装いながら言った。母親に会いたい思いが春翔にそんな夢を見させるのだろう。直人だって、美雪を愛していた気持ちには変わりはない。今も美雪が生きていてくれたらと考えない日はない。だが、それは指のカケラから生えてきた美雪ではないのだ。

「夢じゃないよ。本当にママが生えてきているんだよ。ほら見てよ。地面が大きく盛り上がってきてるでしょ」

直人が必死に否定しようとしている考えを春翔はなんのためらいもなく口にして、自分の言葉を信じてくれない父親を不満げに睨みつけた。その視線を無視して、直人は春翔の手をつかんだ。

手袋もはめていない小さな手は驚くほど冷たい。手袋は足下に落ちていた。あたたかい格好はさせておいたけど、と頼子が言っていたから春翔が自分で外したのだろう。そのことがお祈りの真剣さを直人に感じさせた。

「おばあちゃんを心配させたら駄目じゃないか。それに、こんなに寒いところにいて風邪をひいたらどうするんだ。早く家に入りなさい」

「だけど、ぼく……」

「いいから家に入るんだ」

身体がカッと熱くなり、怒りの感情が直人を支配した。春翔の非常識な言葉に腹を立てたのだ。いや、恐怖心を抱いたと言ったほうがいいかもしれない。その感情の揺れをごまかすために怒ってみせたのだ。

「春翔、パパの言うことが聞けないのかッ?」

直人の言葉に含まれる棘《とげ》が降りかかってきたとでもいうふうに春翔は首をすくめ、身体を硬直させた。

「さあ、早く」

春翔の腕をつかんでテラスから家の中に引っ張り上げて、ガラス戸を閉めた。直人の剣幕に驚いた春翔が泣き声を上げた。

「痛い。痛いよ、パパ」

気がつくと、直人の指が春翔の腕に食い込んでいた。知らず知らずのうちに力が入ってしまっていたようだ。ポチが自分の主人の危機に唸り声を上げ、今にも直人に飛びかかろうと尻を振っている。

「うるさいっ」

直人が腹を蹴りつけると、ポチは甲高い悲鳴を上げた。憎悪のこもった目で見つめながらも、家人《かじん》である直人に嚙みつくことはできないらしい。ポチは混乱した様子で部屋の中を駆けまわって、低く唸り続けた。

「いったい何を騒いでるの?」

頼子がキッチンから飛び出してきて、直人の手から春翔を奪い取った。

「おばあちゃん!」

しゃくり上げるように泣きながら春翔は祖母の胸に顔をうずめた。それを見て直人は舌打ちした。何か邪悪なものが心の中にわき上がってきていた。直人は常に冷静で、こんなふうに感情的になるタイプではないのだ。それなのに今夜ばかりは自分をコントロールできなくなっていた。

「なんでもないよ」

ソファに倒れ込むようにして座り、直人は頭を抱えた。頼子が大きくため息をついた。

「なんでもないことないわ。春翔ちゃんがこんなに泣いているじゃないの。あなた、やっぱりこのごろ変よ。そりゃあ、美雪さんのことは大変だったと思うわよ。だけど、あなたは父親なのよ。しっかりしなきゃ……」

「うるさいな！　やめてくれよ。俺はもう子供じゃないんだ。この家だって俺が建てたんじゃないか。母さん、いつまでここにいるつもりなんだよ。ここは俺たち家族の家なんだよ。俺と春翔と……」

美雪の、と続けようとして、その言葉はなんとか飲み込んだ。こんな馬鹿げたことがあるわけがないのだ。頼子は春翔を抱きしめながら、自分の息子を心配げに見つめている。春翔の前で口論するのはよくないと思ったのか、頼子は何も言おうとしない。

「……大声を出して悪かった。ちょっと疲れてるんだ。風呂は沸いてるの？」

「ええ、いつでも入れるわよ」

「じゃあ、先に春翔を風呂に入れてやってくれ。身体が冷え切ってるみたいだから」

直人はめまいがした。頭の芯が、ずんと重たく痺れている。

「わかったわ。春翔ちゃん、おばあちゃんと一緒にお風呂に入りましょ。バスタオルを持って、先にお風呂場に行っててちょうだい」

春翔は少し不満そうにしながらも、素直に風呂場のほうへと向かった。その後ろ姿を見送ると、ソファに座り込んで頭を抱えている直人に頼子が心配そうに言った。

「直人、大丈夫かい？」

「何が？」

「春翔ちゃんのことだよ。なんだか変だよ、あの子。一日中、庭の隅でぶつぶつ言ってるなんて……」

頼子は言葉を濁した。美雪に少しエキセントリックなところがあったことを、頼子は以前から気にしていた。当然、美雪の不思議な力など知らないから、美雪が心の病気を抱えていると思っていたのだ。心の病気は遺伝するという説もある。頼子はそれを心配しているようだった。

「ただ遊んでただけだから心配はいらないよ。子供なんて、そういうもんなんだから」

「だけど、庭に何かあるのかい？」

テラスに面したガラス窓のほうに歩き始めた母を制するように、直人はとっさに大きな声を出した。

「心配いらないって言ってるだろ！　春翔はポチと遊んでただけさ！」

春翔と一緒に風呂に入るわけにはいかず、テーブルの下でふてくされたように腹這いになっていたポチが耳をペタンと倒した。

「そうかい……。なんだか、あの子が気味悪くてねぇ」そう言ってしまってから、頼子は慌てて言葉を付け足した。「こんなことを言っちゃ駄目ね。自分の孫を気味悪がるなんてどうかしてるわ」

自分を戒《いまし》めるように頭を振ると、じゃあお風呂に入っちゃうわね、とつぶやきながら頼子は部屋を出ていった。

10

車をマンションの駐車場に入れると、比呂子はほっと息を吐いた。今日もまた小さな街のイベントの取材に駆けまわっていた。俗に「暇ネタ」と呼ばれる種類のものでギャラ的にはたいしたことはないが、平和な光景を撮影するのは悪い気はしない。心の片隅に小さなシミのように存在する不安な気持ちをごまかすには、下町の人たちの活力溢れる笑顔は最適だ。

身体《からだ》は適度にくたびれていた。美雪の死を知らされたあの日から、なぜだか胸騒ぎがして眠れない日が続いていたが、今夜はぐっすり眠れそうな気がする。

マンションのエントランス前では冷たい風が渦を巻き、枯葉を舞い上がらせていた。比呂子の暮らすマンションは単身者用のワンルームばかりが集まったものだったが、いったい何世帯あるのかわからないぐらい大きく、設計上の不備なのか一年中ビル風が強く吹いている。夏場はまだいいが、冬はかまいたちのように肌を切り裂かれそうに感じるほどだ。

比呂子はショルダーバッグを肩にかけ、商売道具のビデオカメラを抱きかかえながら玄関ロビーに駆け込んだ。小さな郵便受けが壁一面にずらりと並んだ横に、黄色い扉のエレベーターがある。何気なくボタンを押そうとして、比呂子はその手を止めた。すでに誰かが乗っているのか、矢印ボタンが点灯し、数字の灯《あか》りが順々に一階へと降りてくる。

単身者ばかりが大勢暮らすマンションだ。近所付き合いなどまったくない。こういう共有部分で顔を合わせるのは気まずいものだった。比呂子の部屋は四階だ。階段を使ってもいいのだが、大きなビデオカメラとバッテリーや三脚などが入ったショルダーバッグを持ったまま上るのは気が進まなかった。

仕方なくエレベーターが来るのを待つことにした。4・3・2……。まるでカウントダウンでもするかのように比呂子は表示板の数字が点灯する順に心の中でつぶやいた。

「1」

チンと電子レンジのような音がしてドアが開いた。顔を合わせる気まずさから、比呂子は横に一歩よけたが、誰も降りてこない。不審に思って中をのぞいてみると、誰もいなかった。確かに比呂子がボタンを押す前からエレベーターは降下していたはずだ。

誰かが一階のボタンを押して、そのあとで忘れ物にでも気がついて部屋に戻ったのかもしれない。だとすれば無人のエレベーターが降りてきても不思議ではない。そうだ。そうに違いない。少し神経質になり過ぎだ。

エレベーターに乗り、比呂子は「4」と書かれたボタンを押した。そのとたん、嫌悪感に身体を覆われた。ボタンが何かぬるぬるした液体で汚れていたのだ。慌ててポケットからハンカチを出して指先を拭っていると静かに扉が閉まり、エレベーターは上昇を始めた。ふっと背後に人の気配を感じた。エレベーターが上昇するに従って、その気配は徐々に濃くなっていく。

誰かいるの？　ううん、さっきエレベーターに乗る時に誰もいないことを確認したじゃないの。気のせいよ。誰もいないわ。そう自分に言い聞かせながらも、振り返ることもできずに、比呂子は扉に張りつくように立ち、文字盤の数字が上昇していくのをじっと見つめていた。早く……、早く着いて。ビデオカメラのグリップを握る手に力がこもる。

四階に到着してドアが開くのと同時に、比呂子は廊下に飛び出した。振り返ってエレベーターの中を確認する。もちろんそこには誰もいなかった。比呂子は自分の臆病さに苦笑いを浮かべた。そんな比呂子をからかうようにスマートフォンがジーンズのポケットの中で振動し始めたのは、部屋のドアを開けて明かりをつけようとした時だった。

一瞬、背中に冷水を流し込まれたようにひやっとしたが、画面に表示された「柏原亮次」という名前を見て、比呂子は身体の中が微かにあたたかくなるのを感じた。

「はい、倉沢です」

『カメラマンがダウンしちゃったんですよ。急で悪いんですけど、これからちょっと手伝ってもらいたい仕事があるんです。大丈夫ですか？　えーっとですね、今、僕は椎名町《しいなまち》にいるんですけど』

大丈夫かと訊ねておきながら、柏原は返事も待たずに自分の居場所を教え始めた。

相当切羽詰まっているのだろう。柏原のところは小さな制作プロダクションのため、スタッフもギリギリの人数でやっていた。おまけに厳しいスケジュールの中で撮影しているために、誰かひとりが倒れると、こうやってフリーの人間に声をかけるのだ。フリーでビデオカメラマンをしているといっても、そうそう事件や事故があるわけではない。この手の臨時仕事は貴重な収入源だ。疲れていたが、断ると即死活問題になってしまう。

「わかったわ。今すぐ行きます」

自分の愛する商売道具——業務用ビデオカメラを持ってエレベーターに向かおうとした比呂子は、少し考えてから階段を駆け降りた。

＊

山手通りを北に車を走らせ、椎名町の立体交差になった部分を通り過ぎたところで左側に人影が見えた。柏原だ。二月の深夜、寒空の下、ずっとそこに立って待っていたらしい。比呂子の車を見つけると、柏原は大きく手を振った。

「早く早く」

比呂子の車を脇道に誘導する。ほんのちょっとした時間も惜しいというふうに柏原は勝手にドアを開けてこれからの段取りを説明し始めた。その時になって初めて、比呂子は今夜の仕事の内容を知った。

一年前、青森県八戸《はちのへ》市でひとりの男——小沼守《こぬままもる》が失踪した。経営していた会社が倒産し、債権者たちから逃れるために家族を捨ててひとりで逃げ出したのだ。

残された妻は借金取りに追われ、地獄のような日々を過ごしたが、それでもなんとか立ち直った。その過程で彼女を支えてくれた男がいた。当然のようにふたりは恋に落ちた。その男と結婚したいが、彼女は今でもまだ逃げた夫の戸籍に入っている。失踪してから七年経たないと籍を抜くことはできないのだ。探偵を雇って捜してみたが、結局見つからなかった。

探偵事務所に出入りしている情報屋からその話を聞きつけた柏原が、東邦テレビ系で放映予定の『霊能力探偵局』で取り上げる人物のひとりとしてピックアップした。そう、霊能力者の力で失踪者を捜す番組の手伝いをしろと言うのだ。

「……霊能力探偵局？　霊能力で行方不明者を捜すなんて、本気でそんなことを言ってるの？」

「もちろんですよ。何人かいる霊能力者の方々の中で、僕たちは大門謙信《だいもんけんしん》先生のパートを担当しているんですが、あの人はほんとすごいんですよ。僕も今までにいろんな霊能力者を取材してきたけど、こんなに力のある人は初めてです」

柏原は興奮した口調で大門謙信がどれだけすごい人物かということを話し続けたが、説明されるまでもなかった。比呂子もよく知っている。真言宗《しんごんしゅう》の流れを汲《く》む寺院の住職をしながら、悪霊祓《ばら》いや霊視、心霊写真の鑑定など、胡散臭いことにはほとんど手を染めている男だ。

比呂子も何度かテレビで見たことがあったが、時に大声を出して相談者を威嚇《いかく》する姿には宗教者としての重みは感じられず、当然のことながら彼の霊能力もインチキとしか思えなかった。

それなのに柏原は大門をまったく疑っていない様子だ。この男は根っからオカルトが好きなんだろう。報道局をクビになって正解だったかもしれない。

興奮している柏原とは対照的に、比呂子はやる気を失っていった。緊急の仕事で慌ただしく呼び出されてアドレナリンが全身を駆け巡っていたのに、急激に気持ちが冷めていくのがわかった。今さらインチキ霊能力者と関わりは持ちたくない。

五年前、比呂子が不気味な出来事に苦しめられていた時、占い好きの麻耶の紹介で何人かの霊能力者に相談したことがあったが、誰ひとりとしてまともな能力を持っている者はいなかった。場末の手相見のような当たり障《さわ》りのないアドバイスでごまかし、高額な相談料だけを巻き上げようとするのだ。どいつもこいつも、他人の弱みにつけ込む詐欺師でしかなかった。

「私、いやよ、そんなインチキの片棒を担ぐのなんか」

「ちょっと、待ってくださいよ。ここまで来て、そりゃないですよ。大門さんは本物なんです。お願いしますよ、比呂子さん。僕を助けると思って」

比呂子の前にまわり込み、蝿《はえ》のように両手を擦り合わせて、柏原は情けなさそうな顔をしてみせた。何日もまともに眠っていないのだろう、目の下に隈ができている。少なくともこの男は他人の弱みにつけ込むつもりはなく、真剣に番組を作ろうとしている。そのことは伝わってくる。

「僕たち、大門謙信先生の霊視に従って、もう一週間も捜しまわって、やっと見つけ出したんですよ。依頼者の女性もいらしているんです。明日の朝まで待ってたら、また逃げられてしまうかもしれない。劇的な再会の場面を、やらせなしで撮りたいんですよ。そのチャンスは今しかないんです。他のカメラマンを手配している時間はないんです」

ロケ車の横で心配そうにこちらを見つめている人影が見える。女性だ。あの人がこの企画にすがり、夫捜しを依頼した人物なのだろうか？　苦労したせいか、元社長夫人という気品は感じられない。女は比呂子の視線を避けるように車の向こう側にまわって姿を消した。

「とにかく私は『霊能力探偵局』なんてふざけた番組の手伝いなんかしたくないの」

「そこをなんとか頼みますよ。南部《なんぶ》さんが高熱出してぶっ倒れちゃったもんだから、もう他にカメラマンはいないんですよ。比呂子さんに逃げられたら、この取材は間違いなく失敗しちゃいます。せっかくここまで辿り着いたっていうのに……」

タフが髭《ひげ》を生やしてダウンジャケットを着ているような南部が倒れるなんて珍しい。それぐらい過酷な現場だったということか。本当に霊能力で捜すのなら、一週間もかかるわけがない。結局、柏原たちも被害者なのだ。いいように利用されている。悪いのは全部、詐欺師の大門謙信だ。

今にも子供のように泣き出しそうな顔をしている柏原を見ていると、比呂子はまるで自分がこの男をいじめている悪者のような気がしてくる。柏原には他人をそういう気分にさせる雰囲気があった。これも一種の才能だ。

「柏原さん、やばいっすよ」

ＡＤが駆け寄ってきて、焦った声で囁いた。これも顔見知りの中原《なかはら》という青年だ。

専門学校を出たばかりで、機転はきかないが、それでも仕事に対する情熱は比呂子も見習わなければと思うほどの熱血漢だ。

「どうした？　マル対に動きがあったのか？」

柏原が厳しい顔つきになった。

「いいえ、そうじゃなくて、サチさんがもう待てないって騒ぎ出しちゃったんです。今、大橋《おおはし》が宥《なだ》めてますけど、興奮してて、手に負えません。騒ぎになったら、マル対にも気づかれてしまうかもしれないし……」

サチというのが依頼者なのだろう。苦悩に満ちた顔で見つめ合うふたりの男を目の前にしたら、もうこれ以上わがままは言えない。

「わかったわよ」

柏原からメモリーカードを受け取ると、素早くそれをセットして比呂子はビデオカメラを肩に担いだ。戦場に向かう兵士の気分だ。

「あのアパートです。二階の一番右」

古いアパートが密集した路地裏に中原が先導する。ファインダー越しにドアを見つめた。ガラス戸から光が洩《も》れている。ズームアップすると、ガラス戸の向こうに人影が動くのが見えた。

すぐ横の黒いベンツの窓が静かに開き、その気配を感じた比呂子は反射的にそちらにカメラを向けた。他のスタッフによってライトがたかれる。真っ黒に日焼けした坊主頭の男がまぶしそうに顔をしかめた。ズームにしたままだったので、男の鋭い目がアップにされた。

「窓から逃げようとしている。裏にまわれ」

男が発した低い声に一番早く反応したのは依頼者の女性——サチだった。彼女はいきなり奇声を発しながら走り出した。

「比呂子さん、早く！」

柏原に声をかけられると同時に、比呂子は駆け出していた。そのあいだも、サチの後ろ姿をずっとファインダーにとらえ続ける。離ればなれになっていた夫に会いたいという気持ちがひしひしと伝わってくる。

だがそれは愛情からではない。怒りや憎しみといったマイナスの力がオーラとなって背中から立ちのぼっている。ビデオカメラはなんでも生々しく映してしまう。それが魅力でもあり、怖さでもあった。

「あんた！　また逃げるつもりッ？」

アパートの裏にまわると女が大声で叫んだ。視線の先には白髪頭の男が窓からぶら下がっていた。

シーツを窓の柵に括《くく》りつけ、それを伝って降りようとしたらしいが、そうそう映画のようにはうまくいかない。シーツと地面のあいだには一メートルほどの距離があり、恐怖心から最後の一跳びができずに宙づりになっているのだった。

サチは迷わず夫の足に飛びつき、身体を揺すって引きずりおろそうとする。

「やめろ！　おい、放せ！」

しばらく必死になって耐えていた男だが、結局握力が限界になり、こらえきれずに植え込みの中に転落した。

「ひとりで逃げやがって！」

金切り声を上げて襲いかかる女を、柏原と大橋が羽交い締めにした。男ふたりがかりでやっと押さえることができるほどの力強さだ。この小柄な女性のどこにこんな力が潜《ひそ》んでいるのか？　比呂子は憎悪の力のすさまじさに背筋が寒くなる思いだった。

11

「まあ、コーヒーでも飲んで気持ちを落ち着けてください」

ファミリーレストランの一番奥の席に押し込まれ、逃げられないようにまわりをスタッフたちに囲まれてうなだれている小沼守に、柏原がコーヒーを勧めた。

小沼はええと低く応《こた》えただけでコーヒーに手を伸ばそうとはしない。その様子を向かい側に座った村田《むらた》サチ——戸籍上はまだ小沼サチだが現在はすでに旧姓を名乗っているらしい——がじっと睨みつけている。年齢は五十歳ぐらいだろうか、深く刻まれた顔の皺《しわ》から苦労のあとがうかがえる。

サチに力任せに引きずり落とされた小沼だったが、幸い脚に軽い怪我をしただけで済んだ。それに怪我のおかげで逃亡の心配もなくて、こちらとしても助かった。だが、騒ぎを聞きつけたまわりの住人たちが何事かと集まってきたために、その好奇の視線から逃れるように近くのファミリーレストランへ移動したのだった。

もちろんその一部始終をビデオカメラで撮影していた。店員は怪訝《けげん》そうな顔をしていたが、そんなことには構っていられない。どうせ深夜で客もほとんどいないのだ。街でも建物内でも、いちいち許可を得て撮影していたら、時間も金もいくらあっても足りない。柏原のところのような弱小制作プロダクションは、大抵の場合はゲリラで撮影してしまうのである。

もっともビデオカメラは膝の上に置き、液晶のモニター画面を上からのぞき込みながら撮影しているので、カメラがまわっているのかどうかは店員にはわからないはずだ。ライトを焚くこともできないので画質は悪くなるが、このほうが臨場感があってドキュメンタリータッチの画《え》が撮れる。

「撮影してるんですか？」

「顔にはモザイクを入れますから安心してください」

小沼の質問に答えてから、柏原は今回の取材の意図と内容を詳しく説明し始めた。

モニター画面の中の小沼はすっかり落ち込んだ様子だが、どこかほっとしているようにも見える。アパートのまわりに不穏な気配を感じた小沼は、借金取りが押し掛けてきたと思ったらしかった。

すでに自己破産していたが、闇のルートで借りた金に関しては死ぬまで追いかけまわされる。その筋の人間たちに見つかったと思って決死の思いで窓から逃げ出したのに、それが借金取りではなく、自分が捨てて逃げた妻だったということで、気が抜けたようになっているのだ。

柏原が小沼に説明するのを横で聞いていて、比呂子は改めて馬鹿らしい気分になってきた。

オカルト番組ではなく、実際に霊能力を事件捜査や人捜しに利用できるということを科学的に実証する番組なのだと柏原は力説していたが、比呂子にはオカルト番組と何が違うのかわからなかった。

何人かの霊能力者が特殊な能力を使って失踪者たちを捜す。その実験台のひとりとして小沼守が選ばれたのだ。

「霊能力ですか……」

うなだれた小沼が恨みがましくつぶやいた。そんなふざけた企画で自分が見つけ出されたということが情けないのだろう。小沼は探るような目で柏原を見上げた。

「霊能力で、どうやって私の居場所を見つけることができたんですか？」

名前を変え、生まれ育った街を遠く離れて、親しい友人も作らないでひっそりと暮らしていた。それなのに、砂漠の砂の中から小石を拾い出すように見つけ出されてしまったのだ。この失敗を今後に活かそうというのだろう。

「それはですね──」

小沼の質問に勢い込んで答えようとした柏原が言葉を飲み込んで比呂子の後ろを見

上げた。何気なくモニター画面から目を離し、背後を振り返ると、ど派手な紫色の法《ほう》衣《え》を着た大男が立っていた。大門謙信だ。

辺りの雰囲気が一変していた。一応、テレビ関係の仕事をしている比呂子なので、今までに何人もの芸能人と会っている。ある程度売れている芸能人は独特のオーラを発しているものだ。大門謙信もそうだった。何か崇高《すうこう》な力というよりは、芸能人としてのオーラを発していた。

店員や他の客たちも大門に気がついたようだった。さっきまでは胡散臭そうにチラチラと見ていたのが、急に瞳を輝かせ、そわそわと落ち着かない様子でこちらをうかがっている。

坊主頭に日焼けした顔。恰幅《かっぷく》が良過ぎて首がほとんどない。これほどファミリーレストランが似合わない男はいないだろう。後ろに引き連れている黒ずくめのスーツを着たボディガードらしき男の存在が、よけいに大門の印象を強面《こわもて》にしていた。

「車の中で待ってたんだが、退屈してしまってなあ。自分の仕事の成果を見たいのも人情だろう」

よく響く大きな声でそう言うと、気さくな笑みを浮かべながら大門は中原を押しのけてシートに腰掛けた。

「この度《たび》はどうもありがとうございました。大門先生のお力がなければ、この薄情者を見つけ出すこともできなかったと思います。本当にどうもありがとうございました」

村田サチが心の底から恐縮した様子で、テーブルに額を打ちつけそうなほど深くお辞儀を繰り返した。これこそ宗教だ。奇跡を見せられ、その力に怖れおののき、相手を全面的に信用してしまう。

「そんなに感謝することはないよ。これが俺の仕事なんだから。それにこうやって自分の力を確認できるのがうれしくてやってるようなもんなんだ。まあ、どんなに力を見せつけても、頑《かたく》なに信じまいとするやつはいるもんだがな」

比呂子をじろりと睨《ね》めつけると、大門は小沼に向かって腹から出すような低い声で話し始めた。

「霊能力といっても、今回、俺が使った力はサイコメトリーと呼ばれるものだ。物には持ち主の魂が宿るんだよ。だからあんたの持ち物に触ると、今のあんたが見ている光景が、俺の頭の中に浮かんで来るんだ。だからどこに逃げても無駄なことだ。その本人が大切にしていた物、肌身離さず持っていた物だと、その力はよけいに強く感じられるんだ」

そう言って、にやりと笑ってみせる。芝居がかったその姿が嫌悪感を抱かせる。大門たちのやりとりを見ていると、五年前に比呂子が苦しんでいた時に、助けるどころかカモにしようとした霊能力者たちへの怒りが蘇ってくる。比呂子はこんな男を撮影しなくてはならない自分の職業を呪った。

「そこで依頼者——村田サチさんから受け取った品物を大門先生に霊視していただいたんです」柏原が得意げに説明を引き継いだ。「身につけていた時間が長ければ長いほど、その持ち主の生体エネルギーを感じさせるということだったので、今回は小沼さんの古い眼鏡を使わせてもらいました。その眼鏡に触れただけで大門先生には小沼さんの今いる場所が見えたんです。古い木造アパートが密集した場所、近くに太い道路が通っていて、窓からは高層ビルが見えるっていう感じで……。ただそれは映像的なイメージだったんで、それにぴったりの場所を探すのには苦労しましたけどね。だけど、この近くまで来たら、あとはもうよく知っている道のように大門先生が車で先導してくださって、あのアパートの二階の一番右端だ、ってぴたりですよ」

自分の企画どおり首尾良く失踪者を見つけることができたために柏原は得意になっていた。そんなもの出鱈目《でたらめ》に違いない。たまたま偶然が重なっただけだ。ひょっとしたら大門も裏で探偵を雇って捜したのかもしれない。とにかくこんな仕事はさっさと終わらせてしまいたい。比呂子はビデオカメラをまわしながらも、心の中で忌々《いまいま》しい思いと戦っていた。

深夜のファミリーレストランの片隅で撮影は続いた。もっとも、あとはもう人間同士の話し合いだ。心霊だ、サイコメトリーだなどというインチキとは関係ない。生々しい別れ話の一部始終を比呂子は撮影し続けた。話し合いは淡々と進んだ。もともと捨てて逃げたのだ。小沼に妻との離婚を拒む理由はなかった。

柏原たちに番組の企画内容——霊能力で失踪者を捜すということ以上の思惑がないことを知り、安心したようだった。今後は小沼の行方を追わないという約束と引き替えに、離婚届に判を押すことを了承した。

「じゃあ、これに判子を押してください」

女が自分の書くべき欄はすべて埋めた離婚届をテーブルの上にひろげた。

「わかったよ。それでおまえが幸せになれるならな。迷惑かけてすまなかった」

小沼は素直に従った。カメラを向けられていると、人は皆自分をよく見せようとする。他人の目をより強力に意識するということだろうか。それも無理はない、特にこんなに大きなレンズをまっすぐに向けられているのだから。

小沼はウエストバッグから印鑑を取り出した。いつでも逃げられるように、大切なものはすべてその中に収めていたらしい。元社長の五十代後半の男のすべてがその小さなバッグに収まってしまうということも哀れだったが、そんな男に縛られていた女も哀れだ。

「はい、ＯＫ。こんなに遅い時間まで、どうもありがとうございました。撤収しましょう」

柏原の口から待ちわびていた言葉が出た時には、思わず「やった」と叫びたくなったほどだ。柏原が大門に挨拶している横で、比呂子はさっさと帰り支度を始めた。メモリーカードをカメラから取り出し、中原に手渡す。これで比呂子の仕事は終わりだ。全身が鉛《なまり》のように重かった。ぐったり疲れていた。腕時計の針はもう二時半を指している。長い一日だった。

「じゃあ、私はこれで。ギャラはまたいつもの口座に振り込んでください」

決まり文句を口にして立ち上がった比呂子に、大門が声をかけた。

「お嬢さん、忘れもんだよ」

テーブルの上に置いたジッポーにすっと大門の手が伸びる。煙草は控えていたが、ついいつもの癖でポケットから取り出してテーブルの上に置いていたのだった。

「あ、すみません」

大門と言葉を交わすのもいやだ。とっさに比呂子も手を伸ばしたが、大門のほうが一瞬早くジッポーを手に取った。その瞬間、大門の表情が変わった。さっきまでのにやついた、いかにも詐欺師然とした様子が急に険しく変貌したのだ。振り向きざまに、ぎろりと目を剝いて比呂子を睨めあげた。

「あんた、最近、変わったことはなかったか?」

「どういうことですか?」

無意識のうちに声に棘《とげ》が含まれる。大門の手からひったくるようにしてジッポーを受け取った。

インチキ霊能力者がよく使う手だ。急に深刻ぶった表情になって「何か変わったことがなかったか?」と訊ねられたら、誰だって不安になることのひとつやふたつはあるものだ。その手に引っかかるものか。

「変わったことなんて何もありません。それに私はあなたの力なんて信じてませんから、怖がらせようと思ったって無駄ですよ」

「待て!」

さっさと立ち去ろうとした比呂子を大門が呼び止めた。

「あんたには邪悪なものが憑《つ》いている。今はまだ弱いが、放っておいたらどんどん強くなっていくぞ。そいつはあんたを取り殺すつもりだ」

「変なこと言わないでください！」

比呂子はヒステリックな叫び声を上げた。

「どうかしましたか？」

柏原が目をきらきら光らせながら問いかける。何か面白そうなことが起こりそうだと、テレビマンの顔になっている。今度は比呂子を被写体にして、三十分ぐらいの番組を作るつもりなのだ。

「いや、なんでもない」

柏原の視線を振り払うと、大門は再び比呂子に顔を向けた。敵意のこもった比呂子の言葉に大門は苦笑いを浮かべていた。

「一度、じっくりと話を聞きたい。ここに連絡してきなさい」

そう言うと大門は名刺を差し出した。金箔を張った成金趣味の名刺だ。いかにも胡散臭い。大門の言葉に一瞬でもドキリとした自分が恥ずかしかった。思わず照れ隠しの笑みを浮かべて、比呂子は名刺を受け取った。

「あいにく名刺は切らしてましまして。それに私は別にあなたと話すことなんてありませんから」

「ふんっ。変な意地なんか張らんでもいい。あんたはきっと俺のところを訪ねて来るよ。いつでもいいから連絡しなさい」

「毎日、スケジュールがびっちりなんで、お伺《うかが》いすることはできないと思いますけど」

「いいから訪ねて来るんだ。じゃないと、わけもわからないうちに取り殺されてしまうぞ。あんたの後ろには邪悪なものがいる。俺が今までに見たこともない恐ろしいやつだ。だが、まだ弱い。これからますます強くなるだろう。今のうちに退治しておいたほうがいい」

「いい加減なことを言わないで。そんな話で私を脅かすつもり?」

馬鹿にしたように言う大門の言葉にムッとして、ビデオカメラのグリップを握る比呂子の手に力がこもる。

「失礼します」

くるりと踵《きびす》を返して立ち去る比呂子の背後で、大門が肩をすくめる気配がした。

12

「先生、どうかなさいましたか？」

車を走らせながら、運転手兼ボディガード、それに霊能力者としての弟子でもある黒崎邦明《くろさきくにあき》がバックミラー越しに大門謙信に訊ねた。声をかけられて初めて、大門は自分がぼんやりしていたことに気がついた。

比呂子のことを考えていたのだ。白い肌に気の強そうな大きな瞳。化粧っけもなく男のような格好をしていたが、そのせいでよけいに抑えきれない女の色香が滲《にじ》み出ていた。大門好みのいい女だ。だが今夜の大門はそんな劣情だけに心を支配されていたわけではなかった。

「どうもしてない。おまえはまっすぐ前を見て運転してればいいんだ」

「はい、申し訳ありません」

大門の不機嫌な声に、黒崎は萎縮《いしゅく》した様子でまた前に視線を向けた。黒崎にはやはり霊能力者としての才能はないということがはっきりした。この男は何も感じていないのだ。

以前は自衛隊にいて、演習中の事故で生死の境をさまよい、生還した時に霊感を得たと言って大門のところを訪ねてきた黒崎だったが、本当に霊感があるなら他人の弟子になろうとは思わないはずだ。

大門のノウハウを盗もうという程度の考えだろうと思ったが、ちょうど芸能活動も忙しくなってきた頃だったから急場凌《しの》ぎのつもりでマネージャーとして雇ってやったら、そのまま居着いてもう七年になる。

働きぶりは真面目で、「先生、先生」と大門のことを慕っていた。その辺は思惑違いだったが、霊感がないに違いないという想像は正しかったようだ。ファミリーレストランでも黒崎は大門のすぐ後ろに直立不動で立ちながらも、まったく何も感じていないような顔をしていた。あんなに強烈な妖気が漂っていたというのに……。

さっきファミリーレストランに足を踏み入れた瞬間に、店内に漂う猛烈な憎悪の気配を感じた。ただ、それは洩《も》れ始めた直後のガスのように薄く漂っていて、いったい何に起因する思いなのかはわからなかった。

従業員やまばらな客たち——眠そうに頰杖をついて時間をやり過ごしている男や、女同士でおしゃべりに夢中になっている高校生と思《おぼ》しき少女たち。誰を見てもそんな強烈な怨念を発しているようではなかった。唯一、依頼人の村田サチという女を除いては。

だが、その女とは以前にも顔を合わせていた。確かに逃げた夫を恨んでいたが、一晩一緒に酒を酌《く》み交わせば涙と一緒に流せてしまうほどの曖昧な憎悪だ。そんなものとは比べ物にならない。

大門が恐怖を感じたのは久しぶりだった。あんなものが見えてしまうなんて、霊能力を身につけて生まれてきた自分を呪わずにはいられない。

物心ついた頃からいろんなものが見えていた。だから最初はみんなにもそれが見えているものだと思っていたので、見えること自体にはなんの恐怖も感じない。それは大人になった今も変わらない。

それなのに、さっきライターに触れた瞬間に頭の中に浮かんだイメージは、思わず吐き気を催しそうになるものだった。そのものの姿自体がおぞましく、少々のことでは驚かなくなっていた大門謙信の心を縮み上がらせたのだ。

あの女……。確か倉沢比呂子といったが、いったい何者なんだ。あんな邪悪なものを連れて歩いているなんて……。

何気なく窓のほうに視線を向けた。なぜだかわからない。窓が曇っていて外は見えない。何かが気になる。

ウインドーガラスについた水滴を軽く手で拭き、外をのぞくように視線をめぐらせた時、運転席の黒崎が短く声を洩らした。次の瞬間、いきなり車が急停車し、ブレーキが長く悲鳴を上げた。勢いで身体《からだ》が前方に持って行かれそうになり、シートベルトが身体に食い込んだ。

幸い深夜のために後続の車はなかった。もしも後ろに車がいたら追突されていたことだろう。

「すみません。お怪我はないですか？」

黒崎が青い顔をして後部座席に身を乗り出してきた。

「大丈夫だ。それよりどうしたんだ、急ブレーキなんかかけおって」

大門の言葉にハッとしたように黒崎がドアを開けて外に飛び出した。

「何か轢《ひ》いたのか？」

大門もドアを開けて車から降りたが、そこには黒崎が不思議そうな顔をして立ちつくしているだけだった。

「確かに、何かが前に飛び出してきたんですが……」

まっすぐに伸びたタイヤのあとを呆然と見つめながら、黒崎がひとりごとのようにつぶやいた。いかつい顔を弱々しく曇らせている。おそらく黒崎が見たのは犬や猫ではないはずだ。大門は悟った。この男も、まんざら霊能力がないわけではないらしい。

「どうやら連れてきてしまったようだな」

足下から吹きあがるビル風に不意に生臭い匂いが混じった。無意識に、いつも手首に巻いている数珠《じゅず》を手にした。こんなものは素人《しろうと》をその気にさせるためのただの飾りだとうそぶいていながらも、こういう時には頼ってしまうのか。すでに宗派を破門されているくせに、いまだにことが起こると仏の力に頼ろうとする。

「おん　きりきり　なうまくさんまんだ……」

低く口ずさみかけたところで、すでに気配が消えていることに気がついた。すっと肩の力が抜けていく。見上げると、まだぽつぽつと明かりが残っている高層ビルの隙間からきれいな満月がのぞいていた。

13

得体の知れないものが直人の足下にまとわりついてくる。草のような蔦《つた》のような、人の手のような……。湿った地面の下から伸びてきて、足首に巻きつこうとする。

それを蹴散らし、悲鳴を上げながら直人は夜の闇の底を逃げまわるが、うまく走れない。何度も転び、泥まみれになり、這うようにして立ち上がり、また走り出す。今度は足の裏が地面に張りつき、引き剝がすと粘着質な糸を引いた。

ただ気ばかりが焦り、悲鳴のように喉を鳴らしながら直人は必死に助けを求め続けたが、ぬかるみに足を取られて再び倒れ込んだ。両手が地面にめり込み、引き抜こうとしてもできない。両足も同じだ。気がつくと、太股《ふともも》まで沼の中に埋まっていた。

暗い沼の中に身体《からだ》が少しずつ沈み込んでいく。暴れれば暴れるほど、直人の身体は沼に飲み込まれていく。何かが直人の足首をつかんで引っ張っている。見なくてもわかる。冷たい土の下に埋められた美雪が、直人を黄泉国《よみのくに》に連れていこうとしているのだ。

「やめろ！　美雪、放してくれ！」

すぐに身体のほとんどが埋まってしまい、必死に首を伸ばして助けを求めようと大きく開いた口の中に、一気に泥が流れ込んできた。

息ができない。手足を動かすこともできない。ただ、足首をつかまれて、直人は地面の下へ引きずり込まれていく。そして、いつしか直人は頭のてっぺんまですっかり泥の中に埋まってしまった。

直人はベッドの上で飛び起きた。呼吸が苦しく、全身に汗をかいていた。大きく肩で息をして、時計を見ると夜中の三時だ。最後に時計を見たのが二時前だったから、ほんのちょっとうとうとしたあいだに夢を見たらしい。いやな夢だった。口の中には、まだ泥の味が残っている。

暗い部屋の中を見まわした。辺りは静まり返り、時計の針が時を刻む音だけがやたらと大きく聞こえる。その音に規則正しいリズムが被さる。列車が通り過ぎる音のようだ。

こんな山の上に線路があっただろうか？　何気なく窓を開けると、意外なほど明るい月の光に照らされた黒い山影の向こうから、鉄の車輪が線路のつなぎ目を規則正しく踏む音が風に乗って漂ってくる。

貨物列車だろうか？　自分以外にも起きている人がいるということが直人を心強い気分にさせた。まるで小さな子供みたいだと思いながらも、深い夜の闇の底にひとり取り残されたような感覚は本当に心細かった。

家を買った時の不動産屋の話では、今ごろはこの辺一帯にはびっしりと家が建てられ、ちゃんとした住宅街になっている予定だった。窓を開ければ隣の家の窓からこぼれ出る明かりに寂しさを癒されるはずだったのだ。

それなのに、開発業者の資金繰りが悪化したからという理由で、住宅の建設どころか、土地の造成自体が中断されていた。手入れをする者もいない荒れ地の中に、ポツンと直人の家が建っているという状態なのである。まるで災厄を怖れて誰もが直人の家を避けているかのようだ。

吐く息が白い。パジャマ一枚の身体が急激に冷やされていく。もう一度あたたかな布団の中にもぐり込んで惰眠《だみん》を貪《むさぼ》りたい。窓を閉めようとしたその時、背後に人の気配を感じた。うなじがちりちりとして、全身にいやな汗が噴き出す。

いったい何を怖がってるんだ。そんなことがあるわけない。心の中で自分に言い聞かせながら、直人はゆっくりと振り返った。

「春翔……」

そこにはパジャマ姿の春翔が眠そうな顔をして立っていた。隣の部屋で寝ていた春翔は、直人が窓を開けた音で目を覚ましたのだろう。可愛らしい息子の顔を見て、直人はほっとした。いったい何を怖れることがあるのか。ビクビクしていた自分がおかしかった。

「どうした、パパが起こしちゃったかな」

「ううん、ママの声が聞こえたの」

やわらかそうな唇を動かして発せられた息子のその一言で、胃が一気に縮み上がり、吐き気がこみ上げてきた。生唾を飲み込むと、口の中でざりっと土を嚙むような感覚があった。――これはまだ夢の続きなのだろうか？

春翔の前にしゃがみ込み、頭をそっと撫でてやった。また夢を見たのだ。さっき直人が夢を見ていたように。

ただ同じように美雪の夢を見ていても、春翔にとっては楽しい夢で、直人にとっては恐ろしい夢になってしまう。自分だって、美雪が戻ってきてくれればどんなにいいだろうと思っているというのに。

もっとも、戻ってくるわけがないと思うからこそ、実際に戻ってきた時のことを考えると恐ろしくなるのだった。

「気のせいだよ。風の音がママの声に聞こえただけさ」

「本当だよ、パパ。外でママの声がしたんだ。それでぼくは目を覚ましたんだから。ママが土の中から出てきたんだ」

そんなわけがないだろ、とは言えない。春翔に美雪を復活させる方法を教えたのは直人なのだから……。

「ほんとだってば」

直人が黙り込んでいると、春翔が頰をふくらませた。みるみる瞳が潤んでくる。今にも涙がこぼれ落ちそうだ。

「わかったよ。じゃあ、確かめに行こう」

美雪の指が埋まっている庭になんの変化も起きていないのを見れば、春翔は自分が夢を見ていたのだと納得することだろう。

母の復活を望む春翔はこれからも何度もそんな夢を見るだろうが、そのたびに庭を見て何度も期待を裏切られ続ければ、そのうちあの不思議な出来事――トカゲの復活が直人の冗談だったのだとあきらめてくれるはずだ。人の死も理解できないぐらい、まだ幼いのだ。心の傷もすぐに癒えるだろう。

春翔に手を引っ張られて直人は階段を降りた。家の中でこんなに寒いのだから、外はもっと寒いはずだ。ガウンを羽織らせなければと思いながらも、急《せ》かすように階段を降りていく春翔を止めることはできない。

いつの間にか駆けつけてきたポチが春翔の足下にまとわりつきながら、先にテラスに面したカーテンへと向かう。ピクリと耳を立てると、ポチはカーテンの向こうに何かがいることを確信しているかのように、口の端に泡をためながら猛烈な勢いで吠え始めた。

まわりに家がないと言っても、深夜だ。犬の吠える声は不吉によく通る。

「おい、ポチ。静かにしろ」

声をかけても、ポチは直人の言葉など聞こえないかのように興奮した様子で吠え続けている。

「ポチ、やめろっていうんだ！」

首輪をつかみ、床の上に押さえつけたが、ポチはまだ低く唸っている。いったい、そこに何がいるというのか？　開けてはいけない。少なくとも朝が来るまでは、このカーテンを開けてはいけない。そう思いながらも、直人は春翔を止めることができなかった。直人自身も、庭で何が起こっているのか確認しないではいられなかったのだ。

「パパ、開けるよ」

春翔がテラスに面したカーテンを勢いよく引き開けた。一瞬、目を背けそうになったが、直人はなんとかこらえた。怖がればそれが現実になりそうな気がしたのだ。ポチも今度は怯《おび》えた様子で黙り込み、尻尾を自分の腹の下に巻き込んだ。

小さな手で春翔が鍵を開け、ガラス戸を横に引いた。土の香りが家の中に流れ込んできた。

「ママ！」

神聖な死者の眠りを邪魔するように、春翔が庭に向かって元気よく呼びかけた。今にも美雪が返事をしそうで足がすくんだが、当然のことながらそんなことは起こりはしない。

「ママ、どうしたの？　どうして返事をしてくれないの？」

春翔の声が少し不安げに震えた。帰ってきたと思った母がまた目の前で消滅してしまったとでもいうように肩を落としている。その小さな背中が痛々しい。美雪を怖れていた自分を罪深く感じた。返事がないことをよろこんではいけないのだ。幼い春翔がこんなにも母の復活を望んでいるのだから。

背後から息子を抱きしめた。小さな身体は冷え切ってしまっている。ふたりの身体がお互いの体温を高めていくようだ。触れ合った部分がじんわりとあたたかくなっていくのが心地いい。

息子のやわらかい髪の毛に頬ずりするようにして顔を押しつけた。春翔はされるまましじっとしている。母の声が聞こえたのが夢だったことがよほどショックなのだろう。かわいそうに。何気なく直人は庭に視線を向けた。そこは月明かりに黄色く照らされている。

夜明け前の暗闇の中だからというだけでなく、庭には悪夢を呼び起こすだけの不気味な気配が漂っている。白く乾いた土の上に枯葉が降り積もり、春翔のオモチャがそこかしこに散乱している。庭の隅にはポチのために直人が作った犬小屋が、まるで廃墟のような佇《たたず》まいでポツンと存在している。

まだ一年も経っていないのに、使われることなく放置された犬小屋は色褪《あ》せ、朽《く》ち始めていた。あの幸せな時間から、ずいぶんと長い時間が経ってしまったように感じた。

ガーデニングをするの、と美雪がうれしげに話していた場所が、荒れ放題になっている。せっかく買った我が家がこんなことになっているのを見たら、美雪はどう思うだろうか?

事故の日以来、直人の母——頼子が泊まり込んでくれているため、家の中は美雪の生前以上にきれいに片づいていたが、庭だけは荒れ放題だ。頼子が庭に出るのをいやがるためだった。

春翔が一日中、不気味な呪文を唱え続けているからと言っていたが、それだけではないような気がする。何かを感じるのだ。人間とて獣だ。眠っている野性が、そこが危険であることを頼子に知らせるのかもしれない。

いや、危険などない。これはただの平和な一軒家の小さな庭でしかないのだ。直人は荒れ果てた庭をぼんやりと眺めた。けれども視線はある一点を避けてさまよっている。左の隅のほうに何かの気配を感じるが、首の筋肉が強張《こわば》り、顔がそちらへは向かない。怖れているのだ。だが、視界の端にはっきりと見える。

「美雪……」

無意識のうちに声がこぼれ出て、直人は慌てて口をつぐんだ。枯葉に埋もれた庭の片隅に小さな山ができていた。それは野球のピッチャーマウンドのように……、いや、そんな健全なものではない。その光景は、直人が物心つくかどうかの頃に亡くなった田舎の祖父を埋葬した墓地を連想させた。

当時、まだその地方には土葬の習慣が残っていた。祖父の遺志もあり、遺体は焼かれることなく墓場に埋葬された。こんもりと小山のように盛り上がった土の上に卒塔婆《そとば》が立てられた。その小山は、棺が腐り、遺体が土に還ると、まわりと同じように平らになるということだった。

その時見た土饅頭《どまんじゅう》を連想させる小山が、今目の前にあった。明らかに何かが埋められている。春翔ひとりでこんな山を造ることは不可能だ。では……。では、遺体が朽ち果てていくのと逆のことがこの土の下で行われているというのか？

目を逸《そ》らすこともできずに盛り上がった地面をじっと見つめていた直人の背中に、不意に悪寒が走った。それがなぜなのか理解するのに数秒間を要した。直人は自分が見たものを理解したくなかった。大きく盛り上がった土が、微かに動いている。今にもその下から何かが這い出してきそうだ。小さな虫などではない。もっと大きなものが、上に盛られた重い土をはね除《の》けようとあがいているのだ。

　春翔はそれに気がついていないようだ。ガラス戸を開けるとそこに美雪が立っていて自分を優しく抱きしめてくれると思っていたのだろう。落胆に沈んでいる様子は痛々しいほどだ。

「もういいだろ」

　ガラス戸とカーテンをさっさと閉めると、直人は内心の動揺を隠しながら春翔の腕をつかんで階段を上った。ポチも庭から離れられることでほっとしたように一緒に階段を駆け上がってくる。

「パパ……。ぼく、本当にママの声を聞いたんだよ」

　まだそんなことを言う息子をベッドに横たわらせて、布団をかけた。

「いいからもう眠るんだ。十数えるあいだに眠ったら、ママが夢に出てきてくれるぞ」

「ほんと？」

「ああ、ほんとだとも。一、二、三、四……」

　ベッドの横に膝立ちになった直人が盛り上がった布団を軽く叩きながら数を数え始

めると、春翔は布団を顎《あご》の辺りまで被って目を閉じた。ポチがベッドに飛び乗り、春翔の横で丸くなる。

「……六、七、八、九、十」

数え終わったとたん、春翔は鼾《いびき》をかき始めた。もちろん本当に眠ったわけではなく、眠ったふりをしているだけだ。これは美雪が生きていた時からしていた入眠儀式だった。いつだったか、なかなか寝つけないでいた春翔に困った美雪が思いついたのだ。十数えるあいだに眠れるかどうかゲームをしようともちかけると、春翔も新しい遊びに目を輝かせた。美雪がゆっくりと数を数えていき、ちょうど十秒目に春翔は鼾をかき始めた。

瞼《まぶた》がピクピクと震えていた。眠っているふりをしているのはすぐにわかったが、

「この子、眠っちゃったわ。私の負けね」と美雪が残念そうに直人に声をかけた。おそらく勝利の満足感に酔いながら、春翔の鼾はすぐに可愛らしい寝息に変わっていった。眠っているふりをしているうちに、本当に眠ってしまったのだ。自分たちの子供の寝顔を、直人と美雪は飽きることなく眺めていたものだった。

今もまた、春翔は本物の寝息をたて始めた。どんな夢を見ているのだろうか、うれしそうに微笑《ほほえ》んでいるように見える。今度こそ、朝までぐっすり眠ることだろう。

音をたてないように気をつけながら、子供部屋から出てドアを閉めた。直人もこのまま眠ってしまいたかったが、そうもいかない。さっき、土の下で何かが動いたように見えた。それを確かめないではいられない。

階段を降りて、再びリビングに向かった。足が震えてうまく歩けない。強張った両腿《もも》を拳で叩き、なんとか窓辺まで辿り着いた。テラスに面したガラス戸を開けて、直人は弱々しい声で訊ねた。

「おい、美雪。おまえ、本当にそこにいるのか？」

当然のことながら返事はない。馬鹿げた質問をしたものだ。盛り上がった地面は、ピクリとも動かない。庭は死んだように静まり返っている。土の下で何かが動いたと感じたのは、ひょっとしたらモグラが這い出してきただけなのかもしれない。こんな山の上なのだから、モグラがいても少しも不思議ではない。

「はははっ」

直人はわざとらしく笑い声を発してみた。自分の臆病さを笑ったのだ。だが、その笑い声が、ふっと消えた。全身の毛が一気に逆立つ。盛り上がった土のてっぺんが崩れ、小石が転がり落ちた。何かが地面の下で動いている。

胸が苦しい。呼吸をするのを忘れていたことに気がつき、慌てて息を吸い込んで激しく咳《せ》き込んだ。

確かに地面の下に何かがいる……。

直人はサンダルも履かずに庭に降りた。足の裏に硬い石の感触が痛かったが、そんな些細《ささい》なことを気にしている余裕はなかった。ふらふらと小山――美雪の指が埋まっている一隅に向かった。

ここ数日、あえて庭を見ないようにしていた。こうなることを怖れていたのだ。呼んでいる。美雪が呼んでいる。直人の足首をつかんで地中に引きずり込もうとしている。冷たい土の下で、ひとりで寂しがっているのだ。こんもりと盛り上がった土の下に、苦しげな吐息が聞こえるようだ。足の先から冷気が這い上がってくる。

「美雪、おまえなのか？　本当に、おまえなのか？」

そうつぶやいてから、直人は激しくかぶりを振り、忌《い》まわしい想像を振り払おうとした。

いいや、美雪であるわけがない。美雪は死んだのだ。これ以上ないというほどはっきりと。直人は警察署の地下室で見た。美雪は無惨な姿になって死んでしまった……。

この土の下に埋まっているのは指の先っぽなのだ。もしも万が一、そこからまた身体が生えてきたとしても、それが美雪であるわけがない。だが、直人が見つめているすぐ前で、地面が蠢《うごめ》いている。私はここにいるの。私は生き返ってきたのよ、と美雪が自分の存在を直人に知らせようとしているのだ。

駄目だ。そんなことがあっていいわけがない。そのものの姿を見た瞬間、直人は自分が決定的に狂ってしまいそうに感じた。直人は後悔した。トカゲの尻尾を拾ってきた春翔をからかったことを、春翔が美雪の指を埋めたいと言ったのを許してしまったことを……。

頭の中で成長し続けていた美雪の姿がはっきりと像を結ぶ。なんとしても止めなければ。こんなものが地上に顔を出す前に止めなくては……。いくら子供の頃から不思議な力を発揮してまわりを気味悪がらせていた美雪とはいえ、指から生えてくるなどあり得ない。それはもう、美雪であるわけがない。

一際強く地面が押し上げられて盛り上がった山が崩れ、下から何か白いものがのぞいた。カブトムシの幼虫に似た生理的な嫌悪感を抱かせる白さ。背中を小さな虫がいっぱい這いまわるような感覚が直人を襲った。

庭を見まわすと、ポチをつなぐために突き立てた杭が目にとまった。直人は発作的にそちらに走り寄り、自分の腰ぐらいまである杭を引き倒すようにして抜いた。

「美雪！　駄目だ、美雪！　許してくれ！」

先端が土にまみれた杭を盛り上がった地面——美雪が埋まっている場所に体重をかけて一気に突き刺した。くぐもった悲鳴が聞こえた気がした。

ぞっとするような手応えがあった。土の感触ではない。ぐにゃぐにゃとした何かやわらかいもの、そのくせ表面は弾力がある何かの、その表面を突き破るゾッとするような感触……。直人はよろよろと座り込んでしまった。

目の前では、突き立てられた木の杭がまるで脈動するように断続的に震えている。何かが……、確かに何か生き物がこの下に埋まっているのだ。

腰が抜けてしまったように下半身に力が入らない。それでもなんとか立ち上がり、直人は物置の中から大きなハンマーを取り出した。日曜大工用に買ったものだ。まさかこんなことのために使うことになるとは想像もしなかった。

「出てくるな……、土の中から出てくるな！　あああぁっ！」

直人は奇声を発しながら、ゆらゆらと揺れている木の杭にハンマーを力いっぱい振り下ろした。今度ははっきりと聞こえた。地面の下で何かが悲鳴を上げた。だがそれは、妻の声ではない。もっと野太く、ひび割れ、不吉な、獣のような声だ。

さらに二回、三回と、ハンマーを力いっぱい叩きつけた。ハンマーを振り下ろすたびに、どういうわけか直人の身体の底から憎悪がわき上がってくる。まるで何か強烈な憎しみに共鳴するかのように。

直人は何度も何度もハンマーを振り下ろし続けた。硬い音が闇の中に響き、一打ちごとに木の杭が地中深く突き刺さっていく。

犬小屋を作っていた時の情景が脳裏にフラッシュバックした。美雪の優しい笑顔。無邪気に土遊びしている春翔の姿。あたたかな日差しが降り注ぐ、よく手入れされた庭……。平和な日常の一コマ……。

何かが頬を伝って流れ落ちた。涙だ。直人は泣いていたのだ。どうしてこんなことになってしまったのか……。ああ、美雪、ごめんよ。俺を許してくれ……。

握力がなくなり、ハンマーが手の中からすっぽ抜けて、庭の草むらに飛び込んでいった。杭は半分ほど地面に埋まっていた。それでも脈動するように、その先端はゆらりゆらりと揺れている。

生きている。土の中のものはまだ生きている。とどめだ。とどめを刺さなければいけない。これが……、土の中に埋まっているこれが、愛する妻であるわけがない。そう思いながらも、とどめは刺せない。駄目だ。やっぱり俺にはできない。直人が両腕で抱えるようにして杭を引き抜くと、真っ赤な血が地上に湧き出てきた。

「ごめん……。ごめんよ、美雪……。おまえを殺そうとするなんて、俺は……」

直人は木の杭を庭の隅に放り投げて、その場に両手をついた。涙がとめどもなく溢れてきて、しゃくり上げるように泣きながら肩を震わせた。

「直人！　何をしてるんだい？」

母の声で我に返った。振り返ると、パジャマの上に袢纏《はんてん》を羽織った頼子が、狂人でも見るかのように怯えた表情を浮かべていた。

ここに埋まっているものを頼子に見られてはいけない。慌てて庭に顔を向けると、何かが蠢きながら地中に潜っていくのがわかった。そのおぞましい動きに、直人は全身が粟立《あわだ》つのを感じた。

14

比呂子は薄闇の中で目を開けた。

ここ十日ほど、毎晩決まって夜明け前に目を覚ましてしまう。大門に言われたことを気にしているのだと思うと悔しかった。全身にじっとりと寝汗をかいていて、パジヤマが肌に張りつく感覚が不快だ。比呂子はベッドの上で静かに身体《からだ》を起こした。

部屋の中はまるで海の底のように青い光が揺らめいていた。机の上のノートパソコンが開いたままになっていて、スクリーンセーバーが辺りを青い光で照らしているのだ。確か寝る前に電源を切ったはずなのにと思ったが、それよりももっと気になることがあった。

「まただわ。この匂いはいったいなんなの?」

部屋の中に、微かに生臭い匂いが漂っている。最近、ふとした時にその匂いがするのだった。雨に濡れた獣みたいな匂い……。

比呂子はキッチンへ行ってゴミ箱をのぞいてみた。昨日の朝食べた林檎《りんご》の皮と芯が、すでに干涸《ひから》びている。仕事が忙しくて、もう何週間も料理はしていないので、こんな匂いが発生するほどのゴミが出るわけもない。一応、冷蔵庫の後ろやベッドの下などをのぞいてみたが、やはり何もなかった。

腰に手を当てて背筋を伸ばし、部屋の中をぐるりと眺めた。ベッドと机。小さな液晶テレビ。食卓として使っているローテーブル。それに床の上に黒くゴツゴツした業務用の大きなビデオカメラが置いてあるだけだ。仕事と生活に必要な最低限のものしかない部屋は殺風景で、他に匂いの源を探す場所もない。

こうやって改めて眺めてみると、昔の比呂子の部屋——少女趣味な小物に溢れた部屋とはまったく違っていた。まるで別人の部屋だ。でも、どうせ一日中、仕事で外を駆けまわっていて、部屋はただ寝に帰るだけの場所だ。それ以上のものにするつもりはなかったので、ごてごてと飾り立てる必要もない。

そんなことを考えていると、静まり返った部屋の中にPCメールの着信を報せる音が大きく響いた。比呂子は全身を硬く緊張させた。なぜだか不吉な予感がした。得意げに微笑《ほほえ》む大門の顔が頭の中に浮かぶ。

——あんたには邪悪なものが憑《つ》いている。今はまだ弱いが、放っておいたらどんどん強くなっていくぞ。そいつはあんたを取り殺すつもりだ。

冗談はやめてよ! あんなのただの出任せよ! 比呂子は机の前に座り、パソコンのメールをチェックした。差出人も件名も文字化けしてしまっている。ウイルスかもしれないと思ったが、何か重要な報せのような気がする。このまま開かないで削除してしまってはいけないように思えた。比呂子はその件名を慎重にクリックした。

メールは開いたが、そこには何も書かれていない。ただの空白があるだけだ。そう思った直後、黒い点が左から右へすーっと横切った。すぐに今度は上から下へ移動する。小さな虫だ。手で払いのけようとして、それがパソコン画面の中を移動していることに気がついた。

「何これ？」

虫は次々に白い画面上に湧き出てきて、それぞれ無秩序に移動し続ける。いつしか大量の虫のために画面が真っ黒になっていった。何かの死骸にたかるように、虫たちは蠢《うごめ》いている。やっぱりウイルスだったのだろうか？　比呂子は慌ててパソコンの電源を切ろうとしたが、まったく反応しない。

その時、画面からさっきの異臭が漂ってくることに気がついた。画面に虫が現れるだけならウイルスの可能性もあるが、匂いまで出すウイルスがあるとは思えない。虫たちがたかっているその下に何があるのか……？

比呂子はふらふらと立ち上がってあとずさりした。そうしているあいだにも耐えられないほどの異臭が部屋の中に充満していく。さらに虫たちは、パソコン画面の中から溢れ出て机の上にこぼれ落ち始めた。匂いが一層強烈になる。

「うっ……。もう駄目。我慢できないわ」

匂いに耐えきれずに窓を開けた瞬間、比呂子の視界を何か黒いものが塞いだ。同時に猛烈な羽音が襲いかかり、埃《ほこり》っぽいものが身体にぶつかった。小さく悲鳴を上げて後ろに倒れ込んだ比呂子が視線を向けると、床の上で巨大なカラスが翼をひろげて苦しげにのたうちまわり、やがて動かなくなった。

ショックのあまり、比呂子はしばらく茫然としていたようだ。気がつくと、もううっすらと外が明るくなり始めていた。冷え切った身体が寒さで震えている。パソコンは何もなかったかのようにスクリーンセーバーが起動し、机の上に虫の姿はなくなっていた。

だが、カラスの死骸だけは、はっきりとそこに残っていた。何かのメッセージを伝えに来たのだろうか、カラスは目を見開き、比呂子をじっと見つめていた。

＊

半透明のゴミ袋を二枚重ねにしてカラスの死骸を入れ、マンションのゴミ集積場に置いて戻ってくると、充電器にセットしたままだったスマートフォンが鳴り始めた。その音で心臓を撃ち抜かれたかのように身体が硬直した。おそるおそるのぞき込んだ画面には柏原の名前が表示されていた。

大きく息を吐き、応答ボタンを押して耳に当てたとたん、柏原の声が飛び込んできた。

『朝早くにすみません。もう起きてました？』

「ええ、とっくに起きてたわ」

『どうしたんですか？　何かありましたか？　なんだか声の調子がいつもと違いますけど』

一瞬沈黙してから柏原が心配そうに言った。なるべく普通に声を出したつもりだったが、やはり動揺は隠せないらしい。でも、どう説明すればいいのかわからない。

「ううん、なんでもないの。柏原君はどうしたの？」

『え？』

「だって何か用があったから電話してきたんでしょ？」

『ああ、そうでした。実はこないだ比呂子さんに撮影してもらったＶＴＲをさっきまで徹夜で編集してたんですけど、なんか変なものが映ってて……』

比呂子は全身の血の流れが一瞬止まるのを感じた。口の中の唾液を飲み込もうとしても、喉を通らない。

『今、家ですよね？　早いほうがいいと思うんで、今から行っても大丈夫ですか？』

比呂子が黙っていると柏原が続けて言った。それでも比呂子の口からは言葉が出てこない。返事がないことを了解と取ったらしかった。

『場所ならわかります。前にもらった名刺に住所も書いてありますから。じゃあ、三十分ぐらいで着くと思いますんで、よろしくです』

そして、柏原はいつものように、比呂子の返事を待つことなく電話を切った。

きっちり三十分後にドアチャイムが鳴った。パソコン画面から気味の悪い虫のようなものが這い出し、部屋の中にカラスが飛び込んできて苦しみもがいて死ぬという異常な出来事があったばかりで、さらに柏原は何か不吉な報せを持って現れたのだ。少し煩《わずら》わしかったが、さっきの電話で比呂子が部屋にいることはもうばれているので、居留守は使えない。小さくため息をついて、比呂子は鍵を開けた。

「おはようございます。えっ……」

ドアの隙間から顔をのぞかせた柏原が、比呂子の顔を見て怪訝《けげん》そうに眉を寄せた。

「何よ」

「比呂子さん、顔色が悪いですよ。やっぱり何かあったんじゃないですか？」

「寝不足なだけよ。仕事でアドレナリンが出るからか、最近なかなか眠れなくって」

適当なことを言ってごまかそうとした。すると柏原はあっさりそれを信じたようだ。

「それならいい人を紹介しましょうか？　僕の高校の先輩に宮下和也《みやしたかずや》さんって人がいるんですけど、最近、西荻窪に精神科のクリニックを開業したそうなんです。紹介しますんで、眠剤でももらってきたらどうですか？　僕も取材のあとなんかは興奮してなかなか眠れないから、そういう時は眠剤を一錠飲むんです。そしたら一瞬で眠れて、時間を有効に使えるからいいですよ」

柏原は好意の固まりといった顔をしながら言う。でも、精神科はもう懲《こ》り懲《ご》りだ。

「結構よ。薬で眠るぐらいなら一晩中、羊の数を数えてたほうがずっといいわ」

「比呂子さんって、意外とロマンチストですね」

付き合いきれない。比呂子が大袈裟にため息をつくと、柏原はその横を擦り抜けるようにして玄関を上がり、興味深そうに部屋の中を見まわした。

「へえ、こんな部屋に住んでるんですね。だけど、引っ越してきたばっかりって感じだなあ。ほんと、比呂子さんが以前に言ってたとおり、なんにもないんですねえ。とても女性の部屋とは思えないなあ」

自分が思い描いていたものとの差に少々落胆したようだ。

「じろじろ見ないでよ」

柏原に文句を言いながらも、比呂子は心がほっと温まるような気がしていた。この部屋に自分以外の人間が足を踏み入れたのは初めてだった。退職、精神科への入院、退院後の引きこもり生活のあいだに、以前の知り合いのほとんどと疎遠になっていた。殺風景な部屋の中に自分以外の人間がいるのはいいものだ。

まるで初めて女性の部屋に入った男子高校生のように目を輝かせてきょろきょろしている柏原を目で追った。

柏原は比呂子に好意を持ってくれている。それがどの程度のものかはわからないが、あのことがあって以来、嫉妬の感情が怖くて他人との深い関わりを断っていた比呂子が久々に感じるくすぐったい感覚だった。

でも、その思いに身を委《ゆだ》ねようという気分には、やはりまだなれなかった。

「あれ？　これは……」

柏原が首の動きを止めた。視線が窓際の部屋の隅を見ている。何か変なものを見つけられたのかもしれない。

「あんまり勝手に部屋の中を荒らさないでよ」

慌てて近寄り、柏原が拾い上げたものを見た比呂子は、自分がまだ悪夢の中にいることを思い出した。

「カラスの羽ですかね。でも、どうしてこんなものが？」

「なんでもないわっ」

説明することでさっきのおぞましい思いが鮮烈に蘇ってきそうで、比呂子はわざと不機嫌そうに言って柏原の手から黒い羽を奪い取った。その剣幕に、一瞬、柏原の表情が強張《こわば》る。気まずい空気を吹き払おうと、比呂子は話題を変えた。もっともそれはカラスの羽よりもさらに不吉な内容なのだったが……。

「そんなことより、用があって来たんじゃないの？　さっき妙なことを言ってたじゃないの。ＶＴＲに何か変なものが映ってたとか……」

「ああ、そうでした。比呂子さんの部屋に入れたことで興奮してて忘れてました。実はこれなんですけど。一応、プリントアウトしてきたんで見てください」

柏原が不意に表情を引き締めてその場に腰をおろし、カバンの中から数枚の写真を取り出して、食卓として使っているローテーブルに置いた。比呂子は柏原と向かい合うようにしてテーブルの前に座り、サービス判より一回りほど大きなサイズのその写真をのぞき込んだ。

窓から転落したあとの小沼の前後にスタッフたちが張りつき、ファミリーレストランに入っていく様子を外から撮影しているシーンをプリントアウトしたものだ。柏原の言葉のせいだろうか、なんとなく不気味に感じる写真だが、その原因が何なのかははっきりとはわからない。

「ここです」

比呂子と額が触れ合いそうなほどテーブルの上に身を乗り出して、柏原は指で写真のある部分を示した。

ファミリーレストランの入口に設置された大きな鏡に、カメラを構えた比呂子の姿が映り込んでいた。ゲリラ撮影のため、店員の目を気にしてカメラを脇に抱え、カメラの側面についた液晶モニターをのぞき込んでいる。その比呂子の後ろに、何か白いものが覆い被さるように映っていた。

「何？　この白いの？」

「それがわからないんですよ。編集ポイントを探してコマ送りしてた時に気がついたんですけど、そのコマにしか映ってないんです」

煙のようにも、単なる鏡面の曇りのようにも、何かの光――たとえば車のヘッドライトが反射しているだけのようにも見える。だが、よく見ると、生々しい質感を伴っている。

背筋が寒くなる。部屋の中はエアコンが効いていて寒くはないはずなのに震えが止まらない。背後が気になるが、柏原の手前、振り返ることはできない。それに柏原と向かい合って座っているのだから、何かがいれば柏原の位置からは見えるはずだ。でも、心が優しいだけが取り柄のこの鈍感な男には、もしも何かがいたとしても見えはしないだろう。

「あの日、ファミリーレストランで、比呂子さんが帰ろうとした時に大門さんが何か言ってたじゃないですか。それはこのことを言ってたんじゃないんですか?」

震えが止まった。

——あんたには邪悪なものが憑いている。今はまだ弱いが、放っておいたらどんどん強くなっていくぞ。そいつはあんたを取り殺すつもりだ。

他人を見下した態度の大門の姿が脳裏に生々しく蘇ってきた。出鱈目《でたらめ》を言っていただけだと思おうとしていたが、あの男は本当に比呂子の背後に何かを見たのだろうか? あの時の驚きよう——瞳の中に見えた怯《おび》えは演技ではなかったのかもしれない。比呂子はかぶりを振ってその思いを払いのけた。

「馬鹿なこと言わないでよ。霊能力者なんて、みんなインチキよ」

「……比呂子さん、どうしてそんなに超常現象を目の敵《かたき》にするんですか? ひょっとして、以前に何か妙な経験をしたことがあって、その時にインチキな霊能力者に騙されたんじゃないですか?」

図星だった。返事もできない。いつもニコニコしているだけの柏原に、こんなに洞察力があったとは……。

「もしそうだったとしても、大門さんはインチキじゃないですよ。人間としてはどうかわからないですけど、あの人には確かに僕たちにない力があるんです。あの人は僕が今まで会った霊能力者の中でも、一番信用できる人です。だから、一度あの人に相談してみたほうがいいですよ」

人のいい柏原は誰でも簡単に信じてしまう。柏原に疑われる霊能力者なんていないだろう。だけど、その真剣な眼差しは、比呂子を本当に心配してのことなのだ。あの事件以来、他人との心の交流を極力避けてきた比呂子にとって、柏原の優しさは胸に響くものがあった。

それに今朝の明け方にパソコン画面に現れた虫と、部屋に飛び込んできて死んだカラス。VTRに映っていた白い影。不気味なことが続き過ぎる。ただ大門の話を聞くだけなら、別にかまわないだろう。何かを要求してきたら、毅然《きぜん》とした態度で断ればいいだけのことだ。あの男がインチキならば、そのことをはっきりさせるのも悪くはないかもしれない。

「わかったわよ」

比呂子が苦々しげにうなずくのを見て、柏原がほっとしたように笑みを浮かべた。

15

自分も一緒に行くという柏原の申し出を断って、昼間、取材を一件済ませてから比呂子は大門のもとに向かった。

車のサイドブレーキを引くと、比呂子はウインドーを下げて建物を見上げた。名刺に書かれた住所は高い土塀に囲まれた古ぼけた寺院だった。家を出る前にインターネットで大門謙信について調べてみたところによると、真言宗《しんごんしゅう》亜羅悦寺《あらえつじ》四十六代目の住職ということだ。

もっとも本人は幼少の頃から霊感が強く、仕方なく親のあとを継いだものの、十数年前からもっぱらオカルトのほうに傾倒しているのだという。その宗教家らしからぬ言動のせいで宗派からは破門されて、現在は檀家《だんか》は一軒もない。一応、宗教法人として登録はしてあったが、霊能力者として一般人の相談を受けて生活しているらしい。ただし、そちらの仕事も依頼者とのあいだにはトラブルが絶えず、金銭をめぐっての訴訟の他、無類の女好きがたたってレイプ事件で訴えられたことも数知れずだ。毎回、金の力でなんとか示談に持ち込んでいたが、明らかに胡散臭い男なのだ。

「柏原君に言われて来てみたけど……。彼は人が良過ぎるのよ。大門のような男まで信じてしまうんだもの。そんなことで、よくテレビ業界でやっていけるもんだわ。まあ、大手のキー局を追い出されたわけだし、やっていけてるわけでもないか。……だけど、大門のやつ、住んでるところは思っていたよりはずっとまともなんだね」

比呂子はひとりつぶやいた。金の鯱《しゃちほこ》が飾ってあるような、もっと趣味の悪い屋敷を想像していたが、そこは古い寺院そのままだった。塀の上からのぞく冬枯れの庭木が水墨画のようで、なかなか厳粛な雰囲気を漂わせている。

だが、そんな思いも門から中をのぞくまでだった。

「なんなの、これは？」

比呂子は思わず息を呑《の》んだ。屋敷の壁に貼られた無数のお札が目に飛び込んできた。たぶん梵語《ぼんご》なのだろう、ミミズがのたくったような文字が書かれている。一瞬、『耳無し芳一《ほういち》』という怪談が頭の中をよぎった。あの怪談では身体《からだ》にお経を書いていたが、大門の場合は屋敷にお経を書いているのだ。

「そこで何をしているッ？」

門のところから庭をのぞいていると、屋敷の裏から黒いスーツ姿の男が木刀を手に持って駆け寄ってきた。あの日、大門と一緒にいたボディガードだ。

目の前に立たれると、男はがっしりとした体格で背が高く、威圧感があった。髪は短く五分刈りにしていて、眼が猟犬のように鋭い。職業柄いろんな人物を取材したが、傭兵として中東の戦争に参加していたという男とどこか通じる物がある。

「大門……さんに会いに来たのよ」

呼び捨てにしそうになり、慌てて「さん付け」にした。

「事前にアポをお取りですか？　いきなり来られても先生はお会いになりませんよ。お忙しいお方ですから」

疑わしげに睨みつけながら、男は冷たい口調で言った。ぴりぴりした空気が伝わってくる。いったい何をこんなに警戒することがあるのか？　今までに大勢の人を騙したために、その報復を怖れているのだろうか？

「私はあの人に、『いつでもいいから訪ねて来い』って言われたから来たのよ。あなたも聞いてたでしょ、あの夜のファミレスで」

大声で説明していると、だんだん腹が立ってきた。

「黒崎、どうした？」

屋敷のほうから声が聞こえた。そちらに視線を向けると、お札が貼られた引き戸を開けて、大男がのっそりと玄関に姿を現した。大門謙信だ。でっぷりと太った腹が迫《せ》り出し、まるで相撲取りのように全身を使わないと歩けないほどだ。

見るからに不摂生《ふせっせい》の塊だ。比呂子はこんな男を頼ってきた自分を恥じた。だが、この前会った時とは雰囲気が微妙に違う。押しつけがましい図々しさがあまり感じられない。

「おお、あんたか。……そうか、来たのか」

大門はうれしそうな、それでいて、どこか困惑した表情を浮かべた。いや、怯《おび》えているといったほうがいいかもしれない。そう、大門の雰囲気がこの前とはどこか違うと感じたのは、この男が怯えているからだ。あの自信に溢れた笑み。自分の霊能力によって見つけ出された哀れな男――小沼守を嘲笑していた時の傲慢な態度が消えている。

……結界？

ふと、そんな言葉が頭の中に浮かんだ。玄関の左右には盛り塩がされ、平家《へいけ》の怨《おん》霊《りょう》から身を守る芳一のように、屋敷にお札がびっしりと貼られている。大門は何かの侵入を怖れているのだ。

比呂子の背後を見つめる大門の弱々しい視線に、そのことをひしひしと感じた。あの自信満々だった大門をこんなに怯えさせる存在とはいったいなんなのか？　それは大門が過去に騙した人間たちではないはずだ。もっと人智の及ばない存在……。

「そんなところに立ってないで、中に入れ」

「私はあなたの力を信じているわけじゃありません。ただ……」

「かまわんよ。さあ、こっちへ。外は寒い。それに中のほうが安全だ」

そう言って手招きした大門は、比呂子が片手に下げている大きな業務用のビデオカメラに目をとめて表情を曇らせた。

「取材のつもりか？」

「いいえ。でも、これは私にとっては身体の一部みたいなものなんです」

「ふん。好きにしろ」

つまらなそうに鼻を鳴らすと、大門はさっさと玄関から屋敷の中に入っていった。比呂子もその後に続いた。一歩、屋敷の中に足を踏み入れた瞬間、すっと肩が軽くなったように感じた。あのお札の効果だろうか？　ううん、そんなの気のせいよ。比呂子はかぶりを振った。

がらんとした屋敷の中には人の気配はまったくない。マンションを出る前にインターネットで調べた限り、大門には家族はいないはずだった。ということは、この屋敷の中に大門とふたりっきり。少々騒いだところで外までは聞こえないだろう。大門の評判の悪さが気にかかり、不意に今までとは違う現実的な恐怖が比呂子の心をおびやかした。

屋敷の中を進み、そのまま渡り廊下を通って寺の本堂に着いた。破門されたとはいえ、まだ仏像や仏具は代々受け継がれてきたままなのだ。磨き込まれて黒く光る柱や床、すべてが崇高《すうこう》な光を放っている。

信仰心のない比呂子でも、どこか神聖な気持ちになってしまう。だが、この宗教色が曲者《くせもの》なのだ。騙されてはいけない。私はこの男の力を完全に信じたわけじゃないのよ。この期《ご》に及んで、比呂子はまだそんなことを考えていた。

空気は冷たい。吐く息が白く、ソックスを穿いただけの足の裏が痛いほどだ。大門は祭壇の前に正座した。そこには白木で組んだ塔のようなものがある。

「さあ、そこに座れ」

断れる雰囲気ではない。比呂子はカメラを横に置いて、大門の斜め後ろに座った。

「私の後ろに何が見えたって言うんですか？」

「まあ、そう急ぐな」

逸《はや》る比呂子を大門はほんの少し唇を歪めて諫《いさ》め、考え込むように低く唸った。落ち着きなく自分の顔——鼻や頬、顎《あご》などを撫でまわしている。そんな神経質そうな行動は大門には似合わない。

「ふんっ」

自分の怯えぶりがおかしかったのか、鼻を鳴らして笑うと、大門は懐から小さな紙切れを取り出してそれにマッチで火をつけ、目の前の木組みに放り込んだ。火が木屑《きくず》に燃え移る。

「炎は神聖なものだ。獣を寄せつけず、邪悪な存在を滅ぼしてくれる」

自分に言い聞かせるように言うと、大門は手首に巻いていた数珠《じゅず》を外して指にかけ、奇妙な言葉をつぶやき始めた。

「なうまくさんまんだ　ばざら　だん　せんだまかろしゃだ　そわたや　うんたらたかんまん……」

そのとたん、まるでふいごで吹いたかのように炎は勢いを増し、冷え切っていた本堂に一気に熱が充満した。大門は目を閉じ、口の端に泡をためながら、一心につぶやき続けている。どうやら真言《しんごん》を唱えているようだ。鬼気迫るその様子に、比呂子も思わず居住まいを正してしまう。

大門は額に汗を浮かべながら、一心不乱に真言を唱え続ける。比呂子は言葉もなく炎と、炎に照らされた大門の横顔を見つめていた。目の前でこんなものを見せられると、大門の力を信じそうになってしまう。単なるセレモニーだと思おうとしても、生まれながらに人間に植えつけられた宗教心——神秘的な力を畏れ敬う心が比呂子を神聖な気分にさせる。

「かッ！」

芝居がかった様子で大門が目を剝き、比呂子に向き直った。じっと見つめられて怯《ひる》みそうになった比呂子は、虚勢を張るように言った。

「なんなの？　私の後ろに幽霊でも見えるっていうの？」

「この世の中に幽霊などおらん」

顔から滴る汗を拭おうともせず、大門が静かに言った。

「お坊さんがそんなことを言ってもいいんですか？」

「ああ、いいとも。お釈迦《しゃか》様だって、死後の世界があるなどとは一言も言っとらん。人は死んだらなんにもなくなり、一切は無に帰《き》するのだ。だから幽霊なんて怖がる必要はない」

「だけど、あなたはテレビで先祖の霊が祟《たた》っているとか言ってたじゃないの」

「あんなものは嘘っぱちだ。いいか、よく聞け。死んだ人間には何もできん。幽霊などというのは、みんな生きている人間が見させているのだ。たとえば、自殺のあったホテルの部屋に幽霊が出るという噂があるとする。そこに泊まった人間は必ず夜中に息苦しさを覚えて目を覚まし、部屋の真ん中で首を吊っている人間の姿を見るという噂だ。事前に、その部屋で自殺があったと知っていれば、気味悪い先入観から、夢や幻を見てしまう可能性もあるだろう。けれども宿泊客たちは誰ひとりとして、その部屋で自殺があったことなど知らんのだ。それなのに幽霊を見るのだから霊は本当に存在するのだ、とまわりの人間たちは思うかもしれないが、それが曲者なのだ。ホテルの従業員や近所の人間は、その部屋で自殺があったことを知っている。客が泊まりにくると、『この客は自殺があった部屋で眠るのか。かわいそうに。何も出なければいいが……』と思い、その念が夜中に客に悪夢を見させたり、揺り起こして幻を見させたりするのだ。すべては生きている人間の仕業《しわざ》。人間がいない場所には憎悪もない。幽霊も存在せんのだ。本当に怖いのは生きている人間だ」

大門の言葉に比呂子は背筋がぞっとした。五年前に比呂子を苦しめたのは確かに幽霊ではなく、美雪の生き霊――生きた人間だった。この男には本当に見えているのだろうか？　だけど、麻耶の話によると美雪は死んだのだ。幽霊はいないというなら、今比呂子につきまとっているのはいったいなんなのだ？

「キレた、むかつく、生意気だ、と急に凶暴になるのは生きた人間だ。妬《ねた》み嫉《そね》みに理性を失い、相手を呪うのだ。死んだ人間はみんな仏様になる。安らかなもんだ。他人を呪う力などない」

そうやって話す大門の顔が崇高に見える。炎を浴びて、俗心を洗われたのか。炎は邪気を祓《はら》うという大門の言葉は本当かもしれない。

「あんたも、この前、見ただろう、捨てられた女の憎悪の力を。元旦那……いやまだあの時籍は入っていたから旦那か。それを地面に叩きつけたんだ。下が植え込みになってたから大事には至らなかったが、あれは殺すつもりだったと言ってもいいかもしれんな」

確かにそうだ。あの瞬間、カメラをまわしながらも、比呂子は戦慄を覚えた。その直前の女の大人しそうな様子からは想像もできなかった。瞬間的に、あの女は鬼になったのだ。

でも、そんなことはビデオカメラマンなんて仕事をしているとよくあることだ。世の中や人生の裏側に首を突っ込み、それを映像に収める。見たくないものまで映してしまう。いや、目を背けたいものを映すのが比呂子の仕事なのだ。何も今さら、初心者のように驚くことはない。

「だけどな、生きている人間よりももっと怖いのは、一度死んで生き返ってきた人間……、生と死の狭間《はざま》でどっちつかずに迷っている人間だ。一度死んで生き返ってきたなら、それはもう人間とは言えないかもしれんがな。何しろ理性も心もないんだから。あるのは感情だけだ。生きたい、憎い、愛おしい、ってな。あんたに憑《つ》いているのは、どうやらそういう厄介なやつみたいだ」

「生と死の狭間って、どういう意味？　あなたには何が見えたっていうの？」

大門の顔にまた微かに怯えが走った。

「一瞬、ちらっと見えたんだが、あの場でそれを確認する勇気は俺にはなかった。霊能力を身につけて生まれてきて四十二年になるが、あんなものは初めて見た。今もあんたの背後に残像としておぼろげには見えているが、あんたを通して、そこに何がいるのか確認してみたいんだ」

すっと距離を詰め、大門の大きな手が比呂子の手を上から包み込むようにつかんだ。

「やめてください！　変なことをすると……」

比呂子の言葉はそのまま消え入ってしまった。大門は目を閉じて、意識を集中させている。

サイコメトリー？

比呂子の持ち物――ジッポーに触るだけでは確信できずに、直接肉体に触れて、何かを霊視しようとしているのだ。それほど大門にも信じられないものが見えたということか？

しっかりと閉じた瞼《まぶた》の下で何を見ているのか、大門の表情が苦しげに歪んでいく。

不意に目を見開き、大門はのけぞるように比呂子から離れた。

「何が……。何が見えたの？」

「……わからん」

大門は低く唸った。

「わからないってどういうこと。もったいぶらないで言ったらどうなのッ」

「見えることは見えるものの、その姿は今まで見たことも聞いたこともないおぞましさだ。だが、そいつが〝女〟であることだけははっきりと感じる。こんな姿になる前はかなりの美人だったろうになあ」

ほんの少し気弱そうに大門は言った。日に焼けた大門の顔色が、みるみる青白くなっていく。自分の霊能力に絶大な自信を持っていた大門が、こんなふうに被害者みたいな顔つきになっていることが比呂子に新たな恐怖を抱かせた。

その時、いきなり風が吹いた。本堂の中を見まわしてみたが、扉や窓はすべて閉められている。大人しくなっていた炎が一気に勢いを盛り返し、天井に届きそうなほど激しく燃え上がった。

「また少し成長したようだ」

「なんのこと？」

「やつは日に日に……、いや一秒一秒、すごい勢いで力をつけているんだ。まるで胎児が母親の子宮の中で成長する時のように……。あんなお札程度ではすぐに、やつの力を防ぎきれなくなってしまうだろう」

炎は生き物のように揺れ続けている。その現実離れした光景に、これは大門が自分を脅かすために仕組んだことではないかと思ったが、当の大門はかわいそうなほど取り乱し、呆けたように口を開けて炎を見つめていた。

熱風が渦巻き、頬が熱い。比呂子の全身にじっとりと汗が浮いてくる。

「何してるのよ？　これがその何だかよくわからない生き物の憎悪の力なんだとしたら、いつものように呪文を唱えたりしたらどうなの。そのほうが力が出せるんじゃないの？　あなた、悪霊祓いが専門なんでしょッ」

「あれはテレビ用のパフォーマンスだ。ただ黙って手を握るよりは、ああいうふうに大声で叫んだほうが見栄えがいいだろう。こう見えても、俺はサービス精神が旺盛なんだ」

「じゃあ、いったいあなたに何ができるの？」

「何もできないさ。俺も自分の霊能力を過信しないで、もう少し真面目に修行を積んでおくべきだったかもしれないな」

大門が自嘲気味に笑った。

「今の俺にできることは、ただそいつの存在を感じることぐらいだ。だがな、こんなことは初めてだ。大抵は護摩《ごま》を焚き、真言を唱えるだけで憎悪の心を鎮めることができるというのに。いくら真言を唱えようとも、仏の力を畏れない獣心の持ち主にはなんの威力もないということか……」

その時、炎の中で護摩木《ごまぎ》が爆《は》ぜた。まるでこっちに注目しろと言っているようだ。比呂子と大門が同時に視線を向けると、炎が人の形になった。大きく両手をひろげて、無力な人間たちを嘲笑《あざわら》うかのようにゆらゆら揺れている。

大門が悲鳴を上げて、黄金の器に入っていた灰をかけると、炎は一気に小さくなった。深くため息をついて、大門はうなだれた。肩が小刻みに揺れている。泣いているらしい。その様子を、比呂子は呆然と見つめた。

「やれインチキだ、胡散臭い詐欺師だと世間のやつらは冷ややかな目で見るが、俺だって苦しんでるんだ。人の心が生み出した怪物が町中をうろちょろしているのが見えるんだぜ。そいつらは大抵吐き気を催すほど醜い姿をしている。見たくもないのに、そんなものを見てしまう俺の身にもなってくれよ。あの日、あんたの背後にやつの姿を見てから、ずっとつきまとわれていて、もう何日も外に出ることができないでいたんだ。結界を張ったこの寺の中に閉じこもってそいつの怒りが鎮まるのを待ってたが、消えるどころかますます力が強くなっていく。その霊体の源でいったい何が起っているのかわからないがな。それでもお札の力でなんとか防いでいたのに、あんたにくっついて、結界を張った中にまでずかずか入り込んじまいやがった。もう駄目だ。俺はもうおしまいだ」

大門の声から力が抜けていくにつれて炎の勢いがさらに弱まっていき、一旦完全に消えたように見えた。この邪悪な力にも相手を哀れむ心があるのだろうか？　比呂子がそう思ったとたん、炎が天井を焦がそうかというほど一際高く燃え上がった。熱風が比呂子の髪をなびかせ、頬を撫でる。

その瞬間、弾かれたように大門が顔を上げた。涙に濡れた醜い顔の中で虚ろに光る瞳は焦点があっていない。唇の端から、涎《よだれ》が一筋垂れて床の上に滴り落ちた。

「大門さん……、どうしたの？」

ゆっくりとにじり寄ってくる大門から逃れようと、比呂子は座ったままあとずさりした。

「もう終わりだ。俺はこいつから逃げられない。今ほど自分の霊能力が憎らしく思えたことはないよ。普通の人間だったら、まだそれほど驚異に感じない程度の力なのに……」

「どういうこと？」

「こいつの力はまだそんなに強くはない。普通の人間にはほとんど影響も及ぼせない程度だ。せいぜいが虫けらや鳥、小動物、それに心のない機械を操ることができるくらいだろう。だけどそういう力は、一般人よりも霊能力者に強く伝わるんだ。一般人が気づかないほどの力でも、身体の中で増幅して、より大きな被害を受けてしまうのが霊能力者なんだよ。さっきから俺の心に入り込もうと、こいつは飢えた獣みたいに隙間を探してまわりをぐるぐるまわっていやがるんだ。ううう……、そんなことより、あんたは色気のない格好をしてるけど、ほんと、いい女だよなぁ」

大門の瞳はギラギラと輝いている。自分の命の終わりを悟り、煩悩《ぼんのう》の塊になった大門が這い寄ってくる。自暴自棄になり、死ぬ前に自分の欲望をすべて満たしてしまおうという卑《いや》しい心が見透かせる。破門されたとはいえ、一度は僧侶として生き、現在も霊能力者として活動しているというのに……。

「いやッ、やめて！」

飛びかかってきた大門を比呂子は両手を突き出して押しのけた。磨き込まれた床に足を滑らせ、大門がバランスを崩した。なおも捕まえようとする手から逃れ、比呂子が拾い上げた業務用の大きなビデオカメラが大門の顎《あご》を打ち抜いた。五キロ以上ある金属の塊なのだ。その衝撃はかなりのものだったのだろう。大男である大門がもんどり打って床の上に倒れ込んだ。

手応えがすごかったのでカメラが心配だったが、確認している暇はない。比呂子は今もまだ勢いよく炎が燃え上がっている護摩壇《ごまだん》を背に、本堂から駆け出した。

「待て！　俺はもう駄目だ。最後に少しはいい思いをさせてくれよ！　思いを遂げさせてくれ！　あんたを一目見た瞬間、気に入っちまったんだよ」

振り返ると、鼻血を垂らした大門が着物の裾を乱れさせながら本堂から駆け出してくるところだった。大きな腹を上下に揺らし、両手を前に出して、まるで亡者《もうじゃ》のように追ってくる。

迷路のようになった廊下を比呂子は必死に走り続けた。行き止まりにでも迷い込んだら終わりだ。さっきは偶然大門の顎を打ち抜くことができたが、正面から立ち向かえば小柄な比呂子に勝ち目はない。どこまでも続く薄暗い廊下を比呂子は必死に逃げ続けた。

玄関が見えた。巨体を揺すりながら、大門はすぐ後ろまで迫っている。靴を履く余裕もなく、比呂子は全体重をかけるようにして玄関の引き戸を横に開けて外に飛び出した。

「な、なんなの……」

比呂子は目の前の光景を見て、心臓が止まりそうになった。いつの間にかすっかり日が暮れた庭に、大門の弟子である黒崎が立っていた。しかもその手には抜き身の日本刀が握られている。

庭園灯の明かりを受けて刃先が鈍く光る様子から、それが本物であることは比呂子にも一目でわかった。すぐ後ろに苦しげな呼吸音が近づいてきた。大門が全身で息をしながら、悲壮感の漂った顔にほっとしたような笑みを浮かべた。

「黒崎……、いいぞ。それでこそ俺の弟子だ。もう少し早くそういうふうに気を利《き》かせてくれていたら、霊能者として独立して大金を稼げたかもしれないのにな」

自嘲気味に笑いながら、大門は下駄を履いて比呂子に近づいてくる。門のところには行く手を塞ぐように黒崎が無表情で立っている。比呂子はふたりを交互に見ながら、ゆっくりとあとずさりした。

「黒崎、何をしている？　その女を捕まえるんだ」

大門の命令を受けて、黒崎が砂利《じゃり》を踏み鳴らして屋敷のほうへ一歩足を踏み出した。その方向は比呂子のいる位置とは少しずれている。

「ん？」

大門が怪訝《けげん》そうな表情を黒崎に向けた。黒崎は日本刀を腰の位置で構えたまま、大門に歩み寄っていく。その行動の異常さに比呂子がハッとした時、黒崎の眼の中に日本刀と同じような鈍い光が宿った。

「あっ」

比呂子は咄嗟に、手に持っていたビデオカメラの電源を入れた。事件に遭遇した時の反射的な行動だ。素早く肩に担いでファインダーをのぞき、大門と黒崎をひとつのフレームに収めた瞬間、大門が恐怖に顔を引きつらせながら悲痛な声を上げた。

「何をするつもりだッ？」

黒崎の身体がどすんと大門にぶつかった。黒崎の陰になって見えないが、日本刀が大門の身体を刺し貫いているのは間違いない。ケクッと短く咳《せ》き込んで、黒崎の肩の上に顎《あご》を置いた体勢のまま大門が血を吐いた。

「こ、この化け物め……」

血塗《まみ》れの唇で大門がつぶやく。

比呂子は呼吸をするのも忘れてカメラをまわし続けた。自分が何をしているのかもわからない。ただ、ビデオカメラマンとしての本能が、勝手に撮影を続けさせるのだ。

黒崎が日本刀を引き抜くと雑巾を絞ったように大量の血が地面に滴り、大門がその上に崩れ落ちた。黒崎はゆっくりと振り返り、返り血を浴びた顔を比呂子に向けた。虚ろな目をしている。まともじゃない。

悲鳴を上げたかったが、比呂子は今、ビデオカメラをまわしているのだ。素材に自分の悲鳴が被さることになる。それではプロ失格だ。比呂子が怯える様子を、黒崎は無表情で見つめている。

負けるものか。比呂子はビデオカメラのレンズをまっすぐ黒崎に向け続けた。

――恐怖を感じた時にはファインダーをのぞけ。自分は真実を記録する使命を持ったビデオカメラマンなんだと思えば、勇気と力が湧いてくるから。

草間に教えられた言葉を心の中でつぶやいた。カメラと一体になると確かに力が湧いてくる。比呂子はゆっくりと黒崎の表情にズームアップしていった。今度は反対に黒崎が怯む番だ。

両目を見開き、よろけるように半歩後ろに下がった黒崎の顔に、ふっと笑みが浮かんだ。何がおかしいの？　比呂子がレンズの中から問いかける。その答えを黒崎は言葉ではなく行動で示してみせた。

自分の首筋に日本刀を当て、黒崎はそのままじりじりと力を込めていく。唇は笑っているものの、カッと見開かれた眼は恐怖と絶望に彩られていて、それが自分の意志ではないことを物語っている。

切れ味鋭い刃先が肉に食い込み、どくどくと溢れ出た血が首筋を流れ落ちる。それでも黒崎はなんの痛みも感じていないかのように、一気に力を込めることもなく、じりじりと刃で自分の首を深く斬り裂いていく。

駄目……。駄目よ、やめて……。比呂子は心の中で声を洩《も》らした。

黒崎の手にぐいっと力が込められるのと同時に、噴水のように勢いよく血が噴き出した。水墨画みたいだった庭が一気に生々しく原色に彩られていく。それでも黒崎はまだ手をとめようとはしない。さらに刃を奥まで押しつけていく。そして、ついにはごろんと首が転がり落ちた。

比呂子は言葉もなく、じっとその様子をビデオカメラで撮影し続けていた。悲鳴を上げたかったが、声が出ない。素材に被さることを気にしたわけではない。恐怖のあまり声が出ないのだ。

比呂子の目の前で、首をなくした黒崎の身体はしばらくそのまま立ちつくしていたが、大木が切り倒される時のように、前のめりにゆっくりと倒れた。

16

部屋の隅で布団を被り、比呂子は震えていた。特になんの飾りもない殺風景な部屋が寒々しく感じられ、もう少し家具を買いそろえたり、絵や花を飾っておいたりしたらよかったと思った。そうすればこの心細さも少しはましだったかもしれない。

昨日の事件のあと、比呂子はショック症状で病院に運ばれ、そのまま念のためにと一晩入院させられた。入院先の病院には誰よりも早く柏原が駆けつけてくれた。自分が大門に会うことを勧めたから比呂子を大変な事件に巻き込んでしまったと泣きそうになっていたが、あの災いは比呂子が引き連れていったようなものだ。

なんと言っていいかわからず黙っていると、柏原は比呂子が怒っていると思ったらしく悲しそうにしていた。申し訳なく思ったが、言葉が見つからないのは変わらない。結局、比呂子が一言も話さないうちに、柏原は次の仕事が控えているからと帰ってしまった。

一晩明けて、少し気持ちが落ち着いた今朝、病院から警察に直行して取り調べを受けた。事件を〝目撃〟した唯一の人間――比呂子に対する警察の事情聴取は厳しかった。まるで比呂子が事件の鍵を握っているとでも言いたそうな様子だった。比呂子が惨状の一部始終を撮影していたことが刑事たちの心証を悪くしたようだ。だが皮肉にも、そのビデオが比呂子はまったく無実であることを明白にしていた。

すべてを撮影したビデオカメラは一旦は証拠品として押収されたが、比呂子が解放されるよりも早く、弁護士を通して東邦テレビに渡り、残酷過ぎるシーンはカットされたりモザイクをかけたりされた上で、もうすでに何回もオンエアされていた。

比呂子が事件の様子を撮影していたことを知った草間が、比呂子とのカメラマン契約を楯に警察にメモリーカードの返却を求め、比呂子の承諾も得ずに持ち帰ったのだ。それはテレビマンとしては当然のことだろう。比呂子は草間を責めるつもりはなかった。第一、比呂子は報道されることを望んでカメラをまわしたはずだ。

夕方、事情聴取でぐったりと疲れて自分の部屋に帰り着いた比呂子は、そのまま座り込み、無意識のうちにテレビをつけていた。その目に飛び込んできたのが、比呂子が撮影した映像を流すニュースショーだった。

オンエアされている映像を見て、比呂子は自分がとんでもなく恐ろしいこと――神に背く罰当たりなことをしたと感じた。何かが背中に覆い被さってくるように身体《からだ》が重く感じ、座り込んだまま身動きすることもできなくなってしまった。

頭がぼんやりし、微熱があるように全身がだるかった。眠っているような、起きているような、曖昧な状態の中に比呂子はいた。

気がつくと、いつの間にか窓の外は暗くなっていた。部屋の明かりをつけるのも忘れていた。立ち上がるのも億劫《おっくう》だ。テレビの光が七色に、殺風景な部屋の中を照らしていた。

五時からのニュース、七時五十四分からのニュース、八時五十四分からのニュースと、東邦テレビのすべてのニュースで比呂子の撮影した映像が繰り返し流された。そして、深夜のニュースバラエティでは、この事件にたっぷりと時間が割かれた。比呂子は目を離すこともできずに、それらのニュースをずっと見続けた。

全国ネットの地上波放送だ。日本中で、何千万人もの人がこの事件の目撃者になっている。生々し過ぎる映像に、何ヵ所かはモザイクがかけられ、肝心なシーンは巧みに編集されて削除されていたが、比呂子の目にはしっかりと焼きついていた。

腹部を刺されて苦悶《くもん》の表情を浮かべた大門の顔も恐ろしかったが、振り向いた瞬間の黒崎邦明の目――何も見ていない、それでいて恐ろしい憎悪に彩られた目は、一瞬にして比呂子の全身を凍りつかせた。

あんな状態でよくビデオカメラをまわすことができたな、と百戦錬磨《れんま》の刑事もあきれていた。普段から他人の不幸を飯の種にしているから平気なんだろう、と皮肉も言われた。自分でも因果な商売だと思うが、ビデオカメラは比呂子の唯一の武器なのだ。

もしもあの時ビデオカメラを構えていなければ、比呂子は腰を抜かしてその場に座り込んでしまっていたことだろう。そうしたら、黒崎は躊躇《ちゅうちょ》することなく比呂子に斬りかかっていたはずだ。自分はビデオカメラマンなのだという意識が、辛《かろ》うじて比呂子の華奢《きゃしゃ》な身体を支えてくれたのだった。

比呂子の強い意志が黒崎にも通じたのか、一瞬、その目に正気が戻ったようだった。ビデオカメラの大きなレンズに怯《ひる》んだのがわかる。見られること――白日《はくじつ》の下《もと》にすべてをさらけ出されるのは恐ろしいことなのだ。特に邪悪な存在にとっては。

テレビニュースでは、大門が他人から恨まれていたことを盛んに繰り返し報道していた。インチキな除霊や祈禱《きとう》で高額な金銭をだまし取り、それ以外にも女性関係のトラブルもいくつか抱えていて、性的暴行で何度も告訴されそうになりながらも、その都度金を積んで示談に持ち込んでいた。

自衛隊出身の黒崎邦明を弟子として雇っていたのも、被害者たちの怒りから身を守るためのボディガードのつもりだった。それが裏目に出た。大門のあくどさを間近に見せつけられた黒崎は義憤に駆られて大門を刺し殺し、その罪を清算するために自分も首を斬って自害した、と推理されていた。

けれど、そんなものが出鱈目《でたらめ》なのは誰にでもわかる。この時の黒崎はまともではなかったのだ。第一、自害するとしても自分の首を完全に切断できるわけがない。しかも、勢いをつけて日本刀を振り下ろしたわけではなく、じりじりと少しずつ、まるで鋸《のこぎり》でも挽《ひ》くようにして……。

さすがにオンエアはされていなかったが、その様子ははっきりとビデオ映像に収められているのだ。

今回の事件は、比呂子が今までにものにしたスクープの中でも桁違いの特ダネだったが、少しもうれしくはなかった。恐ろしさばかりが、身体の中で大きくなっていく。大変なものを撮ってしまった。

ニュースショーの司会者のコメントを挟みながら、比呂子が撮影したスクープ映像が再び画面に映し出された。黒い画面に光がさし、さっと横に流れた。異変を察知した比呂子がビデオカメラの電源を入れたのだ。画面のブレが収まると、そこには大門の強張《こわば》った表情——恐怖と怒りにまみれ、紅潮した顔があった。

黒崎の肩がフレームインしてきた。とっさに比呂子は後ろに下がった。ざざっ、と足下の玉砂利《じゃり》が鳴る。フレームが大門と黒崎を同時にとらえた。大門の視線が黒崎の手に握られた日本刀に向けられた。報道によると、その日本刀は大門のコレクションのひとつだったらしい。

「何をするつもりだッ？」という怒声が響きわたった直後、黒崎が数歩、何気ない様子で歩み寄り、大門の腹部に日本刀を突き刺した。

大門の手が黒崎の肩をつかんだ。指が白くなるほど強くつかんでいる。大門の紅潮した顔面から血の気が引いていく。すがるような視線がカメラ——比呂子に向けられる。大門が血を吐き、苦しげに咳《せ》き込む。

「こ、この化け物め……」

黒崎が日本刀を引き抜くと、大門はその場に崩れ落ちた。一瞬、画面がぶれた。比呂子が駆け寄ろうとしたのだ。次の瞬間、その気配を感じた黒崎が振り返った。

返り血を浴びた顔がアップにされる。これは比呂子がしたことではない。編集段階のデジタル処理でズームアップされたものだ。そのせいで画質が荒くなっている。アップにされた黒崎の目は虚ろだ。まるで傀儡《かいらい》だ。憎悪も怒りも感じられない。人を刺すのにどれほどのエネルギーがいるのか比呂子にはわからないが、こんなに虚ろな表情でできることではないはずだ。

比呂子の存在を認めた黒崎の瞳に、一瞬正気が戻った。黒崎は両目を大きく見開き、自分がしていることが信じられないというふうに血塗《まみ》れの顔を強張らせた。黒崎の瞳はまっすぐにこちらに向けられている。その大きく見開かれた瞳の先には、比呂子がいるのだ。テレビ画面がストップモーションになった。

デジタルズームで画面いっぱいに拡大された殺人鬼の瞳。

(助けてくれ!)

あの時聞こえなかった黒崎の心の声が聞こえた。ビデオカメラはなんでも映してしまう。事件の裏にあるものまですべて……。だが、このあと黒崎は自分の首を切り落としたのだ。自分の意志に反して身体が誰かに操られていたとしか思えない。

霊感を持っているということはそれだけ邪悪なエネルギーの影響を受けやすいということだ、という大門の言葉が思い出された。大門の弟子になろうというぐらいなのだから、黒崎も霊感があったはずだ。そのせいでつけ込まれたのかもしれない。大門があんなにも怖れていたものに……。

ぼんやりとテレビ画面を見つめていた比呂子は不意に異変に気がついた。テレビからはなんの音も聞こえてこない。画面はずっと黒崎の目をアップにしている。おかしい。演出だとしても、いくらなんでも長過ぎる。

比呂子はリモコンに手を伸ばした。手が震える。電源ボタンを押したが、テレビ画面は変わらない。低くつぶやくような声がスピーカーから流れ出ている。

なうまくさんまんだ　ばざら　だん　せんだまかろしゃだ……。

大門の唱えていた真言《しんごん》だ。

その声の中に、何か乾いたものが擦れ合う音が混じり始めた。降り積もった枯葉の中を虫が這いまわるような音だ。大門の屋敷を訪ねた日の未明、パソコン画面に湧き出てきた大量の虫の姿が頭の中に蘇ってきた。

部屋の中に鳴り響くその音は、テレビのボリュームを一気に上げたように大きくなっていく。大門の真言などまったく効果はないぞと笑っているのだ。

「いやよ。やめて！」

リモコンを壁に叩きつけると、比呂子は布団を頭から被って身体を丸めた。何が起こっているのかわからないが、ただ震えているだけでは問題は解決しない。

比呂子は心の中でつぶやいた。これじゃあ五年前と同じだ。あの時の私は、伊原さんとはなんでもなかったのに、美雪さんの不思議な力に苦しめられて逃げ出したのよ。仕事から、恋愛から、人生からも逃げてしまったんだわ。

あれからずっと、強くなろうと心がけていた。少女趣味なひ弱な女であった比呂子は、ハードボイルド気取りだとまわりから冷やかされながらも、強くなることを自分に課していた。

大きな業務用ビデオカメラを担ぎ、男たちに混じって悲惨な事故や事件の現場を走りまわり、女としての幸せなど全部捨てて、ただ強く、強く、強くなりたいと思いながら生きてきた。ここでまためそめそと泣きながら美雪に許しを乞うなんて、そんなことはしたくなかった。

「いい加減にして！　今の私は、もうあの時の私とは違うのよ！」

布団をはね除《の》けると、比呂子は床の上に置いてあったビデオカメラに飛びついた。素早くスイッチを入れて肩に担ぐ。カメラを左にパンして置き時計を撮影し、震える声で実況中継を始めた。

「現在、午前一時九分。ここは私——倉沢比呂子の部屋です。今、部屋の中に、目には見えませんが、確かに何かがいるのです。聞こえますか？　虫が枯葉の中を這いまわるようなこの音が。これはアフレコしたものではありません」

比呂子はゆっくりとカメラの向きを変え、部屋の中を隈無く撮影した。肉眼では見えないものを、このカメラは映してくれる。そして、比呂子にそいつの正体を教えてくれるはずだ。あのファミレスの鏡に映り込んだように……。

「昨日の大門謙信氏殺害事件の本当の犯人がここにいるのです。こいつが黒崎邦明さんの身体を操って大門謙信さんを殺害し、そのまま黒崎さんにも自分の首を切り落とさせたのです」

まともな人間がこれを見たらどう思うだろう？　比呂子の言葉を信じてくれる者がいるとは思えなかった。あの時と同じように、無理やり病院に入れられてしまうかもしれない。だが、怪異の様子をはっきりと映像で記録することができたら、みんなも自分を信じてくれるはずだ。

自分が体験した異常な出来事を誰かに伝えたくてビデオカメラマンという仕事に就いたのだと、比呂子は今初めて確信した。柏原たちが作る番組をオカルト番組と毛嫌いしておきながら、比呂子は本当は自分の体験した異常な恐怖を映像で記録して世間に問いたいとずっと考えていたのだ。

いや、彼らと同じではない。ああいう興味本位なものではなく、真実を記録し発表できるような番組をと考えていたからこそ、インチキなオカルト番組を許すことができなかったのだ。

……それなら、私はずっとこの瞬間を待っていたようなものなんだわ。怖れていてどうする？　出てこい。怖くなんかないぞ！

恐怖に耐えながら比呂子は部屋の隅々までビデオカメラを向け、自分に襲いかかる異常な状況をレポートし続けた。ふと何か空気が変わったように感じて、再びカメラをテレビに向けた。画面には若くて可愛い女子アナが数人並び、自分たちの近況を冗談交じりに話し合っていた。

部屋の中には彼女たちの楽しそうな笑い声が溢れ、うるさいほど鳴り響いていた大門の真言と、虫が這いまわるような乾いた音はもう完全に消えてしまっていた。

全身の力が抜けていく。ビデオカメラが急に重さを増したように感じた。腰が抜けたように座り込むと、比呂子は低くつぶやいた。

「私は負けないわ」

気がつくと、すでに窓の隙間からは明るい日差しが差し込んできていて、窓の下には仕事に向かう人々が行き交う気配が感じられた。一睡もしないうちに夜は明けていた。

17

決死の思いで撮影した映像だったが、再生してみると確かに奇妙な音は録音されていたものの、それが何か超常現象的なものであるという確証が得られるものではなかった。それでも比呂子は、得体の知れない力に立ち向かった自分を誇らしく思った。

私は昔の私とは違うのよ。白い壁に囲まれた病院での生活。自殺防止のために鉄格子がはめられた窓。一年間も病室に押し込まれていた。もう二度とあんな生活はいやだ。私はなんにも悪いことはしてないんだもの。あの女に恨まれる理由はないわ。比呂子はそう心の中でつぶやいた。

比呂子は急な勾配の坂道に車を走らせていた。左右から覆い被さるように茂った枝葉が、まるで比呂子の車を捕まえようとしている巨大なモンスターの手のように伸びている。

枯葉が舞い、車のフロントガラスで弾き飛ばされていく。昼間だというのに薄暗い。その暗さは比呂子を心細くさせた。自分が今から向かおうとしている場所が、危険な忌《い》まわしい場所——決して近づいてはいけない場所に思えてくる。でも、そこにはあの人がいるのだ。

今朝早く、麻耶から電話がかかってきた。

「なんとなく気になって……。比呂子、大丈夫？　ゆうべ、何もなかった？」

ニュースでは一切名前が報道されていないので、麻耶は比呂子が今世間の注目を一身に浴びている大門の事件の目撃者で、例のあの映像を撮影した張本人だということは知らないはずだ。それなのに、何かを感じて電話をかけてきてくれたらしい。

異常なほどの占い好きなだけあって、麻耶には霊感があった。もっともそれは何かを感じるだけ。それ以上のことはできない。だけど、そういう素養があったから、あの時も麻耶はただひとり比呂子の理解者になってくれたのだった。

ただし霊感があるということは邪悪なエネルギーの影響を受けやすく、それだけ危険だということだ。麻耶を巻き込んではいけない。今回はもうすでにふたりの人間が死んでいる。あの時とは凶悪さが桁違いなのだ。

なんて言おうかと比呂子は迷った。なんにもなかったわ。いつもどおり元気よ、と明るい声で言いたかったが、うまく声が出ない。ここ数日の出来事が頭の中を駆け巡り、断末魔の大門の声が耳の奥に蘇ってくる。

「この化け物め」と恐怖と苦痛に引きつった顔で大門は言った。大門の目は自分を刺した黒崎ではなく、その背後――比呂子のほうを見ていた。大門は誰に向かって言ったのか？　頭の中に浮かんでくる人形のように整った顔立ちを、比呂子はなんとか振り払おうとした。だが、麻耶の言葉は比呂子のそんな努力を簡単に無駄にしてしまう。

「伊原さん、ずっと休んでるわよ」

唐突に受話器の向こうから流れ込んできた名前に呼び覚まされ、はっきりと顔が浮かんだ。伊原美雪……。冷たい、それでいて嫉妬に燃える目で比呂子を見つめている。比呂子と伊原直人のあいだには何もなかったと言っても、嫉妬に狂った女は信じてくれない。

……だけど、美雪は死んだのだ。

「もしもし、ちゃんと聞こえてる？」

比呂子が黙っていると、麻耶が言った。慌てて受話器を持ち直した。

「ええ、聞こえてるわ」

「伊原さんは最近ずっと具合が悪そうだったし、なんだか心配になってきちゃって。電話をしても誰も出ないし……。だけど私は伊原さんとは特別親しいわけでもないから様子を見に行くのも変だし……」

麻耶の目には、比呂子と直人は特別な関係に見えていたのだ。そのことを否定しようとは思わない。確かに心の奥には直人に対する好意は持っていた。美雪が嫉妬したのも無理はないのだろうか。だけど、それはもう五年も前のことなのだ。

「じゃあ、伊原さんの住所を教えて。そんな話を聞かされたらやっぱり気になるから、私が様子を見に行くわ。もうずいぶん時間が経ったし、久しぶりに伊原さんにも会ってみたいし」

それに美雪さんが亡くなったんなら、私が行っても大丈夫でしょ、という最後の言葉はなんとか飲み込んだ。

どうして直人の家を訪ねる決心をしたのか……?

死んだ人間には何もできない。落ち着いた口調で断言していた大門の姿が頭の中から離れなかった。あの男の言葉を信じていいのかどうか確信は持てなかったが、あの目は嘘を言っている目ではなかった。

美雪が本当に死んだのだとしたら、大門の言うように死人にはなんの力もないのだとしたら、今自分の身のまわりに起こっている奇妙な出来事の原因はなんなのか、そのことを確認したかった。

とにかく逃げてばかりはいられない。ここでまた逃げたら、昔と同じだ。もしも美雪が本当に亡くなったのであれば、線香の一本でもあげたい。と、比呂子は考えていた。

麻耶に教えてもらった住所を頼りに車を走らせた。東京の都心から西へずいぶんといったところだ。さっきから延々と山道が続いていた。

通学や通勤に時間を費やすのがいやで、学生の頃からずっと都心のマンションに住んでいたと直人は言っていた。便利な場所に住むのが一番だよ。必死に働いてマイホームを買ったところで、通勤に時間をとられて、家には寝に帰るだけなんて馬鹿みたいだ、と散々言っていた直人なのに……。

一応舗装はされているものの、道は細く曲がりくねっている。長く続くその坂道をのぼりきると、いきなり視界が開けた。一面、赤茶色の世界が目に飛び込んできて、比呂子は思わずブレーキを踏んだ。

山肌を削り取り、宅地を造成している途中なのだろう、赤茶けた土が辺り一面に剝き出しになっている。真新しい家が何軒か並んでいるが、それはほんの手前のほうだけで、奥のほうは建てかけの家や、土台工事の段階で放置されたと思《おぼ》しき区画がちらほらあるものの、あとは更地が広大な荒野のようにひろがっていた。

なんらかの事情で宅地造成が中断されているらしい。工事がすべて終われば、清潔で真新しい町ができあがったことだろうが、途中で放り出されたせいで、まるでゴーストタウンのような寒々しさを漂わせている。

赤土が剝き出しになっているのが痛々しく、辺りは午後の日差しが降り注いでいるのに、舞い上がった砂埃《すなぼこり》のせいだろうか、どこか陰気な気配が漂っていた。

直人の家はこの辺りのはずだ。カーナビの地図を眺めても、その部分はただの空白で、まだ町は記されていない。誰かに訊《き》くしかないが、辺りに人の気配はなかった。商店のひとつもなく、まるで隠れ里みたいだ。数少ない家はどれもしっかりと扉を閉ざし、訪問者を拒絶するような佇《たたず》まいを感じさせた。わざわざチャイムを鳴らして、直人の家の場所を訊ねるのは憚《はばか》られた。

とりあえず比呂子は車を路肩に停め、外に出た。無意識のうちにポケットから煙草を取り出し、ジッポーで火をつけた。肺の中に心地よい苦みがひろがり、気持ちの高ぶりを鎮めてくれる。禁煙しようと思っていたが、今のこの状況で吸わないで、いつ吸うというのだろう。ニコチンは比呂子のささくれ立った精神を落ち着かせてくれるのだ。

どこかから車のエンジン音が聞こえてきた。煙を吐き出し、比呂子は辺りを見まわした。その直後、坂の下から一台の白い軽自動車が姿を現した。わざわざ他の集落に行くためにここを通るとは思えない。この辺りに住んでいる人なのだろう。車の後ろには赤い砂埃が舞い上がり、その荒々しい運転の仕方は、こんな山の上だと食品の買い出しに行くだけでも一苦労だと腹を立てているかのようだ。

携帯灰皿で煙草をねじ消すと、とっさに比呂子は車のドアを開けてカメラを取り出そうとした。ここ数日間の出来事を見ても、いつ何が起こるかわからない。すべてを記録しておきたかったが、おおっぴらにビデオカメラをまわすわけにはいかない。取材していることが噂になると、直人に迷惑がかかるかもしれない。それでなくても伊原家を襲った悲惨な交通事故のことは、この孤絶した住宅街ではきっと話題になったはずだ。

それに、こういう時は隠し撮りをしたほうが画《え》的にもかえって迫力が出る。助手席の窓からレンズがのぞくようにセットして、録画ボタンを押し、小型のＩＣレコーダーを革ジャンパーのポケットに忍ばせ、比呂子はフレームを意識して道の真ん中で両手をひろげた。

車に乗っていたのは中年の女性だった。不審そうな表情を浮かべながらスピードを緩めた。比呂子を間近で見て女だと知り、ほっとしたらしく、車はすぐ目の前で完全に停止した。

やはり買い物帰りのようだ。駆け寄って窓からのぞくと、助手席にスーパーのレジ袋が置いてあった。袋の中から食材の白菜とネギがのぞいている。今夜は鍋料理でも作るのだろうか。女の年齢から見て、子供は食べ盛りの中学生ぐらいだろう。家族のために夕飯を作ってあげる生活。そういう生活とは、比呂子はずいぶん遠く離れてしまっていた。

「どうかしましたか？」

ウインドーを下げ、女が親切そうな表情で訊ねた。比呂子の車がトラブルでも起こしたと思ったらしい。車のほうにすっと視線を向ける。カメラに気づかれそうで、比呂子は慌てて女の注意を引き寄せた。

「すみません、ちょっとうかがいたいんですけど。伊原さんのお宅をご存じですか？」

緩みかけていた女の表情がまた硬く強張《こわば》った。美雪が事故にあって、まだ二ヶ月ちょっとだ。その記憶が強烈に残っているのだろうか？　エンジンをかけたまま、ハンドルを握る手に力が込められる。いつでも逃げ出せるようにしているといった様子だ。何をそんなに警戒することがあるのか？

「あなた誰？」

女が不審そうに訊ねた。

「保険会社のものです」

美雪が事故死したのであれば保険金もおりたはずだと思って、とっさに出た嘘だった。言ってしまってから、革ジャンパーにジーンズ姿という格好をした保険調査員がいるはずはない、と思ったがもう遅い。もっとも女はそんなことはまったく気にせず、それどころか伊原家について話したくて仕方なかったといった様子で素早くエンジンを切って車から降り、比呂子の横にぴたりと身体《からだ》をすり寄せた。

「ねえねえ、何を知りたいの？」

「あの……、あそこの家の奥さんの事故について、なんでもいいので知っていることを教えてもらえませんか」

ちょうどいい。相手が話したがっているのだからと、比呂子は女に訊ねてみた。

「知ってることねえ。私は事故の現場を見たわけじゃないんだけど、ひどかったみたいよ。そこの坂を降りきった辺りなんだけど、山を越えてくる国道と交差するところがあるのよ。そこで、居眠り運転のトラックにはねられたんですって。……即死だったらしいわ」

「即死ですか……。奥さんも葬儀には行かれたんですか？」

「ええ、行ったわよ。だって、この町内はこんな感じでしょ？　この辺一帯の開発を計画していた不動産会社が資金繰りに行き詰まっちゃって、そのままほったらかしにされてるもんだから、新しい住民は全然入ってこないの。だから、御近所さんっていったって、そう何軒もあるわけじゃないから、葬式のお手伝いに行かないわけにはいかないわよ」

「じゃあ、美雪さんの御遺体も御覧になったんですか？」

「見たわ」そこで女は急に声を潜《ひそ》めた。「最後の出棺《しゅっかん》の前にひとりずつ花を入れる時に、ちらっとね。だけど、相当ひどい事故だったらしいから遺体の損傷も激しかったみたいなの。だからだと思うけど、ほんとに顔の一部が見えるだけで、あとは全部白い布で隠されてたのよ」

それがたとえ顔の一部だけだとしても、この女性は美雪の死体を見たのだ。彼女が死んだのは間違いない。では大門が言っていた邪悪な力を発している源は、やっぱり美雪ではないのだろうか？　大門の言葉が正しければ、死んだ人間には何もできないのだから……。

「そうですか。大変だったんですね。で、その後、何か変わったことはありませんか？」

「変わったこと……」女は比呂子の質問を確かめるように繰り返し、比呂子の耳元に口を近づけると、声を潜めて言った。「あんまりあの家には近づかないほうがいいわよ」

「どういうことですか？」

「あんなきれいな奥さんをひどい亡くし方したもんだから仕方ないと思うけど、ちょっとおかしくなっちゃったみたいなのよ、あそこのご主人。あのショックの受け方は、保険金目当てだなんて思えないわ。ご主人を疑っちゃあ、かわいそうよ」

……おかしくなった？　直人がショックでおかしくなった？　どう応《こた》えたらいいのかわからない。比呂子が黙っていると、女は眉を八の字に寄せ、哀れみを顔いっぱいに浮かび上がらせながら続けた。

「私はほんの数回しか言葉を交わしたことはないんだけど、ほんと、きれいな人だったもの。ショックが大きいのはわかるわ。だけど、小さな子供がいるから心配で。奥さんが亡くなってからしばらくは、ご主人のお母さんが一緒に暮らしてらしたんだけど、それもつい一週間ぐらい前に追い出しちゃったみたいだし、町内の人たちも心配してるのよねえ。それにやっぱり気持ち悪いじゃない、そんな人が近くに住んでたら。夜中に奇妙な叫び声を上げたり、それにいきなり庭をあんなふうに囲っちゃってさあ」

女はそう言うと、すーっと視線を横に滑らせた。その目が見ている先を比呂子も無意識に目で追っていた。山を切り崩して宅地を造成している、その一番奥、くすんだ緑色の森と剝き出しの赤い土の境にそれはあった。

まわりに他の建物が何もないので間違いようがない。それはなんとも言いがたい異様な雰囲気を漂わせていた。まるでこの世とあの世の狭間《はざま》で、辛《かろ》うじてこちら側にとどまっているように見える。

「あれが……、あれが伊原さんの家……？」

「そうよ。なんとなく場所も不吉だけどねぇ。本当だったらこの辺は今ごろは家がいっぱい建って、ニュータウンとしてずいぶんとにぎやかになってるはずだったのに。中でもあの家のまわりはほとんど荒れ地のまんまでしょ。まるで災いごとを避けるように家が一軒もないんだもの。なんだか最初から、こういう運命は決まってたみたいだわね」

女の言うとおり、その家からは暗い妖気が立ちのぼっているように見えた。この辺りがこんなにも荒《すさ》んでいるのは業者の資金繰りの悪化による開発放棄が原因などではない。あの家から漂い出る妖気が、まわりの人を遠ざけているのではないだろうか。

比呂子にはそう思えてしまうのだった。

「ね、仕事かもしれないけど、あんな不気味な家には近づかないほうがいいわよ。あれは間違いなく事故だったんだし、悪いことは言わないから、もうあの家のことは忘れちゃいなさい」

心の底から心配してくれているような声で優しくそう言うと、女はまた車に乗り込んで走り去った。舞い上がった砂埃が、比呂子の視界からその異様な家を覆い隠した。

18

直人の家のすぐ近くで比呂子は車を停めた。間近で見ると、さらに禍々《まがまが》しい気配が強烈に感じられた。もとはごく普通の家だったのだろうが、今ではまわりをぐるりと異様な塀が取り囲んでいる。

よく見ると高さが四メートル近くありそうなその塀は、もともとあった高さ一メートルほどの柵に、裏の山から自分で切ってきたのだろうか、大量の木の枝が高く組み合わされ、針金で硬く括《くく》りつけられ、その上にまた違う木を括りつけ、隙間ができないように枯葉のいっぱいついた枝をねじ込み、さらには街角に置かれている布製の捨て看板や、毛布、どこかから拾ってきたらしい中身の入ったゴミ袋など、あらゆるものを掻き集めて、とにかく中をのぞかれないように必死に目隠ししているのだった。

その偏執狂的な徹底ぶりから、これを作った人間はまともな精神状態でないことは容易に伝わってくる。見上げているうちに、身体《からだ》の中で胃が迫《せ》り上がってくるような不快な感覚がした。

何かを隠したい気持ちの表れなのだろう。隠したいという思いが強過ぎてよけいに相手の注意を引いてしまうのはよくあることだ。寝坊してきちんと髪をセットしてくる時間がなかった時、寝癖を気にするあまり何度も髪に手をやって、相手の注意をそこに引きつけてしまう。それに似ている。

助手席に置かれた大きな業務用ビデオカメラに手を伸ばした。奮い立つような感覚が身体の隅々にまで満ちてくる。特ダネの予感？　いや、そんなものではない。このすべてを記録しておく必要があると強く感じていた。

たとえ撮影していたところで、いつの日かこの映像を発表することがあるのだろうか？　……わからない。だけど、今は記録しないではいられない。もしも自分が得体の知れない邪悪な力の前に倒れた時のために、何かを残しておきたかった。

五年前のあの時、誰も比呂子の話を信じてくれなかった。まわりの人間たちはすべてを幻覚だと言い張り、比呂子を病院に押し込んだ。一年間、ずっと白い病室の中に閉じこめられていた。

だからこそ自分に襲いかかる恐怖の正体をしっかりと記録したかった。映像として見せられれば、誰もが比呂子の身に起こったことを信じないわけにはいかないだろう。

比呂子はビデオカメラを持って車から降り、後部座席から三脚を取り出して道路のアスファルトの上に立て、カメラをセットした。赤い土が剝き出しになった荒れ地の中にポツンと異様な家が建っている様子がフレームに収められる。

そのフレームをほんの少しだけ横にずらした。自分が入るスペースを空けたのだ。おおよその立ち位置を決めてからメジャーを取り出し、一旦カメラから離れてそこまでの距離を測った。二メートルだ。カメラに戻ってピントを二メートルで合わせて、録画開始ボタンを押して、またさっきの立ち位置に戻った。

小さく深呼吸してから、比呂子は右手に持ったワイヤレスマイクに向かって話し始めた。

「今、私は伊原直人さんの自宅の前に来ています。S県C市の山の上に造成された住宅地に、直人さんが二〇一九年の四月に建てた家です。奥さんである美雪さんが亡くなったのが、同年の十一月二十一日。それ以降は直人さんの母親が一緒に暮らし、直人さんの息子である春翔ちゃんの面倒を見ていたということでしたが、その母親もつい一週間ぐらい前に直人さんによって家から追い出されたということです。今、この家には直人さんと春翔ちゃんが、ふたりで暮らしているのです」

普段、地域の祭りや事件の加害者や被害者の家などを取材する時と同じように、比呂子は自分が置かれた状況を記録した。そのことにいったいどんな意味があるのかはわからないが、なるべくいつもどおりにことを進めたかった。

ゆうべの出来事、大門と黒崎の死、美雪の自動車事故など、すべてが関係しているのは間違いない。この家を見て、比呂子はその思いを強くした。自分が経験した異常な出来事を、事務的なクールな目で記録しておくことが必要なのだ。

だが、こんなワイドショーの取材みたいに、わざとおどろおどろしい演出と不気味な言葉で視聴者の野次馬根性を煽るのは違うような気がする。そんなことをしたいわけではない。何しろ、この異様な家に暮らしているのは、比呂子がかつて憧れ、ほのかな恋心を抱いていた男――伊原直人なのだから。

自分の目を覚まさせるようにかぶりを振ると、比呂子は一旦ビデオカメラをとめ、三脚から取り外して肩に担いだ。大学の写真サークルの先輩に当たる草間にビデオカメラマンにならないかと誘われて始めたばかりの時は、格安で譲り受けたこの骨董品級の古い業務用ビデオカメラは重くて、持ち上げるだけでも大変だったが、今ではそれを担いで走りまわることができるようになっていた。

ずいぶんと逞《たくま》しくなった。肉体だけではなく心も。五年前の比呂子は異常な出来事がすべて美雪の仕業《しわざ》だと確信しながらも、美雪に直接会って誤解を解こうともしなかった。ただ、怯《おび》え、泣きわめき、逃げ出したのだ。ちゃんと会って、とことん話し合えば、彼女の嫉妬は見当違いなものだったことがわかってもらえたかもしれないのに……。

カメラを肩に担ぎ、異様な塀で囲まれた家をファインダーにとらえながら、比呂子はゆっくりと歩き始めた。

目の前にあるのは、伊原直人が家族のために建てた家だ。長時間の通勤を覚悟し、おそらく何十年ものローンを組んで建てたのだろう。それはまだほんの十ヶ月ほど前のことなのだ。おそらく建てられたばかりの時は、直人の家族への愛を具現化したような素敵な家だったろうに、それがこの短期間で、こんなおぞましい姿になってしまうなんて……。

異様な気配を漂わせているのは塀に囲まれた庭のほうだけではなく、玄関も赤い砂《すな》埃《ぼこり》に汚れてしまっていた。直人の家のまわりはまったく家が建っていなかったのでよけいに砂の被害が大きいのだろう。

ビデオカメラが作動している微かなモーター音を耳元で聞きながら、比呂子は涙が溢れてくるのを感じた。ファインダーが曇ってしまう。伊原さん……。かわいそうに……。ここに来た理由も忘れて、比呂子はぽろぽろと涙をこぼし続けた。

その時、比呂子は背後に何かの気配を感じた。背中に冷たい水を流し込まれたようなひやっとする感覚。獰猛な獣の吐息がすぐ後ろで繰り返されている。慌てて振り返ろうとした瞬間、足下のすぐ近くで何かが破裂するような大きな音が聞こえた。

比呂子は驚いて飛び退《の》いた。だがそこには運悪く浅い溝があり、それに足をとられて後ろに倒れた。反射的にカメラを抱きかかえるようにして庇《かば》ったために、比呂子は地面に背中を強く打ちつけた。呼吸ができない。その比呂子に向かって、破裂音はなおも降りかかり続けた。

苦痛をこらえて腰を押さえながら視線を向けると、犬の姿が見えた。小さな柴犬が吠えているのだ。まだ成犬になりきれていないくせに、牙を剝き、今にも飛びかからんばかりに低く唸り、興奮した様子でまた吠え続ける。

実際には飛びかかる勇気はないということが比呂子にはわかった。比呂子は子供の頃、実家で同じような柴犬を飼っていた。臆病な犬だった。比呂子の父の知人などが家に来ると、犬小屋の中で丸くなり、一歩も出てこようとしない犬だった。必死に威《い》嚇《かく》しているのを見て、ついその犬を思い出してしまう。

「どうしたの？　そんなに怒らないで」

手を差し出して優しく声をかけると、子犬は敵だと思っていた相手に親しげにされてどうしたらいいのか混乱したらしく、さらにやかましく吠えながら比呂子のまわりを飛び跳ね続けた。

それでも比呂子が「仲良くしましょうよ」ともう一度声をかけると子犬は徐々に落ち着いていき、唸るのもやめて尻尾を振り始めた。それでもまだ完全に警戒を解いたわけではなく、一定の距離以上は近づこうとしない。必死に首を伸ばし、比呂子の匂いを嗅ごうとしている様子が可愛らしい。

子犬の首輪にはリードがついている。散歩の途中で逃げてきたのだろうか？　辺りを見まわすと、小さな子供がこちらに駆け寄ってくるのが見えた。まだ小学校に上がらないぐらいの歳の子供だ。あの子の犬だろうか？　比呂子がそう思うよりも早く、犬は子供のほうに走っていき、興奮した様子でぴょんぴょん飛び跳ねながら子供のまわりを駆けまわった。

「ポチ、駄目だよ、やめてよ」

ポチと呼ばれた犬は、前足を上げて子供に寄りかかり、ぺろぺろとその顔を舐めた。

荒《すさ》んだ風景に心を痛めていた比呂子は、目の前の微笑《ほほえ》ましい光景に表情を緩めた。

「ポチっていうの？　その犬」

「そうだよ。パパがつけたの」

半ズボンを穿いたその子供は、すぐ近くまで駆け寄ると、円《つぶ》らな瞳で比呂子を不思議そうに見つめた。

「お姉ちゃん、泣いてたの？」

直人の家の惨状を見て涙を流していたのを思い出し、比呂子は慌てて手の甲で拭った。まるで小さな子供みたいな仕草だと思って少しおかしくなった。可愛らしい子犬と子供の姿が、比呂子の心を癒してくれる。

「泣いてなんかいないわ。ちょっと目にゴミが入っちゃっただけよ。ほら、この辺、砂埃がすごいでしょ」

比呂子は立ち上がり、ジーンズの汚れを手で払った。もう一方の手にぶら下げられている黒くて大きな機械を子供が興味深そうに見つめている。

「それなに？」

「ビデオカメラよ」

家庭用のコンパクトサイズのデジタルビデオカメラは見たことはあっても、こんな大きなものは見たことがないのだろう。その子供は口を大きく開けて、目を見開き、驚きの表情を作って見せた。そんな仕草のひとつひとつが、とっても可愛い。

「ビデオカメラでぼくの家を撮ってたの？」

その言葉に比呂子はハッとした。

「……春翔君？　君、春翔君なの？」

「そうだよ」

どうして自分の名前を知っているのだろうといった様子で、春翔は首を傾《かし》げて比呂子を見つめた。黒目がちの瞳がくりくりと愛らしく動く。

前に見た時――美雪が直人の職場に連れてきた時の春翔はまだベビーカーに寝かされた赤ん坊だったので気がつかなかったが、よく見ると目の前の子供には直人の面影があった。そして、美雪の面影も……。

「大きくなったわね」

昔、親戚と会うたびに大人たちは比呂子を見て、「大きくなったねえ」と同じ言葉ばかりを繰り返した。大きくなるのは当たり前なのに、どうしてそんなことを何度も言うのかと思っていたが、いざこうやって子供の成長を目の当たりにすると言わずにいられない。

「ぼくのことを知ってるの？」

「まだ春翔君が赤ん坊だった頃に一度だけ会ったことがあるの」

「お姉ちゃんはパパのお友だち？」

「そうよ」

「じゃあ、ママともお友だち？」

比呂子は返事に困った。美雪とは友達だとは言えない。あの冷ややかな目――嫉妬に燃える目が思い出されたが、春翔にそんなことは言えない。

「ええ、そうよ。ママともお友達だったわ」

無意識に過去形で言っていた。いや、意識的にだろうか。比呂子はもう美雪が過去の人であってほしいと思っていたのだ。だが、春翔の無邪気な表情から発せられた言葉が、そんな思いを簡単に打ち砕いてしまった。

「じゃあ、ママを見せてあげようか？」

得意げに言う春翔の言葉を聞いて、一瞬、比呂子は自分の耳を疑った。でもまさか、そんなわけはない。美雪は死んだのだ。さっきの女性は葬式に出席し、美雪の遺体を見たと言ったではないか。

「春翔君のママは元気なの？」

比呂子は慎重に言葉を選んで訊ねた。春翔はうれしそうにうなずいた。

「うん、元気だよ。お姉ちゃん、こっちだよ。早く！」

春翔は不気味な高い塀に囲まれた家に向かって駆け出した。比呂子がついてくることを少しも疑っていない。直人は体調不良を理由に仕事を休んでいると麻耶が言っていた。この家の中にいるのだろうか？

一ヶ月前、久しぶりに訪ねた会社の前で、自分のすぐ近くを通り過ぎていった亡者《もうじゃ》のような直人の姿が頭から離れなかった。あの時よりもひどくなっていたらどうしよう。そう考えると気が重かった。会社を休んでいる直人の様子を見に来たはずなのに……。

そんな比呂子の迷いなど無視して、春翔は家に向かって駆けていく。その横をポチがまとわりつくように走りながら、時々比呂子のほうを、ちゃんとついてきているかどうか心配そうにチラチラと振り返った。

行こう。あの塀の向こうにいったい何があるのか確認しないわけにはいかない。そのために比呂子はここに来たのだから。ビデオカメラのグリップを握り締める手に力を込めた。

西洋風の洒落《しゃれ》た飾りのついた門扉《もんぴ》を開け、小さな身体の全体重をかけてドアを引き、春翔が家の中に駆け込む。

「ただいま！」

運動靴を履いたまま、廊下を駆けていく。そのあとをポチも当然のようについていった。春翔とポチの足跡が廊下に白く残る。

比呂子は薄暗い玄関に立って家の中を見まわした。ここが直人と美雪と春翔の家族三人の愛の巣だったのか……。複雑な気持ちが心の中に渦巻いた。それは妙に居心地の悪い感情だった。

直人の家に上がるのはもちろん初めてだ。食事も喉を通らないほど恋い焦がれていたあの頃でも、会社の上司と部下という関係以上に踏み込んだことはないのだ。それがこんな形で家を訪ねることになるとは考えたこともなかった。

春翔はさっさと家の奥に消えてしまい、こちらを気にかけようとはしない。昼間だというのに家の中は暗い。まわりを異様な塀で囲まれているため、窓から日の光が入ってこないのだ。

「こんにちは。伊原さん、いらっしゃいませんか？」

家の奥に向かって声をかけ、しばらく待ったが返事はなかった。本当に体調が悪くて直人は眠っているのだろうか？　仕方ない。春翔が上がれというのだから、遠慮せずに上がらせてもらおう。

靴を脱ごうとして一瞬躊躇《ちゅうちょ》した。家の中は泥まみれだった。家の外も中も大差はない。靴下が汚れてしまいそうだが、まさか土足で上がるわけにもいかない。

「お邪魔します」

家の奥に声をかけて、比呂子はブーツを脱いだ。廊下に足を載せた瞬間、胃がきゅうっと縮み上がった。もちろんそれは靴下が汚れる嫌悪感などではない。何かが比呂子を拒絶している。近づくなと警告している。本能的に身体が危険を察しているのだ。気持ちが怯《ひる》む。今にも何かが比呂子の前に姿を現しそうだ。

私に力をちょうだい。比呂子はビデオカメラを肩に担ぎ、録画ボタンを押した。赤いランプが灯《とも》ってファンが静かに唸り、冷たい機械が微かに熱を帯びていく。一連のその動きが比呂子の心を落ち着かせてくれた。

他人の家の中を無断で撮影するのはマナーに反するということはわかっていたが、そんなのはいつものことだ。それにビデオカメラがないと——取材だと思わないと、のしかかる不気味な空気の前に、比呂子はもう一歩も足を踏み出すことができそうもなかった。

カメラを構えたまま、周囲をぐるりと眺めまわした。ファインダーの中に浮かび上がる家の中は荒れ放題だ。春翔が散らかし、ポチがそれに加勢しているのだろう。

床はどの部屋も泥まみれで、襖《ふすま》は破れ、壁にはポチが引っ掻いたあとがいくつもある。壁の一部は崩れ、その奥の断熱材がのぞいているところまであるほどだ。見ているだけで痛々しい。家族のために直人が建てた家がこんなむごい姿をさらしているなんて……。

春翔のあとを追って、比呂子は廊下をまっすぐに進んだ。途中の引き戸が開けっ放しになっている。六畳ほどの和室だ。その壁際の机の上に、白い布で包まれた箱が無造作に置かれていた。

遺骨だ。もちろんそれは美雪の骨に違いない。亡くなってからもう二ヶ月以上も経つというのに、美雪の骨は墓に埋葬されていないらしい。

部屋の中をさらにのぞき込むと、遺骨の横に写真が飾ってあった。背中がひやっとした。美雪の写真だ。笑顔だが、その目は笑っていない。冷たい怒りに燃えている。比呂子がこの家に上がり込んだことを怒っているのだ。

確かに私はここに来る資格はないかもしれない。だけど、私のまわりにまとわりついている変なものは、あなたと関係があるとしか思えないのよ。

心の中で、比呂子は弁解するようにつぶやいた。五年前、謂《いわ》れのない嫉妬心に取り憑《つ》かれた美雪が比呂子を悩まし、実際に危害を加えていたのだ。そして、今また、比呂子のまわりで凶事が頻発していた。しかもそれはあの時とは比べ物にならないほど、残忍で禍々しい……。

その忌《い》まわしい力は徐々に比呂子に近づきつつある。降りかかる火の粉は払わなければならない。だから、比呂子は仕方なく、この家にやってきたのだ。

美雪さん、ごめんなさい。でも、私はあなたから何かを奪おうっていうんじゃないのよ。ただ、確認したいの。今、いったい何が起きているのか……。

「こっちだよ。早く、お姉ちゃん」

待ちくたびれたように春翔が大声で呼んだ。その声に導かれて、比呂子は廊下をさらに奥に進んだ。突き当たりのドアの向こうは二十畳ほどのリビングルームになっていた。大きなサイズのテレビとソファが一組、部屋の一角を占拠していて、その右側にガラス戸があった。外には木製のテラスがあり、その向こうに庭がある。

田舎の祖母の家と同じぐらい広い庭だ。東京都内では、これほど広い庭のある家を持つことはサラリーマンには不可能だろう。直人はこの庭のために、こんなに遠くに家を買ったのかもしれない。

ガラス戸のところに立って、春翔は視線を外に向けている。比呂子はカメラをまわしながら、ゆっくりと近づいた。内側から見た塀は、さらに異様だった。何度もいろんなものを貼り足していった様子がはっきりとわかる。

直人がひとりで黙々とその作業に没頭している様子が目に浮かんだ。でも、どうして……。どうしてそんなことをする必要があるのか？　庭に何か、人に見られては困るものがあるというのか？　隠そうとする行為がよけいに目立たせてしまうようになることに思い至らないほどに直人を追いつめてしまっているものとはいったいなんなのか？

直人とは逆に、春翔はそれを見せたがっている。……ママ？　春翔はママを見せてあげると言ったはずだ。「会わせてあげる」ではなく、「見せてあげる」と言った。どうして比呂子を、庭に案内しようとするのか？

和室に置かれていた美雪の位牌と遺骨が比呂子の頭に浮かんだ。美雪は死んだはずだ。だが遺骨はまだ部屋の中に置かれている。ひょっとして、庭に美雪の墓があるのだろうか？

比呂子はポチの姿が見えないことに気がついた。さっきまではあんなにはしゃいでいたというのに……。

ポチの姿を部屋の中に捜した比呂子は、ソファの下にその茶色い体を見つけた。ポチはソファの下にもぐり込み、顔をのぞかせていた。何かに怯えたように体を小さくして、上目遣いで春翔と比呂子を交互にうかがっている。

ポチのその怯えが伝染したみたいに、比呂子の全身の筋肉が再び緊張した。足が床に張りついたようになり、前に進めない。暖房をつけていない部屋の中は外と変わらぬ寒さだというのに、ビデオカメラをホールドした右手が汗ばんでいる。

そこに何があるの？　伊原さんは庭に何を隠しているの？　足が動かないためにカメラをズームアップしたが、暗くてまだ遠い。知りたいという思い。知らなくてはならないという思いが、比呂子の背中を押す。

重い足をなんとか一歩踏み出したその時、ビデオカメラのフレームの中でいきなりカーテンが閉ざされた。カーテンレールを玉が滑る音が、まるで心臓を切り裂くように響き、比呂子はカメラを構えたまま全身を硬直させた。

悲鳴を上げる余裕もなかった。その代わりとでもいうように、怒気をはらんだ低い声が暗い部屋の中に響きわたった。

「誰だ、おまえは！」

比呂子は反射的にレンズを広角に戻した。そこには直人が立っていた。春翔を抱き上げ、カメラのレンズを睨みつけている。敵意のこもった目。録画ボタンから指を離し、比呂子は凍っていた身体が溶けるように、ゆっくりとカメラをおろした。

目の前に直人が立っている。こうやって見つめ合うのは会社を辞めて以来だ。だが、こみ上げてくる懐かしさ以上に、痛々しい思いのほうが大きかった。一ヶ月ほど前に会社の前で擦れ違った時よりもさらにげっそりとやつれている直人の目には、明らかな狂気と侵入者に対する憎悪が漲《みなぎ》っていた。

「パパ、痛いよ」

抱き上げられた春翔が身体をよじって、直人の腕から逃れようとした。直人の腕が春翔の身体に食い込んでいた。自分の息子を敵から守らなければならないという直人の強い思いが感じられた。

「伊原さん、お久しぶりです。倉沢です。覚えてますか？　以前、営業部で伊原さんの部下だった倉沢比呂子です」

直人の目の中の狂気がすっと消えた。

「……倉沢君？　あの倉沢君なのか？」

比呂子はほっとした。直人が正気を保ってくれていることがうれしい。しかし次の瞬間、直人は春翔を床の上におろすと、弾かれたようにカーテンから離れて、比呂子を廊下に押し出した。

「二階へ行こう。一階はこのとおり、犬のせいで泥まみれになってるから」

そう言いながらも、直人はしきりに背後を気にしていた。

19

心臓が激しく鼓動を刻んでいた。いったいなぜ、倉沢比呂子がここにいるのか？　直人は比呂子を二階の書斎へと急《せ》かした。こんなところを誰かに見られたら……。誰か？　誰かって、誰だ？　頭の中にその答えははっきりとあったが、それを認めたくはなかった。

直人の勢いに気圧《けお》されたように素直に従っていた比呂子が、ドアが閉まる大きな音でビクッと身体《からだ》を震わせて、ゆっくりと振り返った。

「すみません、突然お邪魔して。最近、麻耶……営業部の平丘麻耶さんと久しぶりに連絡を取り合うようになっていたんですが、彼女から伊原さんがずっと会社を休んでるって聞いたもので、心配になって様子を見に来たら家の前でばったり春翔君と会っちゃって……。それで伊原さんの友人だって言ったら、春翔君が案内してくれたんです。玄関で声をかけたんですけど、返事がなかったもので……。驚かせてしまって、すみませんでした」

そう言うと比呂子は目を伏せた。直人の顔をまっすぐに見られないといった様子だ。おそらくひどい顔をしているのだろう。もう何日も髭《ひげ》を剃《そ》ってないし、ろくに食べていないのでげっそりと頬もこけてしまっている。

「心配してくれてありがとう。だけどいきなり部屋に見知らぬ人がいたからびっくりしたんだ。……倉沢君、君、感じが変わったな」

最後にひとりごとのように言葉がこぼれた。目の前にいる比呂子は、直人の部下として働いていた時とはずいぶん違っていた。そのせいでさっき名乗られるまで比呂子だと気がつかなかったのだ。

長く艶やかだった髪をショートカットにして、服装もジーンズにボア付きの革ジャンパーというものだ。化粧っけもほとんどない。昔は少女趣味のひらひらした飾りがついた服を好んで着ていて、ＴＰＯを考えろと直人が叱ったこともあった。そういうやりとりがあって、ふたりは徐々に親しくなっていったのだ。でも、今の比呂子は昔以上に魅力的だった。

比呂子のことがずっと好きだったと改めて実感した。いや、駄目だ。直人は胸の奥にこみ上げてくる淡い思いを必死に押し殺した。

「私の雰囲気が変わったとしたら、それは強くなったからだと思います。か弱い女でいることがいやになったんです」

顔を上げ、直人の目をまっすぐに見つめながら比呂子が言った。比呂子の言葉は直人の心にずしりと響いた。今度は直人が目を逸《そ》らす番だった。もちろん比呂子の姿が痛々しかったわけではない。それどころか比呂子の澄んだ瞳がまぶしく、彼女に対する申し訳ない思いが胸の中で騒いだからだった。

直人は比呂子を見捨てたのだ。そのことを責められている気分になった。身のまわりに起こる奇妙な現象で悩まされていた比呂子に相談された時、直人はすぐに美雪の存在に思い当たった。それなのに直人は特に何も手助けしようとはしなかった。

それにはやはり、美雪に対する後ろめたさもあった。若くて可愛らしい新人ＯＬである比呂子に、直人も惹《ひ》かれていたのだ。あの日、部長にセクハラされていたのを助けた時も、どうしてあんなに感情的になったかといえば、比呂子に特別な思いを抱いていたからだった。その気持ちを必死に抑え込もうとしていたのに、部長のセクハラを目の当たりにして爆発してしまったのだ。

美雪は美しかったが内気で表情も乏しかった。繊細過ぎる点も気になった。結婚してしばらく経つと直人は徐々に美雪を重荷に感じるようになり、代わりに求めた心の拠《よ》り所が比呂子だった。

会社で新入社員の比呂子と挨拶を交わすのが何よりの楽しみになっていた。家ではまったく笑わない直人が、会社の昼休みには女子社員たちを連れて昼食を食べにいき、明るく談笑していたのだ。その笑顔はいつも比呂子に向けられていた。マンションに帰るのがいやで、必要でもない残業ばかりしていた。

もしもあの時、母から電話がかかってこなかったら、きっと直人と比呂子は一線を越えてしまっていたことだろう。

部長を追い払ったあと、比呂子が直人に何か言おうとした。それが愛の告白であってほしいと思いながら、直人は比呂子の言葉の続きを待っていた。

その時、そんなふたりを邪魔するように母から電話がかかってきたのだ。たまたま直人の実家を訪れていた美雪が倒れて救急車で運ばれたという連絡だった。まるで直人と比呂子のやりとりを間近で見ていて、それ以降の展開を阻止しようとするかのようなタイミングだった。

もともと美雪には不思議な力があった。きっと直人と比呂子の感情の揺れを感じ取った美雪の、無意識の抗議だったのだろう。その抗議は効果的だった。

病院に駆けつけ、美雪が妊娠三ヶ月だということと、もう少しで流産するところだったと聞かされた直人は、罪の意識に苛《さいな》まれ、もう二度と比呂子と親しく言葉を交わそうとはしなかった。

それなのに、しばらく経ってから比呂子のまわりで奇妙なことが起こり始めた。そのことを相談された時、すぐに美雪の不思議な力のせいではないかと思ったが、妻を追い込んだのが自分だという罪悪感が直人から真実を確かめる勇気を奪ったのだ。

あの時、比呂子の話を聞いてやり、美雪とじっくりと話し合っていれば、今のこんな状況には陥らなくて済んだかもしれないのに……。そう、今のこの状況……。常識的に考えれば、庭に埋めた指から人間が生えてくるなんて、そんな馬鹿なことがあるわけがない。それが他の人間の話であれば、直人も一笑に付したことだろう。だが、美雪はもともと普通ではなかったのだ。

付き合い始めた頃に、美雪が思い詰めた表情で打ち明けてくれたことがあった。美雪は小さな頃から変わった子供だったらしい。勘が鋭いところがあり、手紙が大好きだった美雪は、郵便受けに手紙が投げ入れられた音を聞いただけで差出人が誰だか言い当てたという。

それはまだ微笑ましいエピソードだが、小学生になる直前には、オモチャを出しっぱなしで外に遊びに行ったことを母親に叱られて美雪が癇癪を起こすと、部屋の中の電化製品が一斉に火を噴いた。幸い小火程度で済んだが、それ以来、母親も気を遣い、美雪を強く叱ることはなくなった。そのおかげで特に変わったこともなく小学校生活を終えることができたということだった。

ただ当時は美雪自身も、本当にそんなことがあったのか確信は持てなかった。幼い子供だったので、夢と現実を混同して記憶してしまっていただけかと思っていたのだ。

そして数年後、中学生になった美雪は美しい少女に成長し、男子生徒たちの注目を浴びるようになっていた。だが、そんな美雪を妬む女子たちから、上履きを隠されたり机の中にゴミを入れられたりといったいじめを受けるようになった。

内気な性格の美雪はじっと耐えていたが、ある日の放課後、体育倉庫で殴る蹴るの暴行を受けた。さらに少女たちは外から南京錠をかけてそのまま帰宅してしまった。閉じこめられた美雪は大声で助けを求めたが誰にも気づいてもらえず、心配した母親が夜遅くに学校に駆けつけてようやく助け出された。

担任教師がいじめていた少女たちの自宅に電話してみると、全員が階段から落ちたり、倒れた書棚の下敷きになったり、帰宅途中に車にはねられたりして大怪我を負っていた。少女たちは口をそろえて、自分が怪我をしたのは美雪のせいだ、美雪にやられたのだと訴えたが、その時美雪は体育倉庫に閉じこめられていたのだ。

それに、閉じこめられた絶望と暗闇の恐怖のあまり、美雪は体育倉庫の中で失神してしまい、母親が駆けつけてくれるまで、ずっと気を失っていたのである。同級生たちに怪我をさせたりできるわけがなかった。

当然のことながら美雪が追及されることはなかったが、その代わり彼女はみんなから怖れられ、避けられる忌《い》まわしい存在になってしまった。

そこまで話したあと、美雪は「だけど私は気を失っているあいだに、とっても恐ろしい夢を見ていたの」とぽつりと付け足した。少女たちが怪我をしたことには、きっと自分が関係していたような気がするというのだ。

だとしても、美雪は自分の意志で何かをしたわけではなかった。自分ではどうしようもなかったのだ。自分の不思議な力を怖れて、もしもまたあんなことがあったらどうしようと思い悩んだ美雪にできることはただひとつ、他人に対して憎しみの感情を持たないようにと心がけることだけだった——。

あの冷たい無表情の下にはそんな出来事があったのだ。もちろん、話を聞かされた直人は半信半疑だった。繊細過ぎる心を持った美雪だったので、子供の頃にそういうことがあったと思い込んでいるだけだろうと思っていた。だが、比呂子が追いつめられていったあの時の状況を思い返してみると、美雪の話はすべて本当のことだったのだと確信しないではいられない。

今回のことも、そんな美雪の不思議な力が奇跡を起こしたのかもしれない、と直人は考えるようになっていた。このことを誰かに知られてはいけない。常識外れな美雪の復活劇が知られたら、直人たち家族は悪魔狩りの餌食《えじき》になってしまうはずだ。誰にも知られてはいけないのだ。

その時、混乱していた直人の意識が不意にクリアになった。

「……それはビデオカメラだよね？」

比呂子が手に持っているものにようやく意識がいった。リビングに他人の姿を見つけて、それが比呂子であったことで気が動転していた。黒くてゴツゴツした巨大な業務用ビデオカメラは、童顔で華奢《きゃしゃ》な比呂子にはどうにも不似合いだ。

「あ、はい。私、ビデオカメラマンをやってるんです」

比呂子も今初めて自分がそんなものを持っていることに気がついたとでもいうように、ビデオカメラに視線を落とした。これほど大きくて重そうなものを持っていることを忘れてしまうとは、それだけ身体の一部になっているということだろうか。会社を辞めてからの五年間で、比呂子は見た目だけではなく、本当にずいぶんと変わったらしい。

「ああ、そうだってね。平丘さんが大騒ぎしてたよ。確かテレビ局に就職したとか聞いたけど」

「いいえ。ほとんど東邦テレビの専属みたいにしてやらせていただいてますけど、立場的にはフリーなんです。それにビデオカメラマンといっても、事件や事故の報道から、地域の祭りの取材やドキュメンタリー番組のカメラマンとか、依頼があればなんでもやるって感じで便利屋みたいなものなんです」

そう言うと、比呂子は少し照れたように笑って名刺を差し出した。肩書きは「フリー・ビデオカメラマン」となっている。言葉とは裏腹に、自分の立場を卑下している様子はない。それどころか自信に溢れた表情をしている。確かに倉沢比呂子は変わった。

「だけど倉沢君がビデオカメラマンになるなんて想像したこともなかったよ。昔はごく普通の女の子だったのに」

「私も自分がこんなことをするようになるとは考えたこともありませんでした。たまたま大学の写真サークルのOBの方に誘っていただいたからなんですけど、自分がこの仕事を選んだ本当の理由は、どうしても取材したい対象があったからだったんだと、つい最近、気がついたんです」

比呂子の目が鋭く光った。特ダネを狙うジャーナリストの目は、きっとこんな感じなのだろう。

「で、今日は何かの取材中だったの？」

牽制するような言葉の響きになってしまった。さっきリビングで比呂子を見つけた時、ビデオカメラの黒いボディにランプが赤く点灯していた。撮影していたということだ。いったいなぜそんなことをする必要があるのだ？

「いいえ、取材ってわけではないんですが……。いつもビデオカメラを持って歩いてるんで、手ぶらだとなんだか落ち着かなくて……」

歯切れ悪く言葉を濁すと、比呂子はビデオカメラを身体の後ろにすっと隠した。

「本当に見舞いに来てくれただけなのか？　ひょっとして……」

身体の内側を小さな虫がびっしりと這いまわっているように感じた。ひょっとして、また比呂子の身のまわりに何か異常な出来事が起こり始めたというのではないのか？

言葉にならなかった直人の問いかけに、比呂子が申し訳なさそうな表情を浮かべることで答えた。

五年前、美雪が自分を呪い殺そうとしていると訴えた比呂子に、俺の妻を化け物扱いするのか、と反対に怒鳴りつけたことが思い出された。そんなことがあってはならない、あってほしくない、という思いが直人に比呂子を思いやる気持ちを失わせていたのだ。あの時も、比呂子はこんなふうに申し訳なさそうな表情を浮かべていた。

違うんだ。君を責めているわけじゃない。あやまろうとして、直人は比呂子の背後に佇《たたず》む、姿の見えないものの気配を感じた。「まだ終わってなかったの？」という美雪の問いかけが聞こえてきそうだ。誤解だ。最初から俺たちは男女の関係なんかじゃないんだ。そう弁解しても、嫉妬に狂った美雪には通じない。

本当に直人は比呂子の手を握ったこともなかった。ただ好意を持っていただけだ。一緒にいると楽しくて、その笑顔をいつまでも見ていたいと思っていただけだ。だがそれは、時として、肉体関係を結ぶ以上に美雪にとっては許しがたいことだったのかもしれない。自分の唯一の理解者だと思っていた直人の心が他の女性に向かうことが許せなかったのだ。

あの時は比呂子に冷たく当たって会社を退職に追いやり、美雪だけを見つめ続けることでようやく怒りを鎮めてくれた。だが、庭に埋まっているものが美雪だったとして、その肉体には理性があるのだろうか？　人間らしい心があるのだろうか？　直人の言葉を理解して、優しく微笑《ほほえ》んでくれるのだろうか？　そんな思いが直人を不安にさせた。

「そろそろ」と直人は言った。比呂子が意外そうな顔をした。

「そろそろ帰ってくれないか」

これ以上、比呂子がここにいていいわけがない。美雪を怒らせるだけだ。たとえ、また比呂子の身のまわりで奇妙なことが起こり始めたとしても、ふたりが特に接点を持たなければ、きっと美雪もこれ以上は何もしようとはしないだろう。

それはずいぶんと楽観的な考え方だと思った。現に比呂子と会うのはあの時以来なのだ。なのに美雪の力が及び始めているとしたら……。でも、それ以外に直人にはどうすることもできなかった。

「さあ、俺のことなら大丈夫だから。具合が悪いのもすぐによくなるさ。だから、もう帰ってくれ」

久しぶりに会った比呂子ともっと話をしたいという思いを振り払い、直人は比呂子を玄関へと追いやった。

「ちょっと待ってください。私はただ……」

「すまない。帰ってくれ。お願いだ。今すぐ帰ってくれ」

今の比呂子はあの時とは違う。美雪の異常な力に立ち向かおうとしているのだ。もしも本当に比呂子の身のまわりにまた奇妙なことが起こっていて、今回はこの大きなビデオカメラですべてを映像として記録し、美雪の力を白日の下に晒そうとしているのなら、そんな比呂子は敵だ。俺たち家族にとっては敵になるのだ。

直人は比呂子を玄関の外まで追いやると、「すまない。もうここには来ないでくれ」ともう一度あやまってからドアを閉めた。

庭のほうから春翔の楽しそうな声が聞こえてくる。

「ママ、ぼく、縄跳びできるようになったんだよ。ねえ、見ててね」

母の復活を信じ、それを特に異常なことだとは思わずにはしゃいでいる息子の声が哀れだ。玄関のドアに鍵をかけると、直人はその場に崩れるように座り込んでしまった。家の中は暗く、微かな屍臭《ししゅう》が漂っていた。

20

二十四時間、人の出入りが途絶えることのないテレビ局だが、深夜一時を過ぎたこの時間の第二編集室は無人だった。比呂子は勝手に機材を使わせてもらい、直人の家のまわりで撮影した映像を何度も繰り返しチェックしていた。

直人の家から追い返された比呂子は、街をふらふら車で走りまわったが、明かりに吸い寄せられる蛾のようにテレビ局に足を向けてしまった。とてもじゃないが、あの家を見たあとにたったひとりっきりの部屋に帰りたくはなかった。

録画した映像はカメラ本体の液晶モニターや自分のパソコンで見ることもできたが、デジタル処理して細かい部分をチェックするにはそれでは不十分だったため、東邦テレビの編集機材を使わせてもらおうと考えたのだった。

比呂子はビデオ映像をモニター画面で拡大したりスローで再生したりして、妙なものが映っていないか、瞬きするのも忘れてじっと見つめ続けた。いくら見ても、そこには何も変なものは映っていないようだ。

いや、変といえばすべてが変で異様なのだ。赤茶けた土埃《つちぼこり》の舞う荒野にポツンと一軒だけ存在する直人の家。他の家はまるで災いごとを避けるかのように直人の家から離れて肩を寄せ合っている。

そんな隣人たちをこちらも拒否するかのごとく、高くそそり立った塀——枯れ木やゴミを継《つ》ぎ接《は》ぎして作った高い塀。荒れ果てた家の中に無造作に置かれた遺骨、暗い庭、そして、映像が途切れる直前、フレームに飛び込んできた直人の姿に胸が締めつけられる。

優しく頼りがいのあった上司のやつれ果てた姿。以前は常に身なりを気にするお洒落《しゃれ》な直人だったのに、髪はぼさぼさで洋服はただその辺に転がっていたのを拾い集めて身につけただけといった様子だ。頬はこけ、落ち窪《くぼ》んだ目は狂人のようにギラギラ光っている。

ついポーズボタンを押して画像を静止してしまう。なんとかしてあげたい。直人の顔を見ていると、忘れていた愛しい思いがこみ上げてくる。やっぱり私はこの人が好きなんだわ。比呂子はしみじみと思い、同時に他人の夫である男性に恋心を抱くことに対して罪の意識を感じてしまう。そして恐怖も。嫉妬され、呪われる恐怖……。

「おい。何やってんだ？」

いきなり背後から声をかけられて、比呂子は反射的に編集機のストップボタンを押した。直人の痛々しい姿に心を奪われていて、編集室に人が入ってきたことに気がつかなかった。

振り返ると、草間英二——比呂子をこの世界に引き込んだ大学の写真サークルの大先輩が、無精髭《ぶしょうひげ》の生えた顎《あご》を手で撫でながらにやにや笑っていた。今夜もテレビ局に泊まりらしい。

「今度はどんな特ダネを拾ってきたんだ？」

「特ダネだなんて、そんなんじゃありません」

比呂子は草間の言葉に嫌悪感を抱いた。まるで直人や自分を取り巻く異様な状況を興味本位にとらえられているように感じたのだ。自分だっていつもはハイエナのように事件や事故を探してまわっているというのに……。

「そんなこと言っても無駄だ。おまえは今、時の人なんだから」

時の人……。殺人事件の一部始終を撮影したビデオ記者として、業界の中ではずいぶんと注目されているらしい。現に比呂子のメールアドレスには、連絡を取りたがっているマスコミ関係者からのメールが大量に送られてきていた。

「おとついのおまえの特ダネな、局長賞を出そうって話になってるぞ。どうした？うれしくないのか？」

「……わかりません。そりゃあ、局長賞はうれしいですけど、私はあんなものは撮影したくはありませんでした」

瞼《まぶた》を閉じると、大門と黒崎の苦悶《くもん》の表情が脳裏に蘇ってくる。あの時の光景は映像データとして記録されただけではなく、比呂子の目にもしっかりと焼きついていた。

「まあ、そう言うなよ」

横の椅子を引き寄せて腰掛け、草間が煙草を取り出して火をつけた。つられて比呂子も革ジャンパーのポケットから煙草を取り出そうとしてやめた。禁煙しようと思っていながら、ここ数日煙草を吸いすぎだ。

「取材記者なんてやってるとな、向こうから事件や事故がやってくるんだ。普通に会社員とかやってたら一生のうちに一度出くわすかどうかという出来事に、何度も遭遇するものなんだよ。俺たちが呼ぶんだろうなあ、そういうのを。因果な商売だよ」

うまそうに煙を吐き出す。

「私が事件を呼んでいるって言うんですか？」

確かにそうだ。大門や黒崎は比呂子の個人的な問題に巻き込まれただけなのだ。

「わからんがな。そういう時期があるってことさ。少なくとも今のおまえさんには、その磁力が強く感じられる。近々、まだまだ大きなネタを手に入れるんじゃないかなあ。だけど気をつけたほうがいい。自分で抱えきれない大き過ぎる事件が襲いかかって来るかもしれないからな。そんな時は遠慮なく他のスタッフに頼ればいい。俺たちは仲間なんだから」

テレビマンとして長年、報道に関わってきた草間は本能的に何かを感じているらしかった。特ダネを求める気持ちはあるのだろうが、それよりも自分がこの世界に引き入れた比呂子の身を案じてくれているのだ。

ここ数週間、自分のまわりで起こっている出来事について相談しようかと思ったが、まだ早いような気がした。世間一般よりははるかに理解のある草間でも、比呂子の話を信じてくれるとは限らない。相談するのは、決定的な映像を撮影できてからだ。

「まあ、俺が誘って引きずり込んだ世界なんで偉そうなことは言えないけどな。おまえももう新人じゃないんだし、好きにすればいいさ。だけど、あんまり危険なことには深入りするなよ。この前の事件で俺はずいぶんと肝を冷やしたんだからな。もしもおまえさんに何かあったら、大事な娘さんをお預かりしている手前、親御さんになんて言っていいか……」

草間は髭面《ひげづら》を優しく歪めると、比呂子の肩をポンと叩いて出ていった。触れられた肩に心地よい感触が残った。心が落ち着いていく。力を抜け。もっとリラックスしろ。比呂子は自分に言い聞かせるように心の中でつぶやき、椅子の背もたれに身体《からだ》をあずけた。

小さく深呼吸してから、何気なくモニターの青い画面を見つめた。さっき繰り返し見たビデオ映像が頭の中で残像としてぼんやり浮かび上がってくる。何かが気になる。目を閉じる。

山を切り崩して更地にしたため、赤土が剝き出しになった痛々しい住宅地。それとも異様な塀か？　いや、違う。高い塀に囲まれた暗い庭……。直人が隠したがっていたあの庭だ。すぐに直人がカーテンを閉ざしてしまったので一瞬しか撮影できていない、暗い庭……。

……何かが動いた！

比呂子は勢いよく身体を起こし、編集機の再生ボタンを押した。画面を早送りする。荒れ果てた家の中を通り、美雪の遺骨の置かれた部屋の前を通り、……そして春翔が見せてくれた庭。暗くて何が映っているのかよくわからない。

静止画像にして明度《めいど》の目盛りを上げて画面を明るくした。白く画面が飛んでしまうギリギリまで明るくすると、庭の様子がぼんやりと浮かび上がる。

三輪車が横倒しになっていて、ゴミがあちこちに散らばっている。ガーデニングでもする予定だったのか、如雨露《じょうろ》が転がっている。その辺りだけが、どういうわけかきれいだ。直人か春翔が、毎日草花に水をあげているということか？　この荒《すさ》んだ光景の中に、それは不似合いな行為に思えた。

画面を拡大し、窓枠からのぞく庭の光景をズームアップした。左からゆっくりと右へ画面を移動させていく。庭土の一部だけ、色が濃い。全体的に乾ききっているのに、その部分だけが湿っているようだ。

よく見ると、小山のように盛り上がっている。そこに如雨露を使って水をかけていたのだろうか？　なぜ？　そこに何かが埋まっているということか？　それは水が必要なものだ。花だろうか？　だけどそれならこんなにも大きく土を盛る必要はないはずだ。

小山をアップにしたまま、画面をスローで再生した。ほんの数コマ進めた瞬間、比呂子は背中を薄くペリッと剝がされたように感じた。盛り上がった地面の一部が微かに崩れ、土がぱらぱらと転がり落ちたのだ。

慌てて巻き戻し、もう一回スローで再生した。一コマ一コマ、何ひとつ見落とさないように気をつけながら。

確かに何かが土の中で動いている。崩れ落ちた土の辺りをデジタルズームでさらに大きく拡大した。粒子が粗くなり、画面が細かいブロック状になる。崩れた土の中に、何か光るものがある。

拡大し過ぎて粒子が粗く角張ったところをスムーズな曲線に補正してみた。ビー玉か何かだろうか、そう思った直後、比呂子は全身の血が逆流しそうになった。目だ。それは目玉なのだ。

「ひょっとして美雪さんの死体が埋められてるっていうの？」

思わずつぶやいた比呂子だが、その直後、さらにぞっとした。土の中で目が瞬きしたのだ。生きている！　土の中からこちらを見ている。金縛りにあったように、比呂子の身体は椅子の上で凍りついた。編集機のストップボタンを押そうと思うが、指が動かない。

いきなり画像が乱れ始めた。ノイズが混じる。比呂子は身体を強張《こわば》らせたまま、身動きすることもできずにモニター画面を見つめ続けた。まるで電波が混線しているかのように、ぼんやりとした影がモニターに浮き上がってきた。

よく見ると人間の顔のようだ。見覚えのある顔……。間違いない。伊原美雪だ。長い髪が水に濡れている。先端から滴り落ちる水の雫《しずく》。ぽたり、ぽたり、と音まで聞こえる。その時、比呂子は小さく悲鳴を上げた。画面の中から水が溢れ出ているのだ。

比呂子はぎゅっと目を閉じた。金縛りにあった時は、手の親指を動かせばいいと麻耶が言っていた。そうすれば指先から徐々に身体の感覚が戻ってきて金縛りは解けるんだとか。

本当かどうかわからなかったが、目を閉じたまま比呂子は両手の親指を動かしてみた。全身が痺れているものの、なんとか動かすことができた。次に人差し指だ。そして、中指、薬指と徐々に動かしていくうちに、ふっと身体が軽くなった。

身体に自由が戻ってくるのがわかった。おそるおそる目を開けてみると、モニター画面はブルー一色になっていた。さっきのはいったいなんだったんだろう？　視線を下に滑らせると、机の上に水がたまっている。

機械に水は大敵だ。慌ててティッシュで拭き取ると、生臭い匂いがした。単なる水ではなさそうだ。気がつくと、全身に鳥肌が立っていた。

あの庭で何かが起こっている。死んだはずの美雪が生きているのだ。それもなぜか地面の下で。事故で死んだというのは嘘で、美雪は庭にもぐっているのだろうかと考えてみたが、そんなことをする意味がわからない。

ひょっとして精神に異常をきたした直人が美雪を庭に生き埋めにしているのではないか？　だけど直人がおかしくなり始めた原因は美雪の死だったのだ。順序が逆だ。

何がなんだかわからない。屋上で風に当たって混乱した頭を冷やそうと思い、廊下に出た。そのとたん、比呂子は短く悲鳴を上げた。目の前に人が立っていたのだ。比呂子は心臓が止まりそうなぐらい驚いたが、相手も同じぐらい驚いたようだった。慌てた様子で目をしばたたいている。

「柏原君……、どうしたの、こんなところで」

そこに立っていたのは柏原亮次だった。真夜中だったが、テレビマンは昼も夜も関係ない仕事だ。柏原がこの時間に局にいてもおかしくはない。だが、今ここで会ったのは偶然ではない。柏原はずっとここに立っていたのだ。

「大丈夫ですか、比呂子さん。顔色悪いですよ。疲れてるんじゃないですか？」

柏原が心配そうに言った。おそらく比呂子が第二編集室にいることを草間から聞いて、声をかけようと思いながらも扉を開ける勇気が出なくて、ここでもじもじしていたのだろう。大門に会いに行くようにと自分が勧めたために比呂子が危険な目にあったと、まだ気にしているのだ。

確かに柏原にあんなに熱心に勧められなければ、比呂子は大門のもとに相談に行こうとは思わなかっただろう。あんなことになって大門と黒崎には申し訳ないことをしたと思っているが、反面いろいろとわかったことがある。

幽霊など存在しない。すべての霊現象は生きている人間が起こすものだ。そして、この世で一番恐ろしいのは、生と死の狭間《はざま》で蠢《うごめ》いているものの怨念《おんねん》だ。比呂子にはその恐ろしいものが憑《つ》いている……。

大門は最後の最後までどうしようもない人間だったが、霊能力者としては本物だった。その点は、柏原の意見が正しかったのだ。

「私のことだったら気にしないでいいわよ。もう大丈夫だから」

比呂子は柏原の横を擦り抜けてエレベーターホールに向かった。柏原が小走りに追いかけてくる。

「どこへ行くんですか？」

「屋上よ。頭を冷やしたいの」

「僕も一緒に行ってもいいですか？」

振り返ると、柏原は泣きそうな顔をしている。

「勝手にすれば」

「よかった。じゃあ勝手にさせてもらいます」

最上階でエレベーターを降りてさらに階段を少し上ると、重そうな鉄の扉があった。街の様子を屋上から撮影する機会が頻繁にあるので、鍵はかかっていない。扉を開けると、冷たい風が一気に比呂子たちを取り巻いた。思いの外《ほか》、風が強い。身が引き締まる。これだけ寒いと頭もすぐに冷えることだろう。

「うわぁ、寒ぃ……」

柏原が悲鳴のような声を発しながら、比呂子のあとをついてくる。

鉄柵に寄りかかって眺めると、夜景がきれいだ。文字通り、地上に星をちりばめたようだ。反対に空には星はひとつもない。地上が明る過ぎるために星が見えないのだ。

直人の家の辺りはどうだろう？　きっときれいな星がいっぱい見えるはずだ。その分、地上は暗い……。その暗い闇の底に、直人の家がポツンと建っているのだ。

気がつくと身体が小刻みに震えていた。寒いからではない。自分のまわりで起こっていることに対する恐怖心のせいだ。強くなろう、強くなろうと思いながらも、自分は相変わらず弱いままだ、と比呂子は思った。

「比呂子さん、僕……」

腕をつかまれ、振り向かされた。その瞬間、あたたかい空気が比呂子を包み込んだ。少し遅れて、柏原に抱きしめられたのだと気がついた。分厚い胸板が頬に感じられた。頼りないイメージがあったが、本当はけっこう逞《たくま》しいんだなと意外に思った。

「僕にできることがあったら、なんでも相談してください。比呂子さんの力になりたいんです。だから苦しんでいることがあるなら、僕に話してください。何かひとりで抱え込んでることがあるんでしょ？　大門さんが言っていた、比呂子さんの背後にいるものって、何か心当たりがあるんでしょう？　比呂子さんの身のまわりで、今何が起こっているんですか？」

熱弁をふるう自分に興奮しているのか、背中にまわされた柏原の腕にさらに力が込められる。こういうことに慣れていないからだろう、力加減がむちゃくちゃだ。苦しいが、それはいやな感じではない。もっと……もっと強く抱きしめてほしい。そう思っている自分に比呂子は驚いた。

今まで柏原に恋愛感情を抱いたことはない。柏原だけではなく、美雪の生き霊に苦しめられて以降、比呂子は他人に対して心を閉ざしてしまっていた。誰かを好きになったり、好きになられたりしたら、そこに第三者の嫉妬の感情が生まれ、憎悪が自分に向けられるかもしれない。それが怖かった。

比呂子は無意識に他人との深いつながりを拒否し、心を通い合わせることができなくなってしまっていた。全部、あの女のせいだ。比呂子の胸の奥にしまい込んでいた悔しい思いがこぼれ出てくる。

比呂子は抱きしめられるまま、柏原の胸に頬を押し当て続けた。柏原の心臓の鼓動が聞こえる。そのことが心を安らかにしてくれる。懐かしい感覚だ。弱さを認めるのはいやだったが、他人に頼ろうという気持ちになれるのはいいものだ。こんな気持ちは忘れてしまっていた。ずっとひとりで突っ張ってきたが、今回ばかりは自分ひとりではとても立ち向かえそうにない。

柏原に打ち明けてみるのはどうだろう？　柏原はオカルト好きだ。それに本人が言うには、それをまるごと信じるのではなく、科学的に検証し、真実を探るのが好きだということだ。何か指針になる意見をくれるかもしれない。

だけど、人の良さだけが取り柄のようなこの男を今回のことに巻き込んでいいのだろうか。その先にいったいどんな結末が待っているかわからないというのに……。

「ねえ、柏原君は霊感ある？」

比呂子が思いがけないことを言ったのだろう、柏原は驚いたように身体を離した。

「……いいえ。不思議な出来事には興味はあるけど、残念ながら僕には霊感はまったくないです」

「そう……」

霊感が強い者は邪悪なものの影響を受けてしまうと大門が言っていた。黒崎も霊能力を持っていたために、邪悪な力にコントロールされてしまったのだ。あの日のことは最悪の体験だったが、大門の言葉は今の比呂子にとっては、今回の出来事に立ち向かう唯一の手がかりになっていた。

「わかった。全部話すわ。だけど、私がおかしくなったなんて思わないでね」

比呂子の声に真剣な響きを感じ取ったのだろう、柏原は神妙な顔つきで小さくうなずいた。

21

直人はソファに浅く腰掛け、頭を抱えていた。今夜もアルコールの力を借りて眠りに落ちたいと思い、さっきからバーボンをストレートであおり続けていたが、少しも酔えなかった。久しぶりに会った比呂子の姿が頭から離れなかった。できることなら、もっと違う再会の仕方をしたかった。

比呂子が訪ねてきたのは、きっとまた身のまわりに妙なことが起こり始めたからだ。つまり、それは……美雪が生きているということだ。しっかりと閉ざされたカーテンに視線を向けた。この向こうの地面の下には、確かに美雪がいる……。

グラスに注ぐのも面倒で、ボトルに残った琥珀《こはく》色の液体をラッパ飲みした。胸が焼ける感覚が微かにあったが、もうほとんど感じなくなっていた。身体《からだ》の中が爛《ただ》れているのがわかる。いっそのこと、このまま肉体が滅びてしまってくれれば楽なのにという気さえする。それにはまだまだ大量のバーボンが必要だ。

新しいボトルをキッチンへ取りに行こうと立ち上がった瞬間、カーテンの向こうで何か妙な音が聞こえた。庭に誰かがいる……。あの塀を乗り越えて、どこからか誰かが庭に忍び込んだのかもしれない。庭を見られてはいけない。そこには美雪が埋まっているのだから。慌ててカーテンに近寄ろうとして、足が止まった。

ひょっとして……。

背中を冷たい汗が流れ落ちた。恐ろしかったが、確かめないわけにはいかない。すべては自分が撒《ま》いた種なのだから。カーテンをつかむ手が震えた。呼吸を整えて一気に横に引いた。

部屋の中の明かりがガラスに反射して、外がよく見えない。じっと目を凝《こ》らした。暗い闇の底に蠢《うごめ》くものがあった。庭の隅で大きく盛り上がった地面が、下から断続的に突き上げられている。そのたびに地面の亀裂が大きくなり、庭の上に砂が崩れ落ちた。

目の前が白く曇った。無意識のうちに、ガラスに額がつきそうなほど顔を近づけていた。手のひらで拭うと、はっきりと庭の様子が見えた。ひび割れた地面の下から白いものがのぞいている。

地面は二度、三度と強く押し上げられ、サナギの背中を突き破って蝶が孵化《ふか》するように何かがゆっくりと立ち上がった。直人は呼吸をするのも忘れて、じっと庭の様子に見入っていた。泥にまみれたそれは、明らかに人の形をしていた。

それが、ぶるるっと身体を震わせると、まとわりついていた泥が崩れ落ちた。全身が羊水にまみれているみたいに、その白い肉体は透明な粘液に妖しく光っている。そいつはゆったりとした優雅な動きで濡れた髪を掻き上げた。そこに立っているのは紛れもなく美雪だった。白い肌がまぶしいほどだ。庭園灯の光に浮き上がる全裸の美雪の美しさに、直人は思わずため息を洩《も》らしそうになった。

「美雪……」

直人の声が聞こえたのか、美雪がこちらに視線を向けた。にっこりと微笑《ほほえ》み、美雪は長い脚を土の中から一歩踏み出した。粘液に濡れた豊かな乳房が悩ましく揺れる。直人は自分の妻の妖艶さに息を呑《の》んだ。唇に微かに笑みを浮かべたまま、美雪は一歩一歩、足下を確かめるようにゆっくりと直人のほうに歩み寄ってくる。

窓ガラスに張りつくようにして、美雪の姿を見つめた。息がかかり、ガラスがまた曇る。直人は夢中になってその曇りを拭った。

すぐ目の前に生前どおりの……、いや生前以上に美しい美雪が立っている。美雪の復活に怯《おび》え、春翔に出鱈目《でたらめ》なおまじないを教えたことを後悔していた日々が、まったく馬鹿馬鹿しい取り越し苦労だったと感じられた。美雪は化け物なんかではない。以前のままの優しく美しい妻として生き返ってきたのだ。

美雪の唇が微かに動いた。何か言っている。その言葉を聞きたくて、直人はサッシに手をかけ、力を込めた。そっと横に引き開けると、ガラス戸の隙間から冷たい外気が部屋の中に流れ込んできた。

「うぅッ……。なんだこの匂いは？」

悪臭に思わず噎《む》せ返りそうになった。ずっと庭に漂っていた腐臭の原因はやはり美雪だったのだと直人は確信した。見た目は生きていた時以上に美しかったが、今、目の前にいる美雪は指のカケラから再生したモンスターに違いないのだ。

直人の変心を悟ったのか、にわかに美雪の表情が苦悶《くもん》に歪んだ。ゆらりとよろめき、膝をついた。前屈《かが》みになった背中には大きな傷があり、瘡蓋《かさぶた》が盛り上がっていた。それはあの日、ポチをつなぐための杭を突き刺したあとだと直人が気づいた瞬間、大きく盛り上がった傷口が破れて、中から緑色の膿《うみ》が勢いよく噴き出した。庭に漂う悪臭が一気に増した。

反射的に、直人はガラス戸を閉めていた。大きな音が響き、その音に弾かれたように美雪が顔を上げた。爬虫類のもののような冷たい目が、まっすぐに直人に向けられた。

美雪はふらふらとよろめきながら、直人に向かって歩み寄ってくる。そのあいだにも、美しい美雪の顔が醜く歪んでいく。

足を踏み出した美雪が、庭にあいた穴にはまりこんだように体勢を崩した。だが、そこに穴などない。よく見ると、美雪の腿《もも》の辺りから白い骨が突き出ていた。地面に倒れ込んだ美雪が起きあがろうともがき、身体を掻きむしると簡単に肉がえぐれ、その傷口から、背中から噴き出したのと同じように膿が噴き出した。おそらくまだ完全に再生しきっていないのに、昼間、比呂子が現れたことで嫉妬の思いに駆られて地中から這い出してきたためだろう。陸で暮らす生き物が水流に飲まれて溺れる時のように、美雪は地上でもがき苦しんでいる。

獣のような呻《うめ》き声を上げてのたうちまわる美雪のおぞましい姿に、直人は背中が粟《あわ》立《だ》つのを感じた。それでもまだ、全身から膿を滴らせながら美雪は直人に向かってくる。いつの間にか紫色に変色してしまっていた手を伸ばし、直人に何か言おうとするが、その口から洩れるのは谷間に吹き抜ける風のような音ばかりだった。

「美雪……。こ、来ないでくれ……。こっちへ来ないでくれ……」

我に返った直人はガラス戸にしっかりと鍵をかけてカーテンを閉ざした。膝がガクガクと震え、腰が抜けたようにその場に座り込んでしまった。

美雪をこんな姿にしたのは自分なのだ。春翔に言った、あの軽はずみな冗談のせいで……。ガラス戸に寄りかかり、直人は頭を抱えてすすり泣いた。妻が哀れでならなかった。

背後で窓ガラスをペタペタと叩く音がした。力無く、すがりつくような音だ。突き飛ばされるようにしてガラス窓から飛び退《の》き、直人は床に座り込んだままあとずさった。すぐに背中が壁に当たった。もう、それ以上後ろには下がれない。窓ガラスを叩く音が部屋の中に虚ろに響く。

「許してくれ……、美雪……俺を許してくれ……」

両手をつき、直人は頭を床に擦りつけてあやまり続けた。このまま土の中に戻ってくれ。そして、死体にふさわしく、朽ち果ててくれ。頼む……。

今までは復活を望む気持ちもあったが、いざ実際にその時が来ると、わき上がる恐怖は想像したこともないものだった。直人は、妻をこんな姿で復活させてしまったことを強く後悔した。

22

身体《からだ》が痛くて直人は目を覚ました。服を着たまま自分の部屋のベッドにうつぶせに倒れ込むようにして眠っていた。無理な体勢で眠っていたせいだろう、全身の筋肉が強張《こわば》っていた。カーテンの隙間からは、弱々しいながらも日の光が差し込んできている。

時計を見ると、もう昼過ぎだ。シーツに張りついてしまったように重い身体をなんとか起こした。ゆうべは大量の精神安定剤をバーボンで流し込んでやっと眠ることができたが、まだ薬が残っているようだ。全身がだるく、頭がぼんやりしている。

ペタペタと窓ガラスを叩き続ける音が、未《いま》だに耳の奥にこびりついていた。あれは本当にあった出来事なのだろうか？　ひどく現実感がなく、眠っているあいだに見た悪夢にしか思えない。

何気なく窓のほうに視線を向けた。外で声が聞こえる。可愛らしい、ころころと転がる鈴の音《ね》に似た春翔の声。誰かと話をしているようだ。……誰かと？

「春翔！」

ベッドから飛び降り、直人は階段を駆け降りた。薬が残っているせいで、ふらふらと足下がおぼつかない。まるで綿を敷き詰めた上を走っているかのようだ。

リビングに駆け込むと、閉ざされたカーテンの向こうで、確かに春翔の話し声が聞こえる。甘えるような口調の幼い声。

……だからね……ぼくは……だってぇ…………

美雪と話しているのか？　あの醜い母の姿を見てもなお、春翔は美雪の復活をよろこんでいるのか？

直人はカーテンに手をかけた。手が震える。筋肉が強張ってしまって、身体がうまく動かない。夜中に見た光景が頭の中に蘇ってくる。荒れ果てた庭でのたうちまわっていた、おぞましい怪物——美雪の姿。

「春翔、そこで何をしてるんだ！」

勢いをつけて力いっぱいカーテンを左右に引き開けた。その瞬間、全身の血が逆流し、ぞっとするような感覚に包み込まれた。目の前のガラス一面に、白い手形が無数に残っていた。

息が止まりそうになった。あれは夢でもなんでもない。いや、悪夢がまだ続いているのだ。手形の向こうに、春翔の姿があった。庭の隅にうずくまり、カーテンが開いた気配に驚いたように振り返り、楽しい時間を邪魔されたとでもいう険しい顔をしている。

美雪の姿はなかった。代わりにまた庭の一部がこんもりと大きく盛り上がっている。あのあと、自ら土の中にもぐり込んだのだろう。その小山に向かって春翔が話しかけていたのだ。

震える手でガラス戸を開けた。ゆうべほどではないが、腐臭が辺りに漂っている。鼻をひくつかせながら警戒するように庭を眺めていると、足下を何かが擦り抜け、直人は思わず悲鳴を上げそうになった。春翔と一緒に庭に出ていたポチが部屋の中に駆け込んできたのだった。

ポチは直人の背後に隠れて、怯《おび》えきった様子で尻尾を丸めている。どうやらポチの心情としては、春翔よりも直人に近いらしい。味方を得た気分だ。

とりあえず庭に美雪の姿がないということにほっとした。今までは庭でお祈りをすることを黙認していたが、もうやめさせなければいけない。あんなもののために、春翔に祈らせてはいけない。

「春翔、風邪を引くから部屋に入りなさい」

父親の威厳を保とうと、なるべく低い声を出して言った。春翔は相変わらず憮然《ぶぜん》とした表情で直人を睨みつけている。

「どうした、パパの言うことを聞けないのか？」

「……ママをいじめたね？」

直人は息を呑《の》んだ。言葉が出ない。じっと睨みつける春翔の視線に恐怖を感じた。

春翔がこんな反抗的な態度を見せるのは初めてだった。

「パパは別に……」

声が震えてしまう。

「きのう来たお姉ちゃん、ママのお友だちだって言ってたのは、うそだったんだね。ママはすごく怒ってるんだよ。だから、ママはまだ完全じゃないのに、無理に外に出てきたんだよ。せっかく、もうちょっとで元通りのママになれていたのに、無理して出てきたから、すごく具合が悪くなったんだ。それにママがずっと黙っていたんで、ぼくは知らなかったけど、パパは前にもママにケガをさせたんだってね。木の杭で刺されたって言ってるよ。その傷のせいで、ママはなかなか生き返れなかったんだよ。今度ママをいじめたら、ぼくが許さないからね」

「……な、何を言ってるんだ？」

直人は何も言い返せなかった。春翔の目には五歳の子供だとは思えない憎悪が漲《みなぎ》っていた。そしてその憎しみは、実の父である直人に向けられているのだった。

「じゃましないでね。ぼくは絶対にママを生き返らせるんだから」

冷たく言い放つと、春翔は盛り上がった地面に向き直り、両手を合わせて一心不乱に呪文を唱え始めた。その姿には鬼気迫るものがあった。これ以上、春翔をこんな異常な家にいさせてはいけない。呪文を唱え続ける小さな背中を見ながら、直人はそう強く思った。

23

スタジオではアシスタントディレクターの中原によって入念なリハーサルが何回も繰り返されていた。柏原はその様子を、サブと呼ばれる副調整室のモニターを通して眺めていた。

ずらりと並んだモニターの光がやけにまぶしく、目がチカチカする。視界がぼんやりしていて、目の焦点が合わない。指先で眼球を軽く揉み、柏原は頭を振った。

ここ三日ほど、柏原はほとんど眠っていない。収録の準備が忙しかったせいもあったが、比呂子の話を聞かされてから、眠ると怖い夢を見てすぐに目を覚ましてしまうのだ。自分の小心さ加減には、ほとほとうんざりしてしまう。

それにしても、あの日の比呂子の告白は驚くべきものだった。美雪という女性の生き霊に苦しめられたという過去の話はにわかには信じがたかったが、比呂子に真剣な表情で告白されると、それが本当であると信じないわけにはいかなかった。比呂子はそんなつまらない冗談を言うような女性ではないのだ。

自分が経験した恐怖を誰も信じてくれない苦しみは、きっとすごく大きなものだったろう。比呂子が今回のことをすべて映像データとして記録しようと思いついたのも無理もないことだ。実際、そのVTRを見せられれば、比呂子の言葉が本当だと誰もが信じることだろう。

あの夜、屋上で今回のことを打ち明けられたあと、編集ルームで比呂子が撮影したVTRの一部を見せてもらった。〝そいつ〟の姿がはっきりと映っている映像はなかったが、それでもただならぬ気配は充分に伝わってきたし、あの家……、比呂子の元上司の伊原直人という男の家の異様な気配は、演出で作ろうとしてもなかなかできるものではない。

それに映像が切れる最後の一瞬、土の中で瞬きする目……。ほんの一瞬で、しかも暗くて遠いために、はっきりと見えるわけではないが、それでもあれは人間の目だとしか思えない。荒れ果てた庭の地面の下にもぐり込んで、じっとこちらを睨みつけているなんてまともではない。

大門と黒崎の件もあり、比呂子の身のまわりにただならぬことが起こっているということははっきりとわかった。……わかったが、どうしようもない。自分から相談しろと言って聞き出した内容だったが、柏原は途方に暮れてしまった。オカルトが好きだと言っても、霊感がまったくない柏原はあまりにも無力だった。

「これがなんだかわからないですけど、そんなに害はないかもしれませんよ」

せいぜいがそんな見当違いな気休めを言って比呂子を安心させようとすることができるぐらいだ。

「本当に殺すつもりだったら、あの日、大門さんと黒崎さんを殺したあと、比呂子さんのことも殺そうとしたんじゃないですか？」

「わからないわ」比呂子はかぶりを振った。「脅かして楽しんでいたのかもしれない。すぐに殺してしまわないで、いっぱい恐怖を味わわせてやろうと考えてたのかも。それか、猫が獲物を弄《もてあそ》び、飽きたらやっと息の根を止めるのと同じようなことなのかもしれない……」

いつになく気弱な比呂子の表情を見て、柏原は根拠のない楽観論に逃げ込もうとした自分を恥じた。それ以来、一時も頭の中を離れなかったが、なんの力もない柏原にできることは、すでにある事実を検証して、いったい何が起こっているのか理論的に考えることだけだ。

今この瞬間も、比呂子は得体の知れない恐怖と戦っているはずだ。話を聞き、VTRを見ただけでこんなに怯《おび》えている自分とは、抱えている恐怖心は桁が違うことだろう。そのことを思うと、柏原は自分の無力さが心底情けなくなってくる。

だが、もとはと言えば伊原直人という男の優柔不断な態度がすべての原因なのではないか。伊原の存在が柏原の心に引っかかっていた。そいつは比呂子がかつて好意を抱いていた男だ。

男女の関係はなかったと比呂子は言っていたが、そんな肉体的なものよりも心のほうが重要だ。成就されなかった思いのほうが、いつまでも心をとらえて放さず、ますます強くなっていくものなのだ。

その証拠に、比呂子が話す言葉の端々から、まだ伊原に対して特別な感情を抱いているのが感じられた。他人の心の中をのぞくのがクリエイターの仕事なのだ。そして、柏原にとって比呂子は特別な存在。彼女の心の中なら、そこがどれほど暗い闇であっても深くのぞき込まずにはいられない。

胸が締めつけられる。この苦しい思いは嫉妬の感情だろうか？　美雪はこの嫉妬心が強過ぎて、五年前に生き霊となって比呂子を襲ったのだ。そして、今また、比呂子を苦しめている。

できることなら、あの忌《い》まわしい家を直接取材してみたかったが、比呂子は柏原が勝手に動きまわることによって美雪の怒りに触れることを心配して、伊原家の住所を教えようとはしなかった。もし知らされていたら、柏原はすぐにあの家に向かい、無断で忍び込んで庭を掘り起こしてでも事実を確認しようとしただろう。

でも冷静になって考えてみると、その下から何が出てくるのか……？　それを想像しただけで足がすくんでしまう。幸い、あの日以来、比呂子のまわりでは特に奇妙なことは起こっていないようだ。

「柏原君の言うとおり、もう気が済んだのかもね」

今朝、東邦テレビのロビーで会った時、比呂子が強がるように笑って見せたが、あの異様な映像を見る限り、このまますべてが収束するとは考えられない。嵐の前の静けさだ。じっと憎悪の感情をためこんでいるのだ。いつの日か爆発する。その日は案外近いかもしれない。

「柏原さん。霊能力者のみなさんはスタンバイOKです」

スピーカーから聞こえるADの中原の声で、意識を現実に引き戻された。スタジオに作られた雛壇《ひなだん》には、どこか胡散臭い男女が四十二人、ぎっしりと座っていた。

「あれ？　全員いるじゃないか？」

霊能力者たちが並んで座った雛壇を見て、一瞬、背中がひやりとした。『対決！霊能力者42人！』というタイトルで全国の霊能力者四十二人を集めて心霊スポットの謎を解明するという内容の番組なのに、出演者のひとりが来る途中に事故にあって病院に運ばれたために出演できなくなったはずなのだ。

「柏原さんに言われて手配したエキストラが到着したんですよ。大丈夫ですか？　だいぶお疲れのようですけど」

中原が不思議そうに言った。

レギュラー番組ならともかく、特番で『霊能力者42人！』と銘打っているのに、四十一人という半端な数で収録を強行するわけにはいかず、大急ぎでタレント事務所にそれっぽく見えるエキストラを手配してもらったのだった。

やらせはしたくはなかったが、演出効果を考えるとやむを得ない。そのエキストラが到着するまで、収録を開始せずにずっと待機していたのだ。ひやっとしたのはそのことを忘れていたからだろうかと思ったが、なんだか腑に落ちない。だが、それがなぜなのか柏原にはわからなかった。

「エキストラには、発言しないで黙って座っていてくれればいいと言ってありますんで、進行には特に影響ないと思います。いろいろ不手際があって、本当にすみませんでした」

「ちょっと待て。どれがエキストラだ？」

マイクに向かって叫び、柏原は雛壇をじっと見つめた。霊能力者たちをリストアップしたのは柏原だ。全員のプロフィールを熟知しているつもりだった。その中にひとり見知らぬエキストラが混じっていればすぐにわかるはずだが、雛壇に並んだどの顔にも違和感はない。

「え？　っとですねえ……」中原が困惑したように言った。「あれえ、おかしいなあ。どの人だっけ。すっかり紛れ込んじゃってますね。それだけ霊能力者に見えるエキストラってことですよ」

「ディレクター！　そろそろお願いしますよ。こっちはもう準備万端なんですから」

ベテランのカメラマンが苛《いら》ついた様子で大声を出した。ディレクターとは言っても、柏原はスタッフの中では若いほうだ。ベテランのスタッフたちに対してはなんの威厳もなかった。

事故にあった霊能力者の代わりのエキストラが到着するのを待っていて、すでに日付が変わっていた。この調子だと収録が終わるのは朝になってしまうだろう。みんなが苛々するのも無理はなかった。

「わかりました。じゃあ、収録を始めましょう。川内《かわうち》さん、よろしくお願いします」

ちょっと神経質になり過ぎているだけだろう。まだどこか納得できないところはあったが、セットの横で台本を眺めている司会の川内伸也《しんや》に声をかけた。柏原の声がマイクを通してスタジオの中に響いた。

「はいはい。もう待ちくたびれましたよ」

川内がセットの階段を上って立ち位置につくと、スタジオが静かになった。照明が落とされ、おどろおどろしい音楽が流れた。青白い光が、不気味さを強調するように下から出演者たちを照らし出す。こんな時に霊能力番組なんてあまりやりたくない気分だったが、もともと柏原が企画を出してずっと準備をしていたもののため、中止にするわけにはいかなかった。

開始時間が延びたためにすでに入念なリハーサルをしてあったので、収録は順調に進んでいった。

心霊スポットを取材した映像を見て、それぞれの霊能力者が霊視し、その場所にどんな霊がいるのか口頭で語ったり、フリップに絵で描いたりし、霊が成仏できない理由を言い当て、どういう弔《とむら》い方をすればいいか討論し合うという内容だった。

もしも本当に全員に霊能力があるのだとすれば、当然そこに見えるものの姿や素性は同一になるはずだったが、みんなの主張する内容はまったく重ならない。そのことを司会の川内が茶化し、心霊研究家のコメンテーターが真剣に反論するという展開になっていった。

実際、今回呼び集めた霊能力者には胡散臭い人物が多い。というか、大門のようにその力を信用できる人物はほとんどいない。とりあえず霊能力者を四十二人集めなくてはならなかったので仕方なく、プロフィールだけを見て、自称霊能力者でもかまわないからと掻き集めてきたのだ。

それでも彼らも一応は霊能力者を職業にしているのだから収録が終わったら比呂子のことをそれとなく相談してみようかと考えていたのだが、柏原はもうそんな気持ちをすっかりなくしていた。目の前で繰り広げられているのは、企画意図に反した馬鹿馬鹿しいバラエティ番組でしかなかった。

四十二人もいるために、全員が少しでも目立とうと奇抜な意見を言ったりして、パフォーマンスに余念がない。緊張感の欠片《かけら》もなく、グダグダのB級番組になってしまっていた。

だが、どういうわけかモニター画面で見る番組の印象は、何か特別な画像処理をしているわけでもないのに息苦しいまでに重く、不気味な気配が漂っている。それは制作者側としてはありがたいことだが、原因がわからないだけに徐々に気味悪さが募ってくる。

原因を探ろうと、柏原はモニター画面を食い入るように見つめた。スイッチャーがめまぐるしくカットを切り替える。スタジオ内ではみんな雛壇に座っているだけで動きがないために、必要以上にカットを切り替えるのだ。

「おい、ちょっと雛壇を引きのショットで映してくれ」

スイッチャーに指示を出した。メインモニターの画面にロングで全体像をとらえるショットが素早く映し出された。その時、柏原は違和感に気がついた。自己アピールにやっきになっている霊能力者たちの中にあって、ただひとりだけ、ずっとうつむいていて顔を上げない人物がいた。席の前には「犬塚大吉《いぬづかだいきち》」という名前が書かれたプレートが置かれている。

中年の男だ。きちんとしたスーツを着ているが、一昔前の演歌歌手のようにパーマのかかった長い髪をしている。前髪が邪魔で顔はまったく見えない。この男がエキストラで、霊能力者のふりをして出ていることに罪悪感があり、無意識のうちに顔を隠そうとしているのか？　そう思ったが、なんだか気になる。

モニター画面で男の位置を確認して、副調整室の窓からスタジオの中を見下ろした。不思議なことにさっきまでは穏やかな明るい雰囲気だったスタジオがモニター画面の中と同じように暗く淀《よど》んで見える。急に照明を暗くしたように感じられた。寝不足のせいだろうか？　柏原は指先で眼球を軽く押して揉んだ。

再び目を開けて雛壇に視線を向けた。ぼんやりと滲《にじ》んだ目の焦点がゆっくりと合ってくる。犬塚はじっとこちらを見ていた。なんだか変だ。胸騒ぎがする。柏原の目の焦点が合う直前に、彼はまた顔を伏せてしまった。

その時、スタジオに響く川内の軽妙なしゃべりに、引きつったような笑い声が混じった。川内がしゃべるのをやめて、むっとした表情を浮かべた。

「あれぇ、今笑ったのはどなたですか？　面白いことを言う前に笑われたら困るんですけどねぇ」

川内が雛壇をじっくりと眺める。冗談めかして言っているが、自分のトークを邪魔されたことに腹を立てている。その川内の顔がさらに強張《こわば》った。

「調子に乗って、出鱈目《でたらめ》ばっかり言いやがって。なんにも見えねぇ、無能な人間のくせしやがって」

奥歯をぎゅっと噛みしめたまましゃべっているみたいに不明瞭な声だったが、内容ははっきりと聞き取れた。

「は？　今言ったのは犬塚大吉さんですよね？　ご意見はマイクに向かってはっきりと言ってくださいね。で、あなたは他の方たちの霊能力がインチキだと言いたいんですね？」

川内が活き活きした様子で問いかけた。面白い展開になりそうだという期待感が顔に滲み出ている。侮辱された形になった霊能力者たちがざわつき、今までなあなあだった空気が一気に険悪なものに変わった。

「霊能力者のふりなんかして見えないものを見えると言い張ってたら、そのうち本当に怖いものが見えてしまうかもしれないよ。ふふふ……」

前髪が邪魔になってよく見えないが、確かにしゃべっているのは犬塚だ。それなのに、声は甲高い女のものだった。そのことの異様さに、ようやくまわりが気づき始めた。池に石が投げ入れられて波紋がひろがるように、犬塚を中心にしてざわめきがひろがった。

すぐ横に座っていた女の霊能力者が、ふと気がついたというふうに足下をのぞき込んで悲鳴を上げた。続いて犬塚のまわりで相次いで悲鳴が上がった。

「いったいどうしたっていうんですか？　そんなにびっくりして、何が見えるっていうんでしょうねぇ？」

川内が茶化すように言いながらセットの中を犬塚のほうに歩み寄っていく。その足が途中でぴたりと止まった。

「……血……ですか、それ？」

カメラが生々しい赤をとらえた。犬塚の足下に血だまりができていた。一瞬、仕込みかと柏原は考えたが、そんな話は聞いていない。犬塚が勝手にスタンドプレイをしたのだろうか？

「ねえ、あんた、大丈夫か？」

川内が軽く肩に触れると、犬塚はそのまま椅子からずり落ちて床の上に倒れ込んだ。一斉に霊能力者たちが立ち上がり、少しでも犬塚から離れようと、スタジオの中がパニックになった。

呆然と立ちつくしている川内を押しのけるようにして、ADの中原が慌てて犬塚に駆け寄った。膝をついて、首筋に手を当てる。

「駄目です。死んでます。ていうか、もう冷たくなってます」

中原がこちらを振り仰ぎ、困惑を浮かべた顔を横に振った。

「そんなわけがあるか。さっきまでしゃべってたんだぞ！」

副調整室から飛び出し、柏原はスタジオに駆け込んだ。大量の血だまりの中に倒れ込んだ犬塚の顔は紙のように白く、すでに全身の血はほとんど流れ出たあとのようだった。

よく見ると犬塚の腰の辺りが押しつぶされていて、腕も脚も変な方向に曲がっている。まるで交通事故にでもあったかのようだ。

おそるおそる手を伸ばした柏原は、死体に触れた手を素早く引っ込めた。本当に冷え切っていた。体温などまったく感じられない。死んでからすでに何時間も経っているかのようだ。では、どうしてさっきまでしゃべっていたのか……？

「すみません、柏原さん」進行係の倉田《くらた》がおどおどした声で言った。「今、タレント事務所から連絡があったんですけど……」

「そんなのあとにしろ。今はそれどころじゃないんだ」

「で、でも……。遅くなって申し訳ないが、先ほど手配されたエキストラがもうすぐ到着しますからって……」

まわりにいた全員が表情を失い、少し遅れて顔を見合わせた。

「おい、事故にあった霊能力者って、なんて名前だ？」

柏原に言われて、中原が慌ててウエストバッグからA5サイズのノートを取り出して確認した。

「……犬塚大吉……です」

声が消え入りそうに弱々しい。

「どういうことなんだ？　じゃあ、この男は交通事故にあったのに病院に行かずに収録に来たっていうのか。で、その無理がたたって死んじまったってわけか」

それなら筋が通る。身体が冷たいのは、出血多量で死ぬ時はそういうものなのかもしれない。柏原はそう自分に言い聞かせようとした。

「そ、それが……。あのあとすぐに連絡があって、犬塚さんは搬送先の病院で亡くなったって……」

中原の声がスタジオに静かに響くと、一旦は落ち着きかけていた霊能力者たちのあいだに再び動揺がひろがり、あちこちで悲鳴がわき上がった。だが、その騒ぎ方はどこかおかしい。犬塚とは関係のない場所を指さし、みんな口々に「見える、見える」「そこに何かいる」と騒いでいるのだった。

「落ち着いてください！　みなさん、霊能力者でしょ。これぐらいのことで我を失ってどうするんですか？」

大声で宥《なだ》め、事態を収拾しようとした柏原の肩口を何かがかすめた。その一瞬あとに足下で大きな音が響いた。砕け散ったガラスが辺りに飛び散る。柏原は一歩も動けず、ただ呆然と立ちつくしていた。

「だ、大丈夫ですか⁉」

中原が悲鳴のような声で言った。ようやく柏原は天井を見上げることができた。天井に取りつけてあったライトがひとつなくなっている。今足下で砕け散ったのだ。一個あたりの重さは数十キロにもなる。直撃していれば即死だっただろう。冷や汗が一気に全身から噴き出した。

霊能力者たちが我先にとスタジオの出口に殺到し、辺りは収拾不能な大パニックに陥った。

「な、なんなんだ。これは……」

混乱したスタジオの様子を呆然と眺めていた柏原の脳裏に、比呂子の顔が浮かんだ。胸騒ぎがする。腕時計を見た。午前五時二十一分。さすがに比呂子は眠っているだろう。こんな時間に非常識かもしれないと思ったが、そんなことは言ってられない。

ネックストラップで首からかけていたスマートフォンの電源を入れて比呂子の番号に電話をかけたが、なんの音も聞こえない。当然聞こえてくるはずの呼び出し音も何も鳴らないのだ。ただ、よく耳を澄ますと、風の音のようなものが微かに聞こえる。

……比呂子さんがあぶない！

「収録は中止だ。あとのことは頼む」

「どこへ行くんですかッ?」

不安そうな顔で訊ねる中原の質問には答えずに、柏原はスタジオを飛び出した。

24

ドアチャイムの音で比呂子は目を覚ました。部屋の中は真っ暗だ。まだ夜は明けていない。布団を鼻の上まで被ったまま耳を澄ましたが、なんの音も聞こえない。夢だったのだろうか? 神経が高ぶっているために、誰かが訪ねて来る夢を見ただけだ。こんな夜中にいったい誰が来るというのか……。

そう思った時に再びドアチャイムが鳴った。静まり返った部屋の中に、その音は銃声のように響きわたった。

ベッドの上に飛び起き、比呂子は枕元の時計を見た。針は五時四十九分を指している。そのまますぐに、棚の上にセットされたCCDカメラに視線を向けた。小さな赤いランプが点灯している。録画状態だということだ。すべてが記録されていると思うと、ほんの少し安心することができた。

またチャイムが鳴った。今度は続けてノックする音も聞こえる。コンコン、コンコンとドアを叩いている。

「誰？　誰なの？　こんな時間になんの用？」

ドアに向かって訊ねたが、返事はない。ゆっくりとベッドから降りて、キッチンとは名ばかりの廊下を通って玄関に向かった。すすり泣きの声が聞こえる。女のようだ。ドアの向こうで誰かが泣いているのだ。恐怖のあまり脚が震える。

またチャイムの音が響き、ノックが繰り返される。比呂子が開けるまで続けるつもりのようだ。息を殺し、勇気を振り絞って、比呂子はドアののぞき穴から外をうかがった。そのとたん、全身の力が抜けるのを感じた。

「驚かさないでよ、麻耶」

ドアを開けて比呂子は言った。今にも泣き出しそうなほど怯《おび》えていたことが恥ずかしく、悔しく、つい乱暴な言い方になってしまう。この前、久しぶりに会った時に名刺を渡しておいたので、その住所を頼りに来たのだろう。

「ごめんね、比呂子。寝てた？　寝てたわよね？」

パジャマ姿の比呂子を見て、麻耶は申し訳なさそうに言った。いつもは完璧に化粧をしている可愛い顔が涙でぐしょぐしょだ。

「私は大丈夫よ。それよりどうしたの、そんな格好で」

麻耶はピンク色のセーター姿だ。上着も羽織っていない。真冬のこの季節にしては、薄着過ぎる。それにこの時間だ。ただごとではないことが起こったのだ。比呂子はきつい言い方をしたことを後悔した。

「とにかく部屋に入りなさいよ。寒いでしょ？　熱いお茶でもいれてあげるわ」

比呂子はガスコンロの上にやかんを置いて火をつけ、部屋に戻ってエアコンのスイッチを入れた。温風が一気に部屋の中を暖めてくれる。

「彼ったら、私に嘘をついてたのよ。一生おまえだけを愛すって言ってたくせに、他に好きな女がいたの」

話したくてしょうがないといった様子で、ローテーブルに向かい合って座った麻耶がいきなり口を開いた。麻耶がこの春に結婚することになっている渡瀬のことだろう。デザイン用品会社に勤めていた頃、比呂子も面識があったが、真面目で誠実な人柄で婚約者を裏切るような男には見えない。

「浮気だなんて。麻耶の気のせいじゃないの？」

「気のせいなんかじゃないわよ。あの人は私を裏切ってたのよ」

麻耶は低く唸るような声で言った。誰からも好かれる可愛らしい普段の麻耶とは別人だ。嫉妬の心が麻耶の姿まで醜く変えてしまっていた。

「何か証拠でもあるの？」

「証拠なんかないわ。でもわかるの。彼の気持ちが私から離れていくのが。そして、その気持ちが他の女に向かっていくのが。いつもふたりで仲良く私のことを話題にして笑っているのよ。なんて馬鹿な女だ、って……。悔しい……。悔しいわ」

麻耶は顔を伏せ、呻《うめ》きながら肩を震わせた。論理が破綻している。証拠も何もないのに思い込みだけでこんなに取り乱しているのだ。

「私には彼しかいないの。生まれてからずっと、誰も私のことを理解してくれなかった。彼だけなの。私の存在を許してくれたのは」

「ちょっとぉ、大袈裟よ。あなたには友達もいっぱいいるじゃない。私だって、そうよ。それに証拠がないんじゃ、本当に浮気をしているかどうかわからないじゃないの。あなた、彼のことを愛してるんでしょ？　だったら信じてあげなきゃ。そういうの、マリッジブルーって言うんじゃないの？　結婚するのが不安で、疑心暗鬼になってるだけよ」

麻耶は顔を上げ、泣きはらして真っ赤になった瞳を比呂子に向けた。背筋がぞっとした。

「殺してやる……」

塞がった喉から無理やり声を絞り出すようにして麻耶は言った。

「……え？」

「相手の女を殺してやるの。私の大事な人を奪おうとする、そんなふしだらな女なんか殺してやるわ。彼は悪くないの。彼には私っていう女がいるってわかってて誘惑してきた女が悪いのよ。殺してやるわ。絶対に殺してやる。絶対に許さない……」

麻耶の口からは途切れることなく呪いの言葉が溢れ出てくる。その憎悪の思いが部屋の中に充満し、息苦しくなるほどだ。今の麻耶は完全に正常な判断能力をなくしている。

「落ち着いてよ、麻耶。まだ渡瀬さんが浮気しているって決まったわけでもないんでしょ？　それなのに相手の女の人を殺すだなんて。お願いだから、そんな物騒なことを言わないで」

「ううん、殺してやるわ。ものすごく残酷な方法で、たっぷり苦しませて、命乞いをしてもせせら笑って、虫けらみたいに殺してやるの」

必死になって宥《なだ》めようとしても、聞く耳を持たない。何を言っても、今の麻耶には無駄だ。比呂子は恐怖に近い感情を覚えた。

その時、キッチンのほうから甲高い笛の音が長く響いた。

「ちょっとごめんね。お湯が沸いたみたいだから、今、お茶をいれるね」

渡りに舟だ。際限なく続く麻耶の恨み節を遮《さえぎ》って、比呂子はキッチンへ向かった。

コンロの火を消し、何気なく玄関を見た比呂子はどこか腑に落ちない気分になった。

なんだろう？　何かが変だ。

意識の中で違和感が大きくなっていく。その原因に気がついた瞬間、比呂子の全身から一気に血の気が引いた。玄関には比呂子のもの以外の靴が見当たらないのだ。本当なら麻耶の靴も並んで置かれているはずなのに……。

そっと部屋のほうをうかがうと、ローテーブルの前で横座りした麻耶の足の裏が見えた。裸足《はだし》の足裏は泥だらけで、小さな傷が無数にあり、あちこちから血が滲《にじ》み出ている。麻耶はおそらく二子玉川《ふたこたまがわ》のマンションから裸足で歩いてきたのだ。まともじゃない。

比呂子が息を呑《の》んだ気配に気がついたように、麻耶がゆっくりと振り返った。血走った瞳は憎悪にまみれている。その憎悪は紛れもなく比呂子に向けられている。自分の大切な男を奪おうとした比呂子に……。

「許さないわ。おまえを許さない。殺してやる。なぶり殺しにしてやる」

呪いの言葉をつぶやきながら立ち上がった麻耶が、まるで夢遊病者かマリオネットのようにおぼつかない足取りでふらふらと比呂子に歩み寄ってくる。

「麻耶……。待って、私はあなたの大事な人を盗ったりしないわ。いったいどうしたの？」

あとずさりした比呂子は玄関の段差を踏み外し、バランスを崩して鉄製のドアに背中を打ちつけた。寝静まったマンションじゅうに大きな音が響いた。

「ごまかそうったって無駄よ。私には全部わかってるんだから」

麻耶は流し台の下の扉を開けて包丁を取り出した。刃先が蛍光灯の光を反射して鈍く光る。黒崎が握っていた日本刀が思い出された。刃の鋭さはまったく違うが、同じ光だ。

まさか！

ほんの些細《ささい》な力だったが、麻耶にも霊感があったはずだ。金縛りや予知夢、それに勘の鋭さ……。占いが好きで自分でもタロットカードを持っていた。比呂子も何度かその実験台にされたことがあった。

人間の邪悪な念を感じるアンテナが、大門や黒崎のように麻耶にもあったとしたら……。日々成長を続ける美雪の力がその貧弱なアンテナにまで影響を及ぼせるほど強烈になっていたとしたら……。

「麻耶！　しっかりして。正気を取り戻すのよ。あなたは美雪さんに操られてるのよ」

「ふふふ……。さあ、もっと怯えなさい。泣きながら哀れに許しを乞えばいいんだわ」

包丁を身体《からだ》の前に構えて、麻耶が一歩ずつ近づいてくる。比呂子は後ろ手にドアノブを探した。

「死んでしまえ！」

麻耶が絶叫しながら突進してくる。サムターンをまわすと、カチリと硬い音がして鍵が開いた。

「いや！」

ドアを一気に押し開けて外に飛び出そうとしたが、ガンッと大きな音が鳴ってドアが止まった。五センチも開かない。ピンと張ったチェーンがドアと壁をつないでいた。

いつの間に……。警戒心から無意識のうちに自分でチェーンをかけたのだろうか？　いや、比呂子が逃げられないようにと麻耶がかけたのだ。再びドアを閉めてチェーンを外している時間はない。パニックになって力任せにドアに体当たりしながら、比呂子は悲鳴を上げ続けた。

「無駄なことはやめて、さっさと死んでしまいなさい。あははは……」

笑い声が辺りに響きわたる。振り返ると、すぐ目の前に包丁の刃先が迫っていた。

「やめて！　麻耶、目を覚まして！　いやー！　助けてー！」

「天罰よ！　もうあきらめなさい！」

麻耶が包丁を身体の前に両手でしっかりと握り締め、一気に飛びかかってきた。比呂子は反射的にその場にしゃがみ込んだ。頭のすぐ上で硬い音が響いた。包丁の切っ先でえぐられた鉄屑が降り注ぐ。

的を外したことに腹を立て、麻耶はガリガリと横に刃先を滑らせた。神経を逆撫でする不快な金属音に両手で耳を塞ぎながら、比呂子は顔を上げた。麻耶の顔が憎しみに醜く歪んでいる。

「死ね！」

刃先が欠けた包丁を、麻耶が振り上げた。悲鳴を上げてしゃがみ込んでいるだけでは駄目だ。このままだと、まったく無防備に滅多《めった》刺しにされてしまう。立ち向かわなくては。

「殺されるのなんていや！」

比呂子はとっさに麻耶の両脚に体当たりをした。バランスを崩した麻耶が、勢いよく後ろに倒れた。後頭部が床にぶつかり、ゴンと鈍い音がした。包丁が麻耶の手から離れて床の上に転がった。

「比呂子さん！　どうかしましたかッ？　大丈夫ですか！」

ドアのほうから声が聞こえた。柏原だ。微かに開いたドアの隙間から心配そうな顔をのぞかせている。なぜ柏原がここにいるのか？　そんなことを考える余裕もなかった。

「柏原君！　助けて！」

比呂子の悲鳴に反応して柏原が力任せにドアを引くが、そのたび鎖が伸びきり、大きな音が響くだけだ。

「チェーンを！　チェーンを外してください！　あぁ、駄目だ、比呂子さん、後ろ！」

比呂子が玄関に駆け寄ろうとすると、麻耶に足首をつかまれた。前のめりに倒れ込み、胸を強打したために一瞬息が止まった。

麻耶が比呂子の背中に馬乗りになり、髪をつかんで頭を床に叩きつけた。一回、二回、三回……。意識が飛びそうになってしまう。

「比呂子さん！　ちくしょう、こんなもの！」

柏原が反動をつけて力いっぱいドアを引き開けようとするが無理だ。

「すぐに戻ります。ちょっとの辛抱です」

柏原の姿がドアの向こうに消えた。ふっと麻耶の動きが止まった。柏原に意識を奪われたのだろう。その一瞬を逃さず、比呂子は一気に身体を起こした。痩せていて体重も軽い麻耶は簡単に吹っ飛んだ。

ドアに向かって逃げようとする比呂子を、すぐにまた麻耶が羽交い締めにした。

「逃がさないわ！」

「いやよ、放して！　麻耶、目を覚まして！」

そのまま後ろに引き倒された。か弱そうな麻耶からは想像もできないほどの力だ。倒れ込んだ比呂子にしがみつき、麻耶が迫りくる。爪が折れ、血塗《まみ》れになっている手が比呂子の首にかかる。

「ううぅ……」

はね除《の》けようにも、今度はまるで墓石みたいに重く、びくともしない。苦しさのあまり首を左右に振った時、テーブルの下に光るものを見つけた。麻耶が落とした包丁だ。無我夢中で手を伸ばした。麻耶がさらに強く首を絞める。息ができない。もう少し……。もう少しで手が届く。

反動をつけて手を伸ばした。柄の部分をつかむことができた。しっかりと逆手に握り直す。目の前では麻耶が憎悪剝き出しの顔で比呂子の首を絞めている。

「死ね……。死んでしまえ……。おまえなんか死んでしまえ……」

「く、苦しい……」

これを振り下ろせば……。この包丁を麻耶の頭に振り下ろせば……。

両手でしっかりと包丁の柄を握り締め、麻耶目掛けて振り下ろそうとしたが、比呂子の身体はそれ以上動かない。そんなことができるわけがない。麻耶はただ美雪に操られているだけなのだ。

麻耶に怪我をさせてはいけない。もとはと言えば、すべて自分の責任だ。たとえ、不倫の事実はなかったとしても、生と死の狭間《はざま》で蠢《うごめ》く状態になってまで嫉妬に狂うぐらい美雪を追いつめてしまったのは、比呂子の存在が原因なのだ。これは麻耶にはなんの関係もないことだ。

比呂子の葛藤など気にすることなく、麻耶は力いっぱい首を絞め続けた。ふっと苦しさを感じなくなった。意識が遠退《とおの》いていく。手から包丁が滑り落ちて、床の上に転がった。もう私は死ぬんだわ。比呂子がそう考えた時、玄関のほうで大きな音が響いた。

麻耶の手の力が一瞬緩んだ。視界の端に柏原の姿が見えた。手には銀色に光るスパナを持っている。おそらく車まで取りに行っていたのだろう。そのスパナでチェーンを叩き切ったのだ。

「比呂子さんから離れろ！」

柏原が麻耶に体当たりした。華奢《きやしや》な麻耶の身体が吹っ飛んだ。塞がっていた気道に一気に空気が流れ込み、比呂子は激しく咳《せ》き込んだ。

「大丈夫ですか？」

ぜえぜえ喘《あえ》いでいる比呂子の肩に手を触れて、柏原が心配そうにのぞき込んだ。大丈夫よ、と答えようと比呂子が顔を上げた時、麻耶が包丁を拾い上げるのが見えた。

「柏原君、あぶない！」

比呂子が柏原を押しのけようとしたが一瞬遅かった。

「ううッ……」

柏原が呻いた。麻耶が振りまわした包丁が柏原の腹部を切り裂いたのだ。柏原のジャンパーとジーンズが真っ赤に染まっていく。

「柏原君！」

比呂子は悲鳴を上げた。

「この野郎！」

柏原はローテーブルの足を持って横殴りにして包丁を叩き落とした。衝撃で麻耶が床の上に倒れ込んだ。普段温厚な柏原の荒々しさに、比呂子は驚き、恐怖を覚えた。

「駄目よ、柏原君、麻耶に乱暴しないで。彼女はただ美雪さんに操られているだけなの」

比呂子の声にハッとしたように柏原が振り返った。

「麻耶は私の友達なの。大門さんたちとは比べ物にならないけど、ほんの少しだけ霊感があるから、そのアンテナで美雪さんの力をキャッチしちゃったみたいなの」

「ちくしょう」

奥歯を嚙みしめ、もどかしそうに腕時計に視線を落とした柏原が、何かを思いついたように比呂子に声をかけた。

「比呂子さん手伝って！」

ベッドの上から布団を引き剝がすと、柏原はそれを倒れ込んだ麻耶の上にかけて覆い被さった。

「何してるんですか、比呂子さんも早く手伝ってください！」

わけもわからず比呂子は柏原に加勢して布団を押さえつけた。布団の下では麻耶が獣のような声を上げながら暴れている。

「麻耶、ごめんね。ごめんね」

比呂子はまだ時おり咳き込みながら、柏原と一緒に麻耶を押さえつけた。麻耶の手足が激しく床を叩く。

「もう少し……。もう少しの辛抱だ……」

「どういうことなの？　何がもう少しの辛抱なの？」

比呂子の問いかけに柏原が答える前に、布団の下の抵抗がやんだ。いやな予感がした。柏原を押しのけて比呂子が布団を剝ぎ取ると、麻耶はぐったりとしていた。

「麻耶！」

比呂子が肩を揺さぶると、麻耶が瞼《まぶた》を開いた。その瞳は虚ろだが、ちゃんと息はしている。

「やっぱりそうだったんだ……。彼女はもう大丈夫ですよ」

「どういうこと？」

柏原の言葉に比呂子が振り返ったその時、窓の外に鳥のさえずりが聞こえた。ベランダの柵にとまり、平和な声で朝の到来を知らせていた。

25

「夜が明けたんですよ。僕の推理が正しかったようです」

「推理って何？　柏原君の言ってる意味がわからないわ。いったい何がどうしたの？」

「比呂子さんから聞いた話を自分なりに整理してみたんです。すると、何か奇妙なことがあるのは決まって日暮れから夜明けまでのあいだだけなんですよ。大門さんがあんなことになったのも、ちょうど日が暮れた直後でしょ？　比呂子さんが大門さんの家についた時にはまだ日が出ていたけど、あの事件が起きた時にはもう辺りは暗くなっていた。それに最初にコーヒーカップが割れたのも日が暮れた直後だし、部屋の中にカラスが飛び込んできたのも夜明け前なんでしょ？　つまり美雪さんの力が発揮できるのは夜だけということなんじゃないかって思ったんです」

「夜？　そう言えば確かに……」

「それに比呂子さんが伊原さんの家に行った時、本当だったら美雪さんにとっては許しがたいことだと思うんです。比呂子さんと伊原さんが、美雪さんの家で会うなんて。それなのに、なんにもなく無事に帰れたわけですよね。それはきっとまだ太陽が出ている時間だったからなんじゃないかって考えたんです」

　薄暗い庭の土の中から睨みつけていた美雪の瞳が思い出された。なぜ土の中にいたのか、その理由がわかった気がした。

　比呂子が柏原の話を理解する頃には朝の気配は一気に濃くなり、カーテンの隙間から日の光が差し込んできた。同時にマンションの廊下にざわめきが感じられた。騒ぎで目を覚ました住人たちが様子をうかがっているのだ。

　誰かが通報したらしく、パトカーと救急車のサイレンがいくつも近づいてくる。その音の方向を探すように窓のほうに顔を向けた柏原が、ふらりと尻餅をついた。

　柏原の服が真っ赤に染まっていた。脇腹を押さえた手の下から血が溢れ出ている。

「すごい血だわ。柏原君、大丈夫？」

「へへ……、大丈夫ですよ。下請け制作プロダクションっていう過酷な労働で鍛えられてるんで、これぐらいのことはなんでもないです」

　強がりながらも、柏原はゆっくりと後ろに倒れていき、ベッドに寄りかかった。出血多量で貧血を起こしかけている。

「柏原君、しっかりして。もうすぐ救急車が来るわ」

「そんなことより、早く伊原さんのところへ……」

「……伊原さんのところへ？　どうして？」

「僕の話を聞いてなかったんですか？　また夜がきたら、今度はどんなことが起こるかわからないんです。美雪さんはもう、獲物を弄《もてあそ》ぶのには飽きたようだ。さっきのことだって、本気で比呂子さんの命を奪いにきていた。だけど、生き霊は実体がないから、僕たちのようななんの能力もない人間には防ぎようはないです。だから、その生き霊の本体である肉体を滅ぼすしかないんです。美雪さんが生きているからこんなことが起こるのなら……、ううん、大門さんが言っていたように美雪さんが生と死の狭間《はざ》で蠢《うごめ》く怪物になってしまっているのだとしたら、彼女の肉体を滅ぼすしかないんですよ」

「……でも、本当にそれで終わるのかしら？」

「わからない。だけど今はそれしか方法がないんです」

比呂子が迷っているあいだにも、柏原の顔からはますます血の気が失せていく。すぐ横では麻耶が床の上に横たわり、ぼんやりとこちらを見ていた。その瞳は、まるで夢の中にいるように虚ろだ。いったい麻耶は何を見ているのか……。麻耶、ごめんね。こんなことに巻き込んじゃって。心を抜かれたようになって横たわっている麻耶を見ていると胸が痛んだ。

「こんなことをしている場合じゃないです。比呂子さん、急いでください。また夜が来て、美雪さんの力が発揮できるようになったら、今度こそ比呂子さんの命があぶないんですよ」

「もういいの」

比呂子は力無くかぶりを振った。どうして、と言いたそうに柏原が大きく目を見開いた。

「これ以上、みんなに迷惑をかけたくないの。呪い殺されるならそれでいいわ。それに美雪さんが怒る理由もわかるの。確かに私は伊原さんと何もなかったけど、好きだったの。美雪さんから奪ってしまいたいと思ったこともあったわ。それを彼女が感じ取って傷ついたとしたら、私は罰を受けなければいけないかもしれないのよ」

「何を言ってるんですか！」

柏原の手が比呂子の手をきつく握り締めた。

「もう比呂子さんだけの問題じゃないんですよ。相手は人間じゃないんだ。憎悪のエネルギーだけで存在している化け物なんですよ。さっきスタジオで収録していた時に、事故死した霊能力者の肉体を借りて美雪さんが僕の前に現れたんです。彼女は比呂子さんと関係のあるみんなを呪っているんです。もう歯止めが利《き》かなくなっているんですよ」

「そんなことが……」

「それに、また夜が来て美雪さんの力が強くなった時、霊感というアンテナで彼女が再び異常な状態になってしまうかもしれない」柏原は麻耶を見た。「そんなことになったら、今度は彼女の肉体がもつかどうか……。それに、こんな憎悪の塊になってしまった美雪さんが人間らしい感情を持っているとは思えない。そしたら、いずれは伊原さんや、その子供にだって危険が迫るかもしれないんですよ」

柏原の言葉がずしりと重く感じられる。

「だけど……。だけど、それより先に柏原君の傷の手当てをしなきゃ」

「僕のことはいいから、比呂子さんは美雪さんのところに行ってください。彼女の力は徐々に強くなっている。今度夜が来たらいったいどういうことが起こるかわからない。その前に、肉体を滅ぼすんだ」

「柏原君……」

サイレンがすぐ近くまで近づいてきている。

「警察が来たら厄介なことになります。ついこないだ大門さんのことがあったばかりです。被害者としての事情聴取っていったって、こう何度も事件に遭遇していたら、今度は簡単には解放してくれないでしょう。そしたら、夜になるまでに美雪さんの肉体を滅ぼすなんてできません。さあ、早く行ってください」

　ＣＣＤカメラで部屋の様子は撮影してある。それを見れば警察も、比呂子や柏原を疑ったりはしないだろう。だが、映像があることがよけいな疑念を抱かせるかもしれない。どっちにしても、簡単には解放されないだろう。少なくとも今日一日は拘束され、警察署の中で夜を迎えることになってしまう……。

「わかったわ」

　比呂子がパジャマを脱ぎ始めると柏原が慌てて顔を背けた。こんな大怪我をしながらも、シャイな柏原が愛おしい。もし生きて帰って来られたら、今度こそこの男と恋に落ちてしまうかもしれない。

　ジーンズと革ジャンパーに着替えると、比呂子はいつものようにビデオカメラを手に持った。ずっしりと重いビデオカメラは比呂子にとって鎧であり、剣でもあった。これを肩に担いでファインダーをのぞけば、どんなに恐ろしい戦場であっても、臆《おく》することなく足を進めることができる。

「柏原君、ありがとう。すべてが終わる瞬間を記録してきて見せてあげる。そしたら安心できるでしょ？」

「期待してますよ」

柏原はにっこり微笑《ほほえ》み、疲れ切った様子で目を閉じた。

ドアを開けて比呂子が廊下に飛び出すと、部屋の中の様子をうかがっていたマンションの住人たちが悲鳴を上げて一斉に逃げ出した。この中の誰かが救急車を呼んでくれたのだとしたら感謝しなくてはならないと思ったが、まるで比呂子が持っているビデオカメラが凶器か何かであるかのように、みんな自分の部屋へと逃げ込んでしまった。追いかけて弁解してまわっている暇はない。

エレベーターホールに急いだが、パトカーのサイレンはすぐ近くまで来ていた。このままエレベーターに乗り込んだら、一階で警官たちと鉢合わせになるかもしれない。

ふと見ると柏原の血で両手が血塗《まみ》れになっているし、それに気づかずに穿いたためにジーンズにもべっとりと血がついていた。知らん顔で通り過ぎるのは不可能だろう。比呂子は非常口に向かい、鉄の重い扉を押し開けて螺旋《らせん》階段を駆け降りた。

幸いマンションの裏手にある駐車場には人の気配はまったくなかった。比呂子は素早く自分の車に乗り込んでエンジンをかけ、怪しまれないようにゆっくりと発進させた。マンションの前にまわると、パトカー三台と救急車が到着したところだった。

怪我人がいることも通報を受けているのだろう。救急隊員たちが担架を抱えてマンションの中に駆け込んでいく。比呂子は少し離れたところに車を停めて、騒ぎの様子を見つめた。

急いで直人のところに行かなければと思いながらも、比呂子はその場を動くことができなかった。すっかり夜が明け、一日の始まりの慌ただしい気配が街に漂い始めていたが、日暮れまでにはまだたっぷりと時間はある。いや、本当のところは、比呂子は直人の家に向かうのを先送りにしたかったのかもしれない。

救急隊員たちの行動は迅速で、すぐにマンションの中から担架に乗せられた柏原と麻耶が運び出されてきた。ふたりの血の気の失せた顔を見ると、比呂子の身体《からだ》の中に強烈な使命感がわき上がってきた。

私の責任だ……。私にはすべてを終わりにする義務があるんだわ。

ふたりが救急車に乗せられるのを確認してから、比呂子は静かに車を発進させた。柏原と麻耶には、もう二度と会えないかもしれない。そんな思いが胸の裡《うち》で騒いだ。

26

早朝の、しかも都心から離れていく方向の道路は空いていた。赤信号で引っかかることもほとんどなく、車はスムーズに進んでいく。ちょうどタイミング良く、比呂子の車がさしかかると信号が青に変わるのだ。まるで何か大きな力で引き寄せられているかのようだ。

偶然だと思おうとしても、得体の知れない恐怖が比呂子の足下からわき上がり、気がつくと全身に鳥肌が立っていた。

それでも比呂子はアクセルを緩めようとはしなかった。もうこれ以上、逃げることはできない。嫉妬の化身として生き返ってきた美雪から逃げる場所など、どこにもない。

比呂子にはなんの落ち度もないのに、強烈な憎悪で執拗に追いかけてくる。話してわかる相手ではない。立ち向かうしかないのだ。それにこれはもう自分ひとりの問題ではない。大勢の人を巻き込んでしまっていた。

一時間ほどで直人の暮らす山の麓《ふもと》にさしかかると、辺りの空気ががらりと変わった。曲がりくねった狭い坂道の左右から伸びた枝葉が覆い被さり、まるで巨大な化け物の腹の中に入っていくような気分だ。こんなところで直人たちは暮らしているのだ。ともすれば怖じ気《おけ》づきそうになる自分を鼓舞するかのように、比呂子はさらにアクセルを深く踏みつけた。

坂を上りきったところで一気に視界が開けた。十日前に初めて訪れた時に感じた禍々《まがまが》しさが、あの時とは比べ物にならないほど深く濃くなっている。まだ午前中だというのに、舞い上がった赤い砂埃《すなぼこり》が太陽の光を遮《さえぎ》り、辺りを薄暗い印象にしていた。風景に不吉な気配を感じるのは、もちろん砂埃という物理的な理由だけではない。これから比呂子が向かう先――直人の家の暗い庭の、その地面の下で息を殺しているあの存在のせいだ。

山肌を無惨に削り取られた荒れ地の、遠くのほうにポツンと一軒の家が見える。直人の家だ。二階の窓まで覆い隠しそうなほど高い、枯れ木とゴミで作られた塀に囲まれている。あそこに美雪がいるのだ。比呂子はさらに深く強くアクセルを踏み込んだ。

＊

直人の家の手前五十メートルほどのところに車を停めた。胸がざわつく。ここまで来て、まだ比呂子は迷っていた。美雪の力が発揮される夜が来るまでに、肉体を滅ぼしてしまわなければならない。

でも、そんなことが自分にできるだろうか？　肉体があるのならば、それは幽霊でもなんでもない。どんな姿をしていようと、直人の妻である美雪には違いない。肉体を滅ぼすということは、美雪を殺すということだ。

比呂子が迷っていると、すぐ横を一台の乗用車が通り過ぎていった。そのあとに赤い砂埃が舞い上がった。関東地方にはもう何週間も雨が降っていないため、乾燥しきった砂が路面を覆い尽くしていた。

比呂子はただ呆然と車を見つめた。どこへ行くのだろう？　この先には直人の家しかないはずだ。車は比呂子の予想どおり、直人の家の前で停まった。両側のドアが同時に開き、初老の男女が飛び出してきた。直人の家の門扉《もんぴ》を勝手に開け、中に入っていく。

ふたりの後ろ姿は、ただならぬ決意を感じさせた。異様な気配を漂わせるあの家に足を踏み入れるのだから、それ相応の覚悟が必要なのだろう。彼らは比呂子のように怖じ気づいてはいなかった。

いったいあのふたりは何者なのだろう？　車の中から比呂子がじっと玄関を見つめ

ていると、さっきの男女がすぐに出てきた。白髪の男のほうが春翔を胸に抱えている。まだ眠っていたのかパジャマ姿の春翔はいやがって両脚をばたつかせているが、男は構わず車の中に春翔を押し込んだ。

少し遅れて女が玄関から出てきた。直人も一緒だ。女は興奮した様子で一方的に何かわめき散らし、直人はただぼんやりと女を、そして春翔が押し込まれた車を見つめている。

比呂子は車のウインドーをおろした。風に乗り、微かに声が聞こえてくる。

「いいんだね？　春翔ちゃんを連れていっていいんだね？　直人、おまえも一緒に行こう。こんな家にいたら駄目になっちゃうよ」

直人はただ悲しげにかぶりを振るだけだ。

「早くしろ！　直人のことはまた今度だ」

直人の気持ちが変わらないうちに春翔を連れ去りたいと考えているのだろう、男の焦った声が女を急《せ》かした。

女がドアを開けると、その足下を擦り抜けるようにしてポチが車に飛び乗った。一瞬、驚いた表情を浮かべた女だが、そのまま自分も乗り込みドアを閉めた。すぐに車は急発進し、赤い砂埃を舞い上がらせながらまた比呂子のほうへ向かって走ってきた。比呂子はとっさにシートを倒して身を隠しながら外をうかがった。

擦れ違う瞬間に見たふたりは、強張《こわば》った表情の中に悲しみをいっぱいに湛《たた》えていた。年齢から見て、直人の両親だろう。今回の出来事では、自分のまわりだけではなく、いろんなところで悲劇を生んでいるのだ。それに、何より廃人のようになった直人の姿……。彼を助けてあげたい。

「伊原さん……。今行くからね」

直人の家の前に車を停め、比呂子は助手席に目をやった。比呂子の相棒である大きな業務用ビデオカメラが置かれている。これから起こることをもしも撮影したとしても、もう発表しようという気持ちはなくなっていた。だが柏原に、すべてが終わる瞬間を記録してきて見せてあげると約束していた。それに、たったひとりでこの家の中に足を踏み入れるのは恐ろしい。相棒が必要だ。

「一緒に来る？　すべてを一緒に見てみる？」

普段はそんなことは絶対しないのに、比呂子はビデオカメラに向かって問いかけてみた。もちろん返事はない。でも、比呂子には力強くうなずいたように見えた。比呂子の身体《からだ》の奥から勇気が湧いてくる。

「じゃあ、一緒に来て」

比呂子はビデオカメラを持って車を降りた。

＊

「伊原さん。倉沢です」

ドアチャイムを鳴らして、声をかけてみたが返事はない。さっき家に戻るのを見たばかりなのだから、直人はここにいるはずだ。直接裏庭に行こうかと思って家の横にまわってみたが、ゴミが山積みにされ、通路は塞がれていた。

仕方なく玄関のドアノブをまわしてみると、鍵はかかっていなかった。少し後ろめたい気分になりながらも、比呂子は思い切ってドアを開けた。家の中は静まり返っていて、まるで空き家になって何年も経ったかのように荒れ果て、人の気配はまったく感じられない。

「伊原さん、いるのはわかってるんですよ」

家の奥に向かって大声で呼びかけてみても、やはり返事はない。ここで待っていても直人が出てきそうな気配はなかった。勝手に上がらせてもらおう。

家の中はこの前に比べても、汚れ方がひどくなっていた。小石や、なぜだかガラスの破片が散乱している。それにこのあと庭に降りなければいけないのだ。直人が苦労して家族のためにやっと建てた家に土足で上がるのは胸が痛んだが仕方ない。

「ごめんなさい、許してね」

比呂子は直人にあやまってブーツを履いたまま家に上がった。

暗い廊下を慎重に進んだ。目指す先はあの禍々しい気配に満ちた庭だ。うなじの辺りがちりちりする。足を踏み出すたびに、ブーツの底で砂がじゃりじゃり鳴った。背後が気になり、何度も振り返りながらゆっくりと進んだ。

できることならこのまま逃げ帰りたかったが、そんなことはできない。もうすでに五年も逃げ続けて、結局逃げ切れなかった。今度こそは立ち向かうしかない。事態はもう後戻りがきかないところまできているのだ。

リビングに面した扉を開けた瞬間、比呂子は小さく息を呑《の》んだ。ソファに伊原が座っていた。背もたれにだらしなく身体をあずけ、まるで気を失っているかのようにぐったりとしている。

「伊原さん……」

比呂子は安堵の声を洩《も》らし、薄闇の中、壁のスイッチを探して明かりをつけた。蛍光灯がためらうように数回点滅したあと、荒れ果てたリビングルームを白っぽい光で照らし出した。

そこにポツンと座っている直人を見て、比呂子は全身で新たな恐怖を感じた。直人の精神がすでに限界まできているのがはっきりとわかった。この前会ったあとに、直人の身に何かがあったのだ。それはもちろん美雪に関することのはずだ。

「君には迷惑をかけたね。本当にすまないと思っているよ」

こちらを見ずに、直人が静かに言った。

「ねえ、教えて。あの庭で、いったい何が起こってるの？」

なぜ死んだはずの美雪が庭の土の下にいるのかがわからない。

「そこに座れよ。長い話なんでね。倉沢君には是非聞いておいてほしい。信じる信じないは君の自由だが……。まあ、きっと信じてくれるだろう。そもそもこのタイミングで君がここに来たってことは、君のまわりでまたあの時と同じようなことが起こり始めたからなんだろ？」

いつでも撮影できるようにレンズを庭のほうに向けてビデオカメラを床に置き、比呂子は言われるままソファに腰掛けた。

比呂子が座るのを待って、直人はゆっくりと、まるで小さな子供に物語を読んで聞かせるように優しい声で話し始めた。

この家に引っ越してきたばかりの幸せだった日々。ほんのちょっとした悪戯心《いたずら》で、トカゲの尻尾から体が生えてくると春翔に嘘をついたこと。それを嘘だと告白することができずに、必死になって裏山でトカゲを捕まえてきて土の中に埋め、尻尾から生えてきたように見せかけて掘り起こしたこと。春翔がトカゲを掘り出した時に、何かとんでもない間違いを犯してしまったように感じたこと。その半年後に、美雪の身に襲いかかった交通事故について。春翔が美雪の千切れた指先を握り締めていたこと。その美雪の指を庭に埋めたこと。そして、春翔が毎日、如雨露《じょうろ》で水をあげ、復活を願う呪文を唱え続けたこと……。

直人の視線がすっと庭に向けられた。

「春翔が埋めた指のカケラから美雪が生えてきたんだ。庭に埋まっているのは、指のカケラから生えてきた美雪なんだよ」

「そんなことが……」

まさかそんなことが本当に起こっているとは思えなかった。美雪が土の中に埋まっているだけでも異常なことなのに、それが指から生えてきた美雪だったなんて……。

「信じられないだろ？　俺の頭がおかしくなったと思うかもしれないが、本当のことなんだ」

少し考えてから、比呂子は言った。

「ううん、信じるわ。だって、私のまわりでも、常識では考えられないことがいっぱい起こっているんだもの。だけど、私は伊原さんのようにそいつ——指から生えてきたものを美雪さんだと受け入れることはできない。それに、そいつはきっと伊原さんも春翔ちゃんも一緒に地獄に導くわ。ほら、今の自分の顔を見て」

比呂子はソファから勢いよく立ち上がり、壁に掛かっていた鏡を外して直人の鼻先に突きつけた。精気を失い、げっそりとやつれ、目の下に大きな隈ができている。鏡に映った自分の顔を見つめ、直人は悲しげにかぶりを振った。すべてをあきらめきった様子だ。

「俺のことはもういいんだ。だけど、君のことが心配だ。もう俺に近づかないほうがいい。俺と関わりを持たなければ、美雪だってきっとわかってくれるさ。あいつはただ俺たちの仲を疑っているだけなんだから」

「そんな甘い期待が通用する相手じゃないの。私のまわりで、もう何人もの人が死んだり怪我をしたりしているのよ」

「じゃあ、どうしろっていうんだ？」

「美雪さんの……、今、その庭で息を潜《ひそ》めているものの、肉体を滅ぼすしかないの」

比呂子は決意を込めて言った。

「……肉体を滅ぼす？」

「そうよ」

比呂子は直人の横を擦り抜けて庭に面したガラス戸に向かった。追いすがるように直人が比呂子の肩をつかんだ。

「駄目だ、やめろ」

「伊原さん、しっかりして！　美雪さんは死んだのよ。ちゃんと葬式もやったんでしょ？　指を庭に埋めて、水をかけてお祈りして、それで生えてきたものが奥さんであるわけないでしょ。そんなもの、嫉妬と憎悪の塊である化け物よ」

「化け物……」

直人ががっくりと肩を落とし、その場に膝をついた。心が痛んだ。言い過ぎただろうか。だけど、このまま放っておいたら直人も春翔も美雪に取り殺されてしまうはずだ。そう自分の行動を正当化しながら、比呂子はカーテンを開けた。

ガラス戸の向こうに、異様な気配が漂う荒れ果てた庭が見える。全身に鳥肌が立った。暗い庭の片隅には土が大きく盛り上がっている。その下に美雪がいる。記憶の中にある美しい美雪の姿は、もう存在しないのだ。一刻も躊躇《ちゅうちょ》することはできない。

ガラス戸のサッシに手をかけた。ひんやりと冷たい。鍵を開け、一気に横に引き開けようとした時、比呂子の首に背後から何かが巻きついた。直人の腕だった。

「い、伊原さん……」

「駄目だ。美雪の肉体を滅ぼすだなんて……。君にそんなことはさせない。美雪は俺の愛する妻なんだ」

直人の腕が比呂子の首を締めつける。比呂子の足が床から浮き上がった。頸動脈《けいどうみゃく》が締まり、脳に血がいかない。声を出すこともできない。足をばたつかせたが無駄な抵抗だ。苦しさがふっと消え、比呂子は意識を失った。

27

身体《からだ》が暗い穴の中に落ちていくような感覚があり、比呂子は驚いて目を開けた。何かに追いかけまわされる夢を見ていた。心臓が激しく鼓動を刻んでいる。荒い息をしながら、目の前の光景をぼんやりと眺めた。そこは見慣れた自分の部屋ではない。誰も住まなくなって何年も経つ廃屋《はいおく》のような場所だ。

一瞬自分がどこにいるのかわからなかったが、記憶はすぐに戻ってきた。ここは直人の家のリビングルームだ。首を絞められて意識を失った比呂子は、ソファに寝かされていたのだった。

……伊原さんはどこ？

身体を起こそうとして、比呂子は手足が動かないことに気がついた。両腕を身体の後ろで、両脚は足首の辺りを梱包用のビニール紐で縛られている。

「気がついたようだな。よかったよ。このまま君が目を覚まさなかったらどうしようかって心配になっていたところなんだ」

声のしたほうに顔を向けると、直人が庭に面したガラス戸のところで、比呂子に背中を向けて座っていた。ガラス戸が開け放たれて冷たい風が吹き込んできている。塀の隙間から微かに差し込む日差しが血のように赤い。

夕陽？

比呂子はハッとした。いったいどれだけの時間、意識を失っていたのかわからないが、もうすぐ日が暮れようとしているのだ。タイムリミットが迫っている。

「この紐をほどいて！　お願いよ、伊原さん。もう時間がないの」

必死になって身体を動かすたび、ビニール紐が手首に食い込み、激痛が走る。長時間縛られたままだったらしく、すでに手の感覚がなくなってきていた。

「日が暮れちゃう。また夜が来るわ。そしたら美雪さんが……美雪さんの力が目を覚ましちゃうのよ。夜が来る前に、彼女が土の中にいるあいだに肉体を滅ぼしてしまわないといけないの。お願い、縄をほどいて！　時間がないの！」

「駄目だ！」

聞きたくないというふうに頭を振り、直人が叫んだ。

「……駄目だよ、そんなこと。美雪は俺の妻なんだ……」

庭のほうを向いたままふらりと立ち上がった直人の手に、何かが握られている。比呂子は目を凝《こ》らした。まだ真新しい鎌だ。庭に生えた雑草を刈るためのものなのだろうか？

夕陽を背に、ゆっくりと振り返った直人の目には、強い決意が感じられた。比呂子は言葉もなく、ただ首を横に振った。心臓が早鐘のように打ち続ける。

「やめて……。伊原さん、やめて……」

殺される。そう思って比呂子は全身を硬く緊張させたが、直人の口から出た言葉は意外なものだった。

「君に美雪を殺させるわけにはいかない。彼女を殺すのは俺じゃなければいけないんだ。君の言葉で、俺は目が覚めたよ。こんなふうにして、指から生えてきたのが美雪であるわけがないんだ。悲し過ぎて、死者の復活を望んでしまった俺が悪かったんだ。あいつを安らかに眠らせてやるのが俺の務めなんだ」

自分に言い聞かせるようにそう言うと、直人は鎌を手に持ったまま庭に降りた。さっきまで血のように赤かった夕陽が、モノトーンのベールで庭を覆い尽くそうとしている。日はすごい勢いで暮れていく。直人がほんの数歩歩くうちに、辺りは完全な闇に飲み込まれていった。

美雪が埋まっている場所に直人が歩み寄っていく様子を、比呂子はソファに転がされたまま、祈るような気持ちでじっと見つめた。闇に飲み込まれた庭にリビングの明かりがこぼれ出て、まるで臨月の腹のように生々しく盛り上がった地面を比呂子に見せつける。

直人がその小山にゆっくりと歩み寄る。手にした鎌が蛍光灯の光を反射してきらりと光る。黒崎邦明の日本刀や平丘麻耶の包丁に比べて、その光はとても弱々しい。そんなもので美雪に——黄泉国《よみのくに》から舞い戻ってきた者に立ち向かうことができるのだろうか？　縛られて身動きができない自分が歯痒《はがゆ》かった。

「美雪……。すまない。おまえにこんな苦しみを味わわせてしまって……。悲しみは悲しみとして受け入れて、おまえの成仏を願うべきだった。春翔に出鱈目《でたらめ》なまじないを教えて、おまえに未練を抱かせるべきじゃなかった。美しかったおまえをこんな姿にしてしまった俺を許してくれ。さあ、美雪。今度こそ、本当に死んでくれ。頼む……」

震える声で囁きかけながら、直人は鎌を振り上げた。切っ先を地面に向け、今まさに振り下ろそうとしたその時、地面が微かに動いた。虫が這い出そうとしているかのように、乾いた地表がひび割れ、小さな石が転がり落ちた。直人の動きがぴたりと止まった。

もうすでに完全に日が暮れてしまっていた。美雪が地表に顔を出そうとしているのだ。

「伊原さん、ためらわないで！　お願い、早く！　もう時間がないの！」

比呂子が必死に叫んだ。その言葉に背中を押されて直人がさらに大きく鎌を振り上げた。けれどもそれが振り下ろされることはなかった。地面を這うように聞こえてくるすすり泣きの声が、直人の身体をがんじがらめにしてしまったのだった。

《ひどいわ……。ひどいわ……》

極寒の地に吹く風のような寂しそうな泣き声が聞こえる。その声は、空気を震わせるのではなく、直接、比呂子たちの耳の奥に届く。

「美雪……、おまえなのか？」

直人の動揺した声が聞こえる。

「駄目よ、伊原さん。それは美雪さんなんかじゃない！　目を覚まして！」

縛られた身体をひねって、比呂子はソファの上から転げ落ちた。ビニール紐が手首に食い込み、激痛が走った。

《ひどい……。私はあなたのことをこんなに愛しているのに……》

すすり泣きは徐々にはっきりとした女の泣き声に変わっていく。振り上げた直人の手が、ゆっくりゆっくりと下がっていき、やがて身体の横で力無く垂れ下がり、その手から鎌がぽとりと地面に落ちた。

「できない……。やっぱり俺にはできない。美雪を殺すなんてできないよ」

弱々しく頭を振り、直人が泣きながら言った。肩が震えている。その背中は以前に比べ、ずいぶんと小さくなったように感じられた。

やっぱり駄目なのか……。

比呂子の心を絶望が支配しようとした時、ずんと大きく一度、地面が突き上げられ、うなだれて立ちつくしていた直人の足下に口を開いた地面の割れ目から何か白いものがいきなり飛び出してきた。

大きな白蛇に見えたそれは、人間の手のようだ。確かに指がちゃんとついている。その手は、素早く直人の足首をつかむと力任せに引き寄せた。直人の身体がふわっと浮き、そのまま背中から地面に叩きつけられた。

「伊原さん！　気をつけて！」

比呂子が叫んだ瞬間、リビングの蛍光灯が乾いた音を立てて次々に破裂した。一瞬にして暗闇が辺りを覆い、とっさに顔を背けた比呂子の頬を粉々になったガラス片がかすめた。少し遅れて、焦げ臭い匂いが降ってきた。

ゆっくりと目を開けて、庭に視線を向けた。辺りは真っ暗闇だ。でも、少しずつ目が闇に慣れてくる。月明かりがぼんやりと青く照らす庭では、悲鳴を上げることもできずに笛のように喉を鳴らしている直人を、白い手がじりじりと引き寄せていく。

《ひどいわ……。ひどいわ……》

それは普通の女の力ではない。どちらかと言えば大柄で筋肉質な直人が必死にもがいているのに、簡単に地面を引きずられていくのだから。

「やめろ、美雪。俺だ。俺がわからないのか！」

パニックになった直人はもう一方の足で、自分の足首をつかんでいるものを必死に蹴り続けていたが、びくともしない。美雪は直人の脚にすがるようにして、地上に姿を現そうとしているのだ。
《逃げないで……お願いよ……あなた……愛してるの……私にはあなたしかいないの》
比呂子は強烈な恐怖に襲われながらも、庭の様子から目が離せなかった。荒い息を吐きながら、泥まみれの生き物が地中からずるずると這い出してくる。全身が得体の知れない粘液にまみれている。その手からようやく逃れた直人が、悲鳴を上げながら地面を這うようにしてあとずさる。
《何を怖がってるの？　私はあなたの妻じゃないの。愛してる……。愛してるわ……》
身体についた泥がぼたぼたと滑り落ち、透けるように白い肌の女がそこに立ち上がった。女は直人のほうにゆっくりと歩み寄っていく。
「美雪さん……？」
目の前の女の美しさに比呂子は息を呑《の》んだ。だがそれは一瞬のことだった。美雪の美しい顔が苦悶《くもん》に歪んだかと思うと、肌が不健康に青白くなっていき、全身に水膨れがひろがった。

死んだ人間は体内にガスが発生し、数日もすると巨人のようになるというのを聞いたことがある。その数日間の過程を早送りで見せられているかのようだ。まるで美雪が足を一歩踏み出すごとに、死体の上に一日という時間が経過していくとでもいうふうに、肉体が醜く変貌していった。

腐乱した肉体から発生したガスが皮膚の下に充満していき、美雪の身体は今にも破裂してしまいそうだ。

「これが……。これがあの美雪さん……」

目の前で蠢《うごめ》く白い塊のおぞましい姿を目にして、比呂子は吐き気がこみ上げてくるのを感じた。今にもこぼれ落ちそうに飛び出した大きな瞳に、白目の部分はほとんどない。その目が、比呂子のすぐ足下に転がっているビデオカメラに向けられた。

美雪の顔がさらに醜く歪んだ。誰も手を触れていないのにビデオカメラの電源が入り、モーターが回転し始めた。その動きが徐々に速くなっていく。モーター音が耳障《ざわ》りなほど高音になり、ボディから煙が立ちのぼった。プシュンと音がして火を噴いた。

悲鳴を上げて、比呂子は手足を縛られた身体を床の上で丸めた。笑い声が響いた。歯のない口を開けて、全身を震わせて美雪が笑っている。子供みたいに天真爛漫《らんまん》で残酷な笑いだ。

ひとしきり笑うと、比呂子に興味を失ったように美雪は直人に向き直った。

《あなた……、寂しかったわ。これからはずっと一緒よ。もう、あなたを放さないわ》

愛おしそうに囁きながらゆっくりと地面に膝をつき、腰が抜けたようになっている直人に美雪が覆い被さっていく。直人が悲鳴を上げてあとずさる。自分の愛する妻の変わり果てた姿に絶望した様子だ。

「これがあなたの奥さんだって言うの？　こんな化け物をあなたは愛せるの？　こんなものがあなたの奥さんであるわけがないわ。ねえ、そうでしょ！」

比呂子の言葉に、直人は何も答えることができない。そのあいだも美雪は直人に迫り寄る。

直人は地面に座り込んで、現実を認めたくないというふうに、ただ悲しげに首を横に振り続けるだけだ。

涙を流している直人から顔を背け、手首を縛ったこの紐を切るものは何かないかと床の上を探したが、蛍光灯の破片はどれも小さ過ぎるし、適当なものは何もない。気持ちばかりが焦っていく。今この瞬間にも、直人が地中に引きずり込まれそうになっている。

「ああ……、伊原さん……」

縛られたまま、激痛に耐えながら庭のほうに向かおうと身体をひねった拍子に、革ジャンのポケットから何かが落ちて床の上で硬い音が響いた。銀色に光るジッポーのライターだ。美雪に気づかれないように、素早くそれを手の中にしっかりと握った。

《あなた……。あなたは私だけのものよ。誰にも渡さないわ……》

美雪の声が呪文のように低く響き続ける。美雪は直人の足首をもう一度しっかりとつかみ、自分の穴蔵に向かって引きずっていく。まるで蟻地獄が獲物を引きずり込もうとしているかのようだ。直人も一緒に地獄まで連れていこうというのだろうか？

比呂子は手探りでライターの蓋を開け、火をつけた。熱い！　手首に炎を近づけると、肉の焦げる匂いがした。だけど、細かいことを気にしている時間はない。奥歯を嚙みしめ、両手首に力を込めた。ブチッと音がしてビニール紐が切れ、腕が自由になった。足首の紐も同じようにして焼き切り、比呂子は庭に駆け降りた。

「伊原さんを放しなさい！」

素早く鎌を拾い上げ、今まさに直人を地中に引きずり込もうとしている美雪に振り下ろした。それはなんの手応えもなく、美雪の身体に突き刺さった。そのことに特に痛そうな様子も見せない。ただ美雪は比呂子を恨みがましい視線で睨《ね》め上げるだけだ。

《憎い……おまえが憎い……》

「倉沢君、俺のことはもういいから君は逃げろ」

直人がはっきりとした声で言った。比呂子の存在が直人に正気を取り戻させたらしい。直人の申し出は魅力的な提案だった。できることならすべてを投げ出してこの場から逃げてしまいたかったが、そんなことをしても美雪は……美雪の憎悪の心はきっと比呂子を捜し出し、比呂子を追いつめ、呪い殺し、直人を自分だけのものにしようとするだろう。

「いやよ。逃げるなんていや。もうこそこそ逃げまわるのなんて、まっぴらよ。私はこの女のせいで、一年間も病院の中に閉じこめられたのよ！」

恐怖や哀れみの感情よりも、怒りの感情が比呂子を支配していった。比呂子は庭の中に視線をめぐらせた。庭の隅に転がっているショベルが目にとまった。それを手にとり、美雪に向き直った。

「もういい加減にしなさい。あなたは死んだのよ！」

直人の足首をつかんでいる美雪の腕に狙いを定め、比呂子はショベルをしっかりとホールドし、身体ごとのしかかるようにして全体重をかけた。鈍い手応えと同時に獣の咆哮《ほうこう》が辺りに響きわたった。直人の足をつかんでいた手首が土の上にごろりと転がり、美雪が地面をのたうちまわった。辺りに腐臭を発する緑色の液体と真っ赤な血が飛び散った。

「美雪……」

ようやく自由になった直人は、転げまわる青白い肉の塊を呆然と見つめている。手首を切り落とされた美雪の傷口がみるみる塞がっていく。指のカケラから再生したのだから、この程度の傷ぐらいなんでもないのだろう。

体勢を立て直そうとしている美雪に、比呂子は再びショベルを振り上げた。勢いをつけて体当たりするように突き出したが、今度は簡単に払いのけられてしまった。

「倉沢君！」

地面の上を転がり、家の壁に叩きつけられた比呂子に直人が駆け寄った。だが直人は美雪に攻撃を加えようとはしない。まだ美雪に対する思いを振り切ることができないのだ。

凶暴な雄叫《おたけ》びを上げる白いモンスターのその姿のどこに、そんな思いを抱くことができるのか？　比呂子の胸の奥に苦い思いがひろがった。

「こっちよ、伊原さん」

直人が作った塀が城壁のように庭を取り囲んでいる。出口はない。仕方なく比呂子は直人の手を引いて家の中に駆け上がった。その瞬間、リビングと廊下を隔てる扉が勢いよく目の前で閉まった。ノブを握ってドアを開けようとしたが、びくともしない。

《逃がさないわ……。私の夫を盗るなんて……。許さない……。おまえを許さない……》

背後で呪いの声がした。振り返ると、美雪が白い身体をゆらりゆらりと左右に揺らしながら、庭からリビングへと這い上がってくるところだった。

「いやよ、来ないで！」

比呂子は直人の手を放し、思いっきりドアに体当たりしたが、跳ね返されて尻餅をついた。直人は相変わらず魂が抜けたようになっていて加勢しようとはしない。その時、足下に転がっているビデオカメラが目についた。

美雪の力によってさっき火を噴いたカメラは黒焦げになっていた。もう使い物にならないだろう。今まで幾多《いくた》の事件や事故の現場で比呂子を励ましくれた相棒のビデオカメラが無惨な姿をさらしている。かわいそうに……。怒りに身体が熱くなった。

ビデオカメラを拾い上げ、反動をつけて思いっきりドアに叩きつけた。五キロ以上ある金属の塊の衝撃で、木製のドアが砕け散った。

「伊原さん、早く！」

残った外枠を蹴り飛ばし、直人の手を引いて比呂子は廊下を駆け抜け、玄関から外に飛び出した。振り返ると美雪の姿はなかった。再生したばかりだからだろうか、美雪の動きは鈍い。

美雪の力だとどこに逃げようと関係ないかもしれないが、とにかくこの禍々《まがまが》しい気配に満ちた家から離れたほうがいいように思えた。

直人を車の助手席に押し込むと、比呂子は運転席に滑り込んだ。イグニッションキーをまわすが、クククという笑い声に似た音がするだけで、エンジンはかからない。こんなことは初めてだ。いつもは一発でエンジンがかかるのに……。

ふふふ……。

エンジン音の笑い声に、もうひとつ笑い声が被さる。サイドミラーに、美雪が玄関からゆらりと姿を現すのが映った。と同時に家の前の街灯が手前から順番に破裂していき、暗い闇が辺りを包み込む。エンジンがかからないのも、きっと美雪のせいだ。

「駄目だわ。降りて!」

比呂子は直人の手をつかんで車から飛び降りた。そんなふたりを逃がすまいとするかのように突風が吹き、赤い砂埃が舞い上がる。とても目を開けていられない。ふたりは砂嵐を避けて森の中へと逃げ込んでいった。

「美雪……。すまない。俺が悪かったよ、美雪、許してくれ」

比呂子に手を引かれて走りながらも、直人は時おり心配そうに背後を振り返り、美雪にあやまり続けていた。その謝罪の言葉に引き寄せられるように、美雪はふらふらとあとを追ってくるのだった。

28

足下で枯れ枝が折れる音を立てながら、比呂子は獣道を転げるようにして進んだ。どこまで逃げれば安心ということもない。直人の手をしっかりと握り締め、深く深く森の中に入り込んでいった。

鳥の鳴き声が聞こえたり獣の気配がするたびに、美雪ではないかと心臓が止まりそうになった。その都度、反対側に逃げていて、もうどちらが直人の家の方角かもわからない。さっきから同じ場所をぐるぐるとまわっているような気がする。気がするだけで、本当はただ代わり映えのしない景色が続いているのかもしれないが……。

どんどん頭が混乱していく。落ち着かなきゃ。冷静にならなきゃ。目の前を塞いだ枯れ枝を払いのけた瞬間、静まり返った山の中にいきなり電子音が鳴り響いた。同時に革ジャンパーのポケットの中で小さな動物が暴れるようにスマートフォンが振動し始めた。

タイミングが悪い。この音で美雪に居場所を見つけられてしまうかもしれない。慌てて取り出したスマートフォンの画面には、名前は表示されていない。イヤな予感がしたが、比呂子は思い切ってその電話に出てみた。

《返して……。私の夫を返して……》

耳に押し当てる前に、その低い響きが溢れ出てきた。悲鳴を上げて放り投げてしまいたかったが、比呂子はなんとか我慢した。逃げまわってばかりいては駄目だ。立ち向かわなければ。美雪とは一度じっくり話す必要があった。もしもわかってもらえるなら、誤解を解きたかった。

一回大きく息を吸い、それを吐いてからスマートフォンを耳に当て、送話口に向かって比呂子は言った。

「聞いて、美雪さん。あなたは死んだのよ。これ以上、伊原さんを苦しめないで。それに私と伊原さんはなんでもないの。五年前にはっきりと話すべきだったけど、あなたの不思議な力が怖くて弁明することもできなかったの。あの時にちゃんと説明して本当のことをあなたにわかってもらっていたら、こんなことにはならなかったかもしれないのに……」

《憎い……おまえが憎い……憎い……憎い……》

比呂子の言葉が聞こえていないかのように、美雪は憎悪の言葉を繰り返し続けた。嫉妬に狂い、そのエネルギーで生き返ってきた魔物なのだから、もともと話の通じる相手ではないのだ。

泣きたい気分になった比呂子の耳に、混線したようにノイズが混じった。その耳障《ざわ》りな音が一気に大きくなる。強烈な悪意が感じられる音だ。耐えられなくて、比呂子はスマートフォンを耳から離した。

「駄目だわ。私の話なんて少しも聞いてくれない……」

比呂子の言葉に深くため息をついて申し訳なさそうに顔をしかめた直人の目が、怯《おび》えたように見開かれた。その目は比呂子の手元を見つめている。スマートフォンの耳に当てる部分の穴から、糸のように小さな虫が無数に湧き出してきていた。

悲鳴を上げて、比呂子はスマートフォンを足下の石に叩きつけた。画面が蜘蛛《くも》の巣のように割れ、そこから虫と一緒に美雪の悪意に満ちた笑い声が溢れ出てくる。

絶望感に襲われながら、比呂子と直人は再び暗い森の中を逃げまどい始めた。

草むらや木の上、森の中は獣の気配に満ちている。すでに何時間も森の中をさまよっていたが、すぐ目の前からいきなり美雪が顔を出しそうで、気持ちの休まることはない。どこまで逃げてもきりがない。森は深く、迷路のように比呂子たちを招き入れる。

＊

比呂子の身体《からだ》がいきなり後ろに引っ張られた。しっかりと手をつかんでいた直人が立ち止まったのだ。振り返ると、直人はもう一歩も歩けないといった悲しげな顔をしていた。

直人の目は瀕死の病人のもののように弱々しい。ここのところ不健康な生活を送っていたはずの直人にとって、山道を走りまわるのはきつい運動だったのだろう。でも、こんなところで休んでいたら、すぐに美雪に見つかってしまいそうだ。

自分が走ってきた後方に視線を向けた。森が揺れている。風に乗って腐肉の匂いが漂ってくる。美雪はすぐ近くまで追ってきているのだ。

どこかに隠れる場所はないだろうか？　闇の中に凝《こ》らした比呂子の目が、ある一ヵ所に引き寄せられた。なぜだかわからないが妙な気配がする。それは獣や美雪など、そういった気配とは正反対の、心がほっとする気配だ。

闇の中にぼんやりと赤い柱が浮かび上がる。ほとんど塗装が剝がれてしまっているが、それは紛れもなく鳥居だった。その向こうには、鬱蒼《うっそう》と茂った雑草に埋もれるようにして、小さな建物が見えた。社《やしろ》だ。そこにあるのは古い神社だった。

境内《けいだい》は荒れ果て、もう何十年も人の手が触れていなさそうだ。道もない森の中にポツンと建っている。昔は道があったが、誰も来なくなって時間が経つうちに辺りを雑草や木が覆い尽くしたのだろう。

迷っている暇はなかった。背後には美雪の気配が迫ってきている。邪悪な力に対抗するために、何か神聖なものの力を借りたかった。

「もう少しだけがんばって。あそこまで走れる？」

比呂子が声をかけても、直人はその場にぼんやりと立ちつくしている有様だ。

「しっかりしてくださいよ。昔の伊原さんはそんなんじゃなかったじゃないですか！」

比呂子は直人の手を強引に引いて雑草に埋もれた神社に駆け寄り、社の扉を開けて、その中に転がり込んだ。中には長年野晒《のざら》しにされていたために吹き込んできた土《つち》埃《ぼこり》と、以前に誰かが住んでいたような形跡が残されていた。子供たちの秘密基地として使われていたのか、近くの村を追われたはぐれ者が暮らしていたのか、そんなところだろう。

「声を出さないでね」

念のために直人にそう言ったが、そんな心配は必要なかった。社の中に足を踏み入れると、直人は電池が切れたように座り込み、膝を抱え、その上に顔を伏せたきり比呂子のほうを見ようともしなかった。

外でカサカサと葉が鳴った。風に吹かれた音ではない。何かが枯れ枝を踏む音も混じっている。比呂子は息を殺し、格子の隙間から外をのぞいた。紫色がかった白い肌が時々月光に照らされて葉陰を移動している。美雪だ！

暗い茂みの中を美雪が低く呻《うめ》きながら通り過ぎていく。生まれたての動物みたいに動きがぎこちない。白い全身が粘液にまみれている。最初、それは美雪の身体にまとわりついているのかと思ったが、どうやら違うようだ。

美雪の身体から滴り落ちているのは、美雪自身の肉体――腐肉だった。どろどろに溶け、地面に流れ落ちていく。フィルムの早回しで死体が腐乱していく様子を見ているかのようだ。

だが、腐敗した身体の内側から新しい肉体が生み出されてくる。再生した肉体は一瞬だけ瑞々《みずみず》しい肌の張りを見せるものの、すぐにまた皮膚の下にガスが発生し、ぶよぶよに膨れ上がり、腐って滴り落ちるのだった。

美雪は再生と死滅をものすごいスピードで繰り返していた。必死に自然の摂理に抗《あらが》っているのだ。それは直人に対する執着のために……。そして、比呂子に対する憎しみのために……。そんな美雪の執念が恐ろしかった。

一度死んだのに、また生き返ってきて、愛する男を捜して、今まさに朽ち果てようとする肉体で森の中を徘徊《はいかい》しているのだ。その姿にどこかもの悲しい思いを感じたが、同情することはできない。同情するということは、自分の命を……そして直人の命を差し出すことになるのだから。

ぴたりと美雪の足が止まった。ゆっくりと周囲を見まわしている。気配を感じるのだろうか？　この状況で気づかれたら一巻の終わりだ。社に逃げ込んだことを後悔した。出口は一ヵ所しかないのだから。

心臓が破裂しそうなほど激しく鼓動を刻んだ。その音に気づかれそうでよけいに恐怖を感じ、身体が金縛りにあったみたいに硬直する。比呂子はただ息を殺して災難が通り過ぎるのをじっと待ち続けた。

願いが通じたのか、神社に祀《まつ》られたものの力のおかげだろうか、長く伸ばした首を左右にめぐらせて辺りをうかがっていた美雪は、結局、比呂子たちに気づくことなく森の中に消えていった。

悲しげな呻き声を上げながら通り過ぎていく後ろ姿を見ながら、比呂子は凍りついていた全身が緩やかに溶けていくのを感じた。

鳥居はこの世とあの世をわける境界だという話を聞いたことがある。ひょっとしたら、鳥居には美雪のような魔物を寄せつけない力があるのかもしれない。こうやって見捨てられた神社でも、聖域は生きているのだ。比呂子はほっと胸を撫で下ろした。

「行ったわ。もう大丈夫よ」

自分に言い聞かせるように比呂子は社の隅に向かって声をかけた。反応はない。直人は完全に心が抜けてしまっている。膝を抱え、その目はどこを見ているのかわからない。

声をかけたかったが、なんて言っていいかわからない。仕方なく、比呂子も直人の横に並んで腰をおろした。肩が軽く触れた。吐く息が白くなるほどの寒さのせいか、服を着ていても直人の体温が伝わってくるように感じられた。そのことが比呂子には心地よかった。

比呂子も直人と同じポーズで膝を抱えた。狭い社の中で直人と肩を寄せ合い、息を潜《ひそ》めている。そんなことが比呂子にはなんだかうれしかった。できればいつまでもこうしていたいぐらいだ。

腕時計を見ると、午前二時を過ぎたところだった。ずいぶん長い時間、森の中を逃げまわっていた気がしたが、夜明けまでにはまだまだ時間がある。朝までここに隠れていることができれば、美雪はまた土の中に戻るはずだ。そうすれば比呂子にも勝機はある。

ただ、比呂子が疑問なのは、日が暮れて美雪が地上に姿を現せばもっとひどいことが起こるだろうと思っていたのに、彼女の力はそれほどでもないということだ。ただ自分たちのあとを追いまわすだけなのだ。どうしてだろう？　そのことが不思議で、同時に不気味だった。

お願いです、神様。私たちを守ってください。比呂子は心の中で祈った。こんなふうに人間に見捨てられた神社に神がいるのか、いたとしても自分たちを救おうと思ってくれるかわからなかったが、比呂子にできるのは祈ることだけだった。

「倉沢君……」

直人の声で比呂子は顔を上げた。すぐ近くに直人の顔があった。げっそりとやつれ、無精髭《ぶしょうひげ》の生えた直人の顔。それでも、心のときめきを抑えることはできなかった。

こんなに近くから見つめられたのは初めてなのだ。それに、直人の目には、さっきまでの錯乱した光ではなく、以前のように知的で優しげな光が蘇っていた。少し休んだことにより、心の平静を取り戻したらしい。

「すまない。君をこんなことに巻き込んでしまって……。昔、君のまわりで奇妙なことが起こり始めた時に、俺がはっきりとあいつに言ってやるべきだったんだ。君から話を聞いてすぐ、俺は美雪の仕業《しわざ》だと思った。だけど、俺はそのことを認めたくなかった。自分の妻は普通の女であってほしかった。それにあいつが化け物扱いされるのがいやだったんだ。だから、君の訴えを聞いた時にも、なんにもしてやれなかった。あの時美雪に、俺たちはなんでもないんだということをきちんと話して聞かせればよかったんだ。うやむやのまま終わったんで、きっとあいつは心の隅にわだかまりを持っていたんだろう」

直人の話が終わるのを待って、比呂子ははっきりとした口調で言った。

「いいんです。私にもまったく責任がないわけでもないんですから」

「どういう意味だ？」

「美雪さんが嫉妬するのは、根拠のないことではなかったということです」

じっと見つめる直人から比呂子は目を逸《そ》らした。後ろめたい思いがこみ上げてくるが、微かに触れ合った肩の感触が、まだじんわりと比呂子の身体を痺れさせていた。相手は妻のいる男性。好きになってはいけない相手だった。だから、告白することもなくあきらめたのだ。美雪のあんないやがらせがなくても、比呂子にはどうすることもできなかったはずだった。

「部長に迫られていた時、伊原さんが助けてくれたじゃないですか。あの時、すごくうれしかったんです。私のために、あんなに真剣に怒ってくれて……。リストラや左《さ》遷《せん》をちらつかされて、みんなが怖がっていた部長に対して、自分の立場が悪くなることを覚悟の上で私を庇《かば》ってくれたあの時、私は胸の奥がざわめくのを感じたんです」

「そうか……。じゃあやっぱり、すべては俺の責任だ。俺があの時、部長の行為に対してあんなに腹を立てたのは、きっと君に特別な感情を持っていたからだと思うんだ。俺だって部長に睨まれるのは怖かった。だけど、あいつが君に迫っている現場に出くわした時、俺は自分を抑えられなくなったんだ」

今度は比呂子が不思議そうな表情を浮かべる番だった。直人が自分に好意を抱いてくれていたなんて……。

「俺はあの頃、妻のエキセントリックなところに少し疲れていたんだ。こんな言い方を許してもらえるなら、俺は妻とは正反対の君のごく普通に可愛らしいところに惹《ひ》かれていたんだと思う」

直人が恥ずかしそうに顔をしかめた。中学生が初めて恋の告白をする時のように、どこかぶっきらぼうな言い方だ。比呂子も同じだった。まるでうぶな少女のように顔が赤くなるのを感じた。

知らないうちに、比呂子は昔の少女趣味なOLに戻っていた。革ジャンパーとジーンズという色気のない服装で、男勝りのビデオカメラマンとして事件や事故を求めて走りまわっていたのは、そんな自分を抑え込むためだったのだという気がする。恋をすることで、ただ心の中で思っただけで、また謂《いわ》れのない嫉妬を受け、あの苦しい日々を再び味わうことを怖れていたのだ。

「あの時、電話がかかってこなければ、俺は君を抱きしめていたはずだ。話してなかったけど、おふくろからの電話は、美雪が倒れて救急車で運ばれたという報せだったんだ。美雪は俺の気持ちが君に向かっていることを感じ取ったんだろうな。その苦しさから、本当に具合が悪くなって倒れてしまった……。しかも、病院に駆けつけると、医者から美雪が流産しかけていたことを報された。俺には秘密にしていたが、妊娠三ヶ月だったんだ。なんとか子供の命は助かったが、もう二度と美雪を苦しめたりしないと決意して、俺は君への気持ちを断ったんだ。いや、断ったつもりだった。それなのに、ふとした時に君のことを思い出してしまっていた。きっと美雪はそのことをわかっていたんだろう。その思いが残っていたから、あんな姿になった今、人間らしい理性を失った彼女は、ただ単に嫉妬と憎悪の感情だけの存在になってしまったんだ」

確かに直人にジッポーを贈ろうとしたのは、部長のセクハラから助けてもらったお礼と同時に、比呂子のほのかな恋心を伝える手段でもあった。あの時、美雪が妊娠したために禁煙することにしたと言われなければ、比呂子は気持ちを打ち明け、ふたりは一線を越えてしまっていたかもしれない。

勘の鋭い美雪が、比呂子や直人の気持ちに気がついてもなんの不思議もなかった。それが現実にならなかったとしても、ふたりの心が揺れ動いた段階で不倫は成立していたのだ。

きっと、今のこの状況も許されるものではない。嫉妬の化身として生き返ってきた美雪が、腐り続ける肉体で森の中をさまよっている。その目を避けて神社の社の中で、直人と肩を寄せ合っているのだから。

だけど、自分の気持ちをごまかすことはできない。夜明けなんか来なくてもいい。ずっとこうしていたい。失われた時間——あの事件以降、恋をすることを自分に禁じていた五年間を、今こそ取り戻したい。比呂子はそっと直人の肩に頭を寄りかからせた。直人もそれを咎《とが》めようとはしない。こんな異常な状況なのに、比呂子はあたたかな幸せを感じていた。

うっとりと目を閉じると、耳障りな羽音が比呂子の耳元を通り過ぎていった。蠅《はえ》だろうか？　こんなに寒いのに……。ざわざわと胸の奥が騒いだ。比呂子は弾かれたように頭を上げた。

「どうした？」

比呂子のただならぬ様子に、直人が怪訝《けげん》そうな視線を向けた。

「誰かに見られているような気がして……」

社の中を見まわした。格子のあいだから差し込む月明かりでぼんやりと照らされている社の中には、誰かが持ち込んだ家財道具などのガラクタがいくつも埃《ほこり》を被っているが、人が隠れている様子はない。気のせいだったのだろうかと気を緩めた瞬間、視界を小さな黒い点が横切った。さっきから比呂子のまわりをうるさく飛びまわっている蠅だ。

比呂子の視線がごく自然にその蠅を追った。そして比呂子は気がついた。宙を飛びながら、蠅は比呂子たちをじっと見つめているのだった。

「あの蠅、私たちのことを見てるわ！」

「そんな馬鹿な。気のせいだろう」

「ほんとよ。ほら、じっとこっちを見てる」

悲鳴のような声を上げて、比呂子は手で蠅を払った。蠅はまだ少し社の中を飛びまわったのち、扉の隙間から外に出ていった。今のはなんだったのだろう？　蠅が出ていった隙間から何気なく外をのぞいた比呂子は全身の血が逆流するのを感じた。向こうからじっとこちらをのぞいている目があったのだ。

悲鳴を上げて比呂子は後ろに飛び退《の》いた。紫色に変色した大きな手が格子をつかみ、力任せに扉を引き剝がす。重い扉が簡単に砕け散った。

月明かりを背に受けて、腐乱した美雪の姿がそこにあった。全身から怒りのエネルギーが青白く燃え上がっている。比呂子と直人は壁際まであとずさり、背中が壁にぴたりと押しつけられる。

扉のところを塞ぐようにして両手をひろげ、美雪は獣のごとき咆哮《ほうこう》を張り上げた。両腕から腐肉が滴り、肉の下から黄色い骨がのぞくが、すぐにまた桜色の肉が再生して表面を覆っていく。ほんの一瞬だけ、生前の美雪の美しい姿に戻ったものの、またすぐに腐敗を始め、全身が紫色に変わり、内部からガスが発生してパンパンにふくれ、腐乱した巨人に変貌していく。その美しい顔さえ例外ではない。思わず目を背けたくなる醜い顔が、まっすぐに比呂子に向けられている。

美雪は何度も何度も死に続けているのだ。そして、そのたびに生き返ってくる。それは愛する夫をたぶらかす比呂子を殺すためだ。

《憎い……憎いの……憎くてたまらないの……》

大きく開いた口は顎《あご》の部分が今にも外れそうなほど垂れ下がり、すぐにまた引き上げられ、なんとか身体を復元しようとするが、さっきよりもさらにその腐敗の具合が進んでいるようだ。理由はわからないが、再生と死滅のバランスが死滅に傾きつつあるのは確かだ。

比呂子と直人の背後は壁だ。もうこれ以上は下がれない。出口は美雪が両手をひろげて塞いでいる。その横を擦り抜けて逃げるのは不可能だ。

「美雪……。こんなことはもうやめようよ。こんな姿になってかわいそうに……。ああ、美雪……」

直人がうわごとのように繰り返すが、美雪はそんな言葉など聞こえないかのように、獣のような荒い息を吐きながらじりじりと距離を詰めてくる。

《憎い……憎い……》

美雪の生臭い腐臭混じりの吐息が狭い空間に充満し、吐き気がこみ上げてくる。

壁を突き破ることができないかと思って探った比呂子の手が、金属に触れた。すでに錆《さ》びついているが、何かの取っ手のようだ。扉かもしれない。一縷《いちる》の望みを託して、力いっぱい引いてみると、板自体が腐っていたらしく取っ手ごと壁板が崩れた。その向こうは外ではなかった。戸棚のようになっていて、その中に細長い木製の箱が収められていた。

御神体《ごしんたい》？

ふとそんな言葉が浮かんだ。だとしたらひょっとして……。迷っている暇はなかった。今この瞬間にも背後から襲いかかられそうに感じて生きた心地がしない。箱を開けると色あせた布にくるまれた棒状の物が入っていた。

比呂子は布を払いのけた。中に包まれていたのは細長い石だった。おそらく川の流れに洗われて自然にそういう形になったのだろう。先端が尖り、短剣のように見えなくもない。神社に祀られていた物なのだから、それには神聖な力があるに違いない。魔物に立ち向かう神聖な力が……。

比呂子は石の短剣を手に持って振り返った。一瞬、美雪が怯《ひる》むのがわかった。ほんの少しは人間らしい心が残っているのだ。いや、神社に祀られていた石に怯えを見せるということは、魔物としての自覚があるからなのではないか。どっちでもいい。比比呂子は御神体を手に美雪に突進した。

「そこをどいて！」

身体全体でぶつかった。石の先端が美雪の身体に突き刺さり、緑色の膿《うみ》が飛び散ってさらなる悪臭を放った。悲鳴が轟《とどろ》いた。美雪の腕が比呂子の背中にまわされ、ぎゅっと抱きしめられる形になった。背中を悪寒が駆け抜けた。

振り払おうとしてバランスを崩し、ふたりは一緒に外に転げ落ち、比呂子は背中を地面にしたたか打ちつけた。

息ができない。覆い被さるように倒れ込んだ美雪の長い黒髪が比呂子の顔に降りかかる。その不快感に悲鳴を上げ、力いっぱい両手を突き出して美雪の身体を押しのけた。

比呂子は地面に座り込み、全身で息をした。目の前で仰向けになった美雪の胸には、石の短剣が根本まで突き刺さっていた。

「やったわ」

比呂子の手には、人を刺した手応えが生々しく残っていた。剣は確実に心臓を刺し貫いていた。即死のはずだ。……もっともそれは普通の人間ならという話だ。

美雪は人間なら絶対に曲がらない方向に関節が曲がっている身体をのっそりと起こ

かせた。心臓に突き刺さっているはずの石がぬるりと抜け出て地面に落ち、鈍い音を響かせた。

「ああ、なんてことだ……」

塞がっていく美雪の傷口を恐ろしそうに見つめながら、直人がつぶやいた。信仰心をなくした人間たちに祀られていた石には、特別な力など何もない。結局、美雪に立ち向かう術《すべ》は、比呂子には何もない。夜明けまで逃げまわるしかないのだ。

比呂子は直人の手をつかんで駆け出そうとした。そのとき、地面に転がっている石が宙に浮かび、次々とこちらに向かって跳んできた。悲鳴を上げ、比呂子は腕で顔と頭を庇《かば》った。容赦なく石つぶてが全身を打ちつける。

「やめろ！　美雪、もうやめてくれ！　倉沢君に手を出すな！　彼女はなんにも悪くないんだ！　悪いのは俺なんだ！　だから、もうやめてくれ！」

大声で叫びながら直人が比呂子の前に飛び出し、両手をひろげて楯になった。それでも小石は美雪の怒りのすさまじさを表現するように容赦なく飛びかかり、直人の全身を打ち据えた。そのうちのひとつが額に当たり、直人が崩れるように膝をついた。

ひゅううと風が鳴り、それを最後に森に静寂が訪れた。直人に怪我をさせてしまったことで美雪の人間らしい心が目を覚ましたのだろうか？

比呂子と直人は息を呑んで、美雪を見つめた。美雪の身体は柳の枝のようにしなり、長い髪が顔を覆っている。その全身から絶え間なく得体の知れない液体が滴り落ちている。肩が小刻みに揺れているのは、泣いているのだろうか？　注目する比呂子と直人の視線の先で、美雪がゆっくりと顔を上げていくと、生前の美しい美雪そのままの整った顔立ちが長い黒髪の下にのぞいた。

　微かに優しい笑みを浮かべているように見える。少なくとも、さっきまでの凶暴な獣――嫉妬の化け物ではない。直人の犠牲的な行為を見て、美雪は人間の心を取り戻したのだ。比呂子がそう思い、心の中で安堵した瞬間、美雪の顔が醜く歪んだ。口が裂け、黄色い歯が剝き出しになり、目がぎょろりと剝かれた。直人の口から悲しげな声がこぼれる。

「ああ、美雪……」

「やっぱり駄目なのね」

　直人の手をつかんで立ち上がり、比呂子は林の中に飛び込んだ。猟犬のような荒々しい息が足下の草を薙ぎ払いながら追ってくる。ずっと逃げまわっていたために、夢の中にいるみたいに足が重かった。

　枝が頰を切り裂き、痛みが走ったが、そんなことを気にしている余裕もない。直人も苦しげに顔を歪めながら、必死に走り続けている。いったいどこまで逃げればいいのか……。美雪の吐息はすぐ後ろに迫りながら、どこまでも追いかけてくる。

「あっ」

直人の悲鳴が聞こえた。足を滑らせたのだと知った時には、直人の手をつかんでいた比呂子も一緒に斜面を滑り落ちていた。

「伊原さん、私の手を放さないで！」

この暗闇の中ではぐれてしまわないように、比呂子と直人はしっかりと抱き合い、一緒に転げ落ちた。樹や岩に身体をぶつけ、そのたびに呻き声を上げながらも、ふたりはお互いを放そうとはしなかった。

気がつくと、ふたりは森の中にぽっかりと開けた場所に倒れていた。ほっとすると同時に、全身に激しい痛みが走った。

「大丈夫ですか？」

「ああ、俺は平気だ。それより、美雪は？」

直人が心配そうに森のほうに目を凝《こ》らした時、濁った緑色の葉を茂らせた枝が大きく揺れ、その奥から美雪が四つん這いで這い出してきた。獰猛な獣のように荒い息を吐き、涎《よだれ》を垂らし、憎悪に燃えた目をしている。

腐敗ガスが充満しているのか腹部が膨れ上がってきたかと思うと、見る間に皮膚が腐り、赤茶色の内臓がぼたぼたと落ちるが、すぐにまた筋肉が再生され、瑞々しい肌を取り戻し、そして再び腐敗を始める。だが、すでに美雪本来の姿まで再生することはできなくなっているようだ。

比呂子が呆然と見つめていると、美雪が唸り声を上げながら襲いかかってきた。慌てて逃げようとして何かに足を取られ、比呂子と直人はもつれ合うようにして倒れ込んだ。鉄のレールが二本、足下を走っていた。山の中を通っている線路につまずいたのだ。

そのチャンスを逃さないといったふうに美雪が飛びかかり、腐敗した身体で直人に覆い被さる。直人が悲鳴を上げた。助けようと反射的に立ち上がった比呂子を美雪がじろりと睨みつける。

その冷たく燃える視線で射竦《いすく》められて、比呂子の身体は金縛りにあったように動けなくなった。もう駄目だ。美雪からは——美雪の嫉妬からは逃げ切れない。

比呂子がすべてをあきらめかけたその時、地響きが聞こえてきた。同時に身体の下に激しい振動を感じた。美雪が不思議そうに顔を上げ、迫り来る気配に顔を向けた。轟音を響かせながら、それは姿を現した。深夜の貨物列車だ。

停車駅が近くにないこの区間をフルスピードで駆け抜けようとしていた列車は、目の前に現れた美雪たちの姿に驚き、警笛を鳴らし、悲鳴のようなブレーキ音を甲高く響かせた。

勢いがついた重い車体は急には止まることができない。ほとんど勢いを弱めることなく、列車は比呂子たちに向かってくる。強烈な光が三人を飲み込む。暗闇に慣れた目には、その光はすべてを焼き尽くす地獄の業火に感じられた。

美雪が悲鳴を上げて両目を覆った。腐敗の勢いが一気に増す。全身が火で焙《あぶ》った蠟《ろう》のように溶け、肉片の下から骨がのぞき、それさえも風雪にさらされた材木のように朽ち果てていく。

「倉沢君、何してる！」

体当たりされて、比呂子は直人もろとも線路の脇に倒れ込んだ。一瞬遅れて、風を巻き起こしながら轟音がすぐ近くを通り過ぎていった。列車のブレーキの耳障りな金属音が長く響く。それが美雪の断末魔の悲鳴に聞こえた。

数秒後、静寂が訪れた。列車は百メートル以上も向こうでようやく停車したようだ。比呂子はふらふらと立ち上がり、美雪がいたところを見た。そこにはピンク色の肉片が飛び散り、美雪はもうもとの形はとどめていなかった。

果たして、列車にはねられただけでこれほどまでになるだろうか？　きっと死滅の限界点まで進行していた美雪の肉体は、この衝撃に耐えることができなかったのだ。比呂子の目の前で、美雪の肉片は腐敗し、干涸《ひから》び、土に還っていく。陰のエネルギーに満ちた庭から遠く離れたこの場所で、これらの肉片から美雪が再生することはもうないだろう。もうすぐ日が昇る。そうすれば美雪は永遠にこの世から消え去るはずだ。

直人を見ると、すべてが悪い夢だったかのように呆然と線路を見つめている。人の声がした。貨物列車の運転士が地面に飛び降りるのが見えた。こちらに駆け寄ってくる。事情を説明しても信じてもらえるとは思えない。それに、美雪のことを他人には話したくない。

「早くここから離れたほうがいいわ」

呆然と立ちつくしている直人の手を引き、比呂子は森の中に駆け込んだ。直人は名残惜しそうに何度も後ろを振り返りながらも、比呂子についてくる。

何かに導かれるように、ふたりは森の中を歩き続けた。不意に、開けた場所に出た。造成の途中で放り出された住宅地だ。月明かりに照らされた空き地の向こうのほうに直人の家が見えた。

高いゴミの塀に囲まれた家。それは相変わらず異様な姿だったが、数時間前とは比べ物にならないほど平穏な気配を漂わせていた。

直人が立ち止まり、自分の家を見つめながらつぶやいた。

「終わったのか？　すべて終わったのか？」

「そうよ。もう終わったの。何もかも終わったのよ」

比呂子は自分に言い聞かせるようにそうつぶやいた。そうであってほしい。その思いに、もう一度はっきりと言った。

「あんな異常なことは、もう終わったのよ」

29

両側に迫る暗い闇の中、長い下り坂のカーブを緩やかに車を走らせながら、比呂子はさっき別れたばかりの直人のことを考えていた。

「今から東京まで車を走らせるのは大変だろう。傷の手当てもしなければいけないし、このまま泊まっていってもいいよ。部屋はいくつも空いているから」

直人もひとりになりたくなかったのだろう。そう言ってくれたが、比呂子はとてもそんな気分にはなれなかった。

「いいえ、大丈夫です。車の運転は慣れてますから。それに、早く自分の部屋に帰ってゆっくり眠りたい気分なんで」

あまりきっちりと別れの言葉を口にするのはいやだったので、比呂子は「それじゃあ、失礼します」とだけ言って直人と別れた。

全身が痛いが、それは生きているという実感を比呂子に与えるだけだった。

今日はやけに夜が長い。まわりはまだ漆黒の闇だ。疲れているからだろうか、暗い闇の中にヘッドライトで切り開かれた風景が次々に襲いかかってくるように感じられる。神経が高ぶっているのだ。

無性に口寂しく感じられた。節煙を心がけていたが、一本ぐらいならいいだろう。この高ぶった気持ちを鎮めるために、今の比呂子の身体《からだ》には煙草が必要なのだ。

左手でハンドルを握りながら、革ジャンパーのポケットから煙草を取り出し、片手で一本引き抜いてそれを口にくわえた。火をつけようと左右のポケットを探したが、ライターはどこにもない。

「ああ、あの時……」

後ろ手に縛られたビニール紐を焼き切るためにライターを使った。夢中だったので、あの時に落としたようだ。きっとまだリビングの床の上に転がっていることだろう。直人への思いが詰まった大切なライター——自分を庇《かば》ってくれた直人へのお礼のプレゼントにと買ったライターだ。

結局、渡せずじまいで、ずっと比呂子が大切に使っていたのだが、もういい。そのうち直人が見つけてくれるだろう。五年の月日を経て、今やっと彼にプレゼントすることができたのだと思えば、かえってずっと引きずっていた未練も断ち切ることができそうだ。

車に備えつけのライターを使うこともできたが、煙草を吸いたい気持ちがなくなってしまった。もとはと言えば、あのライターを使いたくて煙草を吸うようになっただけなのだから。

比呂子は煙草を一口も吸うことなく灰皿の中にねじ込んだ。その時、足下から吹き込んでくる微かな風に、生臭い匂いが混じったように感じた。

鼻孔をくすぐるいやな匂い。腐敗臭が車の中に漂っていた。さっきの乱闘で美雪の体液が身体に染みついてしまったらしい。腐敗した白い肉塊につかみかかられた瞬間の嫌悪感が蘇ってきて身震いした。

美雪の醜く変貌した姿……。嫉妬の化身はあんなに醜いのだ。そう言えば、美雪が地上に姿を現した時、ビデオカメラは一瞬だけ作動していた。美雪の姿をとらえただろうか？

そのカメラは今バックシートの上に転がっている。焼け焦げた無惨な姿だ。この世のものではない憎悪を撮影したために罰が当たったのだ。もう修理することもできないだろうが、ずっと一緒に仕事をしてきた相棒なのだから丁重に弔《とむら》ってやろうと思っていた。

車内にこもった腐敗臭に耐えきれず、換気しようと窓を開けると冷たい風が頬を撫でた。痛いぐらいの冷たさだったが、今の比呂子にとっては心地よかった。すべては解決したが、後味はよくなかった。冷たい風は、その重苦しいしこりを少しだけ軽減してくれる。

私は本当は伊原さんのことが好きだったんだ、と比呂子は改めて思った。たとえ肉体関係はなくても、心で思った瞬間、それは不倫になってしまう。そのことに美雪は嫉妬した。不思議な能力のある女だったから、比呂子の心や直人の心をのぞき見たのかもしれない。だけど、五年前の美雪は自分の心の中に嫉妬の感情を抑え込んだ。自分の意志でいやがらせをしてきたわけではない。全部、彼女の中のもうひとつの心

——不思議な力が勝手にやっただけだ。

今度のことにしても、美雪のせいではない。彼女は一度死んで生き返ってくる時に、人間としての理性を失ってしまった。残ったのは嫉妬と憎悪の心……。それに直人を愛する心だけ。あんな姿になってまで、美雪は直人を愛し、彼からの愛を失うことを怖れていた。

胸の奥が小さく痙攣《けいれん》した。比呂子は自分の頰にあたたかいものが触れるのを感じた。涙だった。

「美雪さん、ごめんなさい。あなたはただ伊原さんを愛していただけなのよね」

美雪が哀れだった。そして、そんな美雪の復活を妨《さまた》げた自分に対して、罪の意識がこみ上げてくる。

熱い涙がとめどもなく溢れてしまう。かわいそうに……。思いを果たすことができずに列車に衝突し、粉々に飛び散った姿……。それは腐敗したただの肉片でしかなく、おそらく身元が特定されることはないだろう。何しろ美雪はもう三ヶ月も前に死んでしまっているのだから。

闇の中にエンジン音と比呂子がすすり泣く声だけが静かに響く。闇は濃紺から徐々に青白く変化し始めていた。夜明けは近い。道の真ん中の白い分離帯が同じリズムで後ろに流れさっていく。

少しスピードを出し過ぎているようだ。ブレーキペダルを踏もうとした時、何かが足首に触れた。瞬時に生理的な嫌悪感が身体の中を駆け抜けた。

身体を後ろに反らして足下をのぞき込むと、白い脂肪の塊のようなものが足首を覆っていた。それには指がついている。直人の家の庭で、比呂子がショベルで切り落とした美雪の手首だ！　さっきから車の中に漂っていた腐敗臭はこの手首が原因だったのだ。

「やめて、放して！」

比呂子の足をしっかりと握り締め、手首はブレーキペダルを踏むことを妨げる。坂道はますます急になり、車はさらに加速していく。ひとりでにラジオのスイッチが入り、大音量で音楽が鳴り始めた。だがすぐにチューニングが狂い、耳障《ざわ》りな雑音が車内に溢れ、またチューニングが合った。今度は音楽ではない。人の話し声がスピーカーから聞こえてくる。低く、つぶやくような声……。

《憎い……憎い……憎い……》

美雪の声がはっきりと聞こえた。比呂子の足首をつかんだ手首がすごい力で引き下げ、アクセルペダルがもうこれ以上無理というぐらい深く踏み込まれる。山道のため、急なカーブが次々に目の前に現れる。必死になってハンドルを切ったが、とても曲がりきれるものではない。

「いやよ。死にたくない！」

比呂子がサイドブレーキを引くと車体が横に滑り、ハンドル操作がまったくきかなくなった。タイヤが甲高く鳴り、スピンして車がガードレールを突き破る。衝撃に続いて、ふわっと身体が浮く感覚があった。と同時にシートベルトがひとりでに外れた。

車体が地面に叩きつけられ、樹木を薙ぎ倒しながら斜面を転がり落ちていく。すぐに上も下もわからなくなった。ただ耳を聾《ろう》するほどの大きな笑い声を聞きながら、比呂子は必死にハンドルにしがみつき続けた。

一際強烈な衝撃があり、開いたドアから外に放り出された比呂子は、数メートルほど飛ばされて地面に叩きつけられた。降り積もった枯葉がクッションになってくれたらしく、気を失いそうになりながらも、比呂子はなんとか持ちこたえた。

「……生きてる？　私は助かったの？」

濃い霧に包まれた闇の中、比呂子は枯れ草の上に仰向けに横たわり、木の葉のあいだにのぞく空が微かに白《しら》んでいく様子をぼんやりと見つめていた。転落のショックのためにしばらくは頭が混乱して、自分の身に何があったのか理解できなかった。

何かが脚を這い上がってくる感触に、比呂子はやっと我に返った。

「……美雪さん？」

身体を起こそうとすると左脚の臑《すね》の辺りに激痛が走った。今の転落の衝撃で脚の骨が折れてしまったようだ。それでもなんとか上体を起こして足下を見ると、人間の手首が、まるでもともとそういう生き物だとでもいうように指を交互に動かして比呂子の脚を這い上がってきていた。

「いや！　来ないで！」

必死に振り払おうとしたが、指先がしっかりと比呂子のジーンズをつかんで放そうとはしない。それに下手に動かすと、折れた脚に激痛が走る。比呂子は枯葉の海を泳ぐふうにして逃れようとしたが、もがけばもがくほど身体が枯葉に埋まっていく。

助けを呼ぼうにもガードレールははるか上で、比呂子の声が誰かに届くとは思えない。タイヤの痕や砕けたガードレールから事故のことに誰かが気づいてくれない限りは無理だ。だけど、こんな山奥を通る車があるだろうか？

まるで罠にかかった小動物をいたぶるように、手首は軽やかな動きで比呂子の脚を這い上がってくる。払いのけようとした比呂子の手を避け、手首はすっと首もとに滑り込んできた。爪が比呂子の首に食い込む。

ものすごい力で、手首は比呂子の首を締め上げる。なんとか払いのけようとつかんだ手首は半分腐敗していて、皮がずるりと剝け、白い脂肪が剝き出しになった。この手首も美雪本体と同じだ。あの呪われた庭から離れることによって、生命が朽ち果てようとしている。

最後の力を振り絞るように、美雪の手首は比呂子の首を締めつける。息ができない。も、もう駄目。助けて、伊原さん……。

閉じた瞼《まぶた》の裏が、白い光に飲み込まれていく。意識を失っていくのだと思ったが違った。すぐ近くで小鳥のさえずりが聞こえた。瞼が熱い。首を絞めていた美雪の手の力が緩んでいく。煙草の火を押しつけられた蛭《ひる》のように、美雪の手の指が一本ずつ剝がれていき、すぐ横の枯葉の上に手首がぼとりと落ちた。

比呂子はゆっくりと目を開けた。木の葉のあいだから朝日が差し込み、比呂子の顔をまぶしく照らしていた。

爽やかな朝の光を受けた手首は悪夢の残滓《ざんし》のように、そこにおぞましい姿をさらしていた。間一髪のところで、夜が明けたのだ。鬱蒼と茂った葉の下、比呂子のいる辺りだけがスポットライトのように朝日が当たっていた。

助かった……。助かったんだ……。

ほっとすると同時に骨折した脚が激しく痛み、その痛みをやわらげるように、今度は本当に比呂子の意識が薄れていった。直人のことが気になったが、どうしようもない。枯葉のベッドの中、どこまでも身体が沈んでいくように感じた。そして、比呂子は完全に気を失った。

30

すでに昼近くになっていたが、神経が高ぶり、直人はとても眠れそうになかった。すべては解決したのだという安堵の思いはあったが、同時に美雪に対する罪の意識もある。美雪の最期の瞬間を思い出すと、胸の奥が針を突き刺されたみたいにチクチクと痛んだ。

朝からテレビをつけっぱなしにしていたが、ニュースでは衝突事故のことはまったく報道されなかった。列車に衝突して粉々になった美雪の肉塊は、直人の目の前でみるみる干涸《ひから》び、朽ち果て、土に還っていった。警察の鑑識が分析したところで、生きた人間が列車にはねられたとは思いもしないだろう。だから、ニュースとして報道されることもないはずだ。

ぼんやり眺めていると、テレビ画面に映し出される人々はみな一様に明るく、なんの悩みもなさそうで、今朝までの出来事すべてが幻だったような気がしてくる。本当はあんなことなどなかったのではないか。美雪が庭の地中で再生するなんて、そんな馬鹿げた話は妻の死を認めたくない自分が勝手に作り上げた妄想だったのではないだろうか。そうに違いない。

そんなふうに考えると、急に心が軽くなり、新しい一日を生きていこうという気力が湧いてきた。

直人は立ち上がり、窓辺に寄ってカーテンを一気に開いた。そこには昨日までとは違う、日の光に溢れた平和な庭があるように思えたのだ。だが、もちろん、高いゴミの塀に囲まれた庭には明るい光は届かない。それどころか、目の前にひろがるおぞましい光景に、直人は全身が粟立《あわだ》つのを感じた。

庭には小さな土の盛り上がりが無数にあったのだ。しかもその小山はどれもが、直人の目の前でみるみる大きく盛り上がっていく。地中で何かが成長しているのだ。もちろん、それは美雪のはずだ。鎌を突き刺されショベルで腕を切り落とされた時に飛び散った美雪の血や体液や肉片から、新しい美雪が再生してきているのだ。それはものすごい勢いで成長を続けている。

「まさか、こんなことが……。まだ悪夢が終わってなかったなんて……」

直人は慌てて部屋の中に戻り、比呂子に連絡を取ろうとした。受話器を取り、最初に比呂子が家に現れた時にもらった名刺を探したが、どこにも見当たらない。あんなものを家の中に置いておくことを美雪が許すはずがないことに思い当たった。直人は受話器を置いた。連絡手段はない。比呂子は大丈夫だろうか？

どうしたらいいのかわからない。直人はまたふらふらとテラスに歩み寄り、家の中から庭を見下ろした。明らかにさっきよりも土の盛り上がりが大きくなっている。そのスピードは美雪が指から再生した時とは比べ物にならない速さだ。このままだと日が暮れる頃には……。

31

比呂子さん！　比呂子さん！　比呂子さん！

誰かが自分の名前を呼んでいる声によって、比呂子は暗い眠りの中から引きずり出された。それはどこか懐かしい声——異常な一夜を過ごした比呂子にとっては、とても懐かしい声だ。

比呂子さん！　比呂子さん！　比呂子さん！

「……柏原君？　どうしたのよ、そんなに必死になって……」

まどろみの中でつぶやき、ゆっくりと目を開けた比呂子は、降り積もった枯葉に埋まって眠っている自分に気がついた。肌に触れる空気は冷たかったが、枝のあいだからこぼれる太陽の光が比呂子の身体をあたたかく包み込んでくれていた。

あ、そうだ。私は気を失ってたんだわ。比呂子は手首だけになった美雪に首を絞められたことを思い出した。

……美雪さんは？　美雪さんはどうなったんだろう？

慌てて身体《からだ》を起こそうとして、左脚に激痛が走り、比呂子は再び枯れ草の上にその身を横たえた。おそるおそる触ってみた脚は、変な角度に曲がっている。臑《すね》の辺りの骨が完全に折れていた。

首をひねってすぐ横を見ると、かつて美雪の手首だったと思われるものの残骸があった。からからに干涸《ひから》び、ほんのちょっと触れれば灰のように崩れてしまいそうだ。

実際、比呂子が見ている前で、それは風に吹かれて粉々に砕け、枯葉に紛れてしまった。

『比呂子さん！　聞こえますか？　応答してください！』

柏原の声がまた聞こえた。人の気配のない深い森の中に響く、雑音混じりのひび割れた声。比呂子の車に取りつけられた無線機の小さなスピーカーから呼びかけているのだ。

車は比呂子から数メートル離れたところで大木にぶつかり大破していた。開けっ放しになったドアの奥から柏原の声が響いている。

「ここよ！　私はここよ、助けて！」

大声で返事をしてみても、柏原に比呂子の声は届かない。無線機のスイッチを切り替えない限り、こちらの声は向こうには聞こえないのだ。

『どこにいるんですか？　比呂子さん、何かあったんですか？』

柏原は悲鳴のような声で繰り返している。スマートフォンはゆうべ森の中で壊してしまっていた。連絡が取れなくて、柏原は比呂子の身を心配してくれているのだ。その様子はパニックになっているといってもいいぐらいだった。

昨日の朝、柏原は麻耶に腹部を切られて病院に運ばれたのだ。傷は大丈夫なのだろうか？　なんの関係もない柏原をこんなことに巻き込んでしまったのだから、本当なら比呂子が心配してあげないといけないはずなのに、柏原は今、比呂子の身を案じ、テレビ局のデスクから必死になって呼びかけてくれている。そんな柏原の声を聞いていると、比呂子の身体の裡《うち》に力が湧いてきた。

「柏原君、私は大丈夫よ。これでもテレビマンの端くれなんだから、こんなことぐらいじゃ負けないわ」

比呂子はなんとか身体を起こそうとした。力を入れると身体に激痛が走る。全身が熱くなり、いやな汗が滲《にじ》み出る。

すべてが終わったと思っていたのは間違いだ。あの執念深い――一度死んだのに嫉妬のエネルギーで生き返ってきた美雪が、あんなことぐらいで滅びるわけがないのだ。線路のまわりに飛び散った肉片は、今ごろはここにある手首と同じように太陽の光に焼かれて滅びただろうが、ひょっとしたらまだあの家の暗い庭では美雪は生きているかもしれない。いや、生きているはずだ。だとしたら、直人があぶない。

太陽は今、真上にあった。真冬だというのに、まるで邪悪な力に対抗する勇気を比呂子に与えようとするかのように燦々《さんさん》と照りつけている。この太陽の力が弱まった時、美雪はまた……。

早く伊原さんに連絡しないと。

悲鳴のように呼びかけ続ける柏原の声に励まされながら、比呂子はなんとか車に這い寄ろうとした。

『倉沢！　聞こえてるなら応答しろ！』

柏原の叫びに、嗄《しゃが》れた声が割り込んだ。草間だ。ふたりの男が無線機の向こうで比呂子を励ましてくれている。なんとしても無線に出て、直人のことを伝えなければ……。これ以上危険なことに巻き込んではいけないと思って柏原に直人の住所を教えていなかったことを比呂子は後悔した。

もし教えていれば、比呂子と連絡が取れない今のような状況になれば、柏原はあの家に駆けつけてくれていたはずだ。だけど、そうすれば柏原をさらに危険な状況に追い込むことになっていた。やはり、私が行かなければ……。

ポケットから取り出したハンカチを歯で嚙みちぎり、びりびりに破いて細い紐を何本も作って、それを繋ぎ合わせた。手頃な枯れ枝を拾い上げ、折れた脚を両側から挟むようにしてハンカチで作った紐で強く縛った。即席のギプスだ。

「ううッ……」

激痛が走るが、骨が折れた状態の脚をぶらぶらさせながら這い上がるよりは、こっちのほうがずっとましだ。

比呂子は木の幹にすがりながら立ち上がり、一歩一歩車のほうに歩み寄った。何度も脚を滑らせ、転倒しそうになり、そのたびに激痛に見舞われて悲鳴を上げた。だが、時間がない。直人があぶないのだ。

もう少し……。あともう少しで車に手が届くといったところで、足下の枯葉がずるりと滑った。降り積もった枯葉が腐っていたのだ。足を滑らせた拍子にとっさにつかんだ木の幹も腐っていた。

根本から折れた木が倒れて車に触れ、辛《かろ》うじてバランスを保っていた車体がぐらりと傾いてゆっくりと横転し、若い木の幹をへし折りながら斜面を転がり落ちていった。

「あっ、待って！　柏原君！　草間さん！」

手を伸ばし、未練の声を洩《も》らした。車は谷底まで転落して止まった。怪我をした比呂子には、とてもそこまで辿り着けそうにない。柏原の声はもう聞こえない。それはただ距離だけの問題ではなかった。骨折した箇所が熱を持ち、意識を朦朧《もうろう》とさせていくのだ。比呂子の身体に余力はなかった。

木の幹に寄りかかって座り込み、比呂子は唇を噛んだ。もう立ち上がるだけの力も残っていなかった。

32

塀のてっぺんにとまったカラスがヒステリックな声で鳴いた。その鳴き声で直人は我に返った。全身が冷え切っていた。窓ガラスを開け放ったリビングに立ちつくし、何時間も庭を眺めていたことに気がついた。

見上げると、すでに薄暗くなってきた空に大量のカラスが舞っていた。屍肉の匂いを嗅ぎつけて集まってきたのだろうか？　不吉な光景に気圧《けお》され、直人はよろめくようにリビングの奥へあとずさった。

その時、直人の足が何かを蹴飛ばした。フローリングの床を硬い音を引きずりながら壁際まで滑っていく。ジッポーのライターだ。直人のものではない。では比呂子が落としていったのだろうか？

何気なく拾い上げてみると、銀色に輝くボディにアルファベットで「Ｎ・Ｉ」と彫られていた。直人のイニシャルだ。どうして？　ただの偶然だろうか？

手のひらに載せたライターを見つめていると、ずっと以前のことがいきなりはっきりと思い出された。

いつものように出勤した直人に、当時まだ直人の部下として働いていた比呂子が妙に緊張した面持《おもも》ちで挨拶してくれた。部長との一件があった直後のことで、お互いに意識し合っていたため、ぎくしゃくした空気が流れていた。

直人がデスクにつくと、比呂子は辺りをうかがうように視線をめぐらせ、誰も注目していないことを確認してから、すっと立ち上がって歩み寄ってきた。その手に何か小さな包みが握られているのを直人は見逃さなかった。自分への贈り物だろうと直感した。

きっとこの前の部長との件に対するお礼だと比呂子は言うだろうが、それは口実に過ぎない。直人が部長のセクハラを咎《とが》めた時に特別な感情を心の内に秘めていたように、比呂子の贈り物の裏には特別な感情が存在しているのだ。お互いの気持ちを確認し合ったら、ふたりの関係は一線を越えてしまいそうに思えた。

「伊原主任、このあいだはどうもありがとうございました。主任が助けてくれなければ、私……」

「そんなこと、気にする必要はないよ。君は全然悪くないんだから」

比呂子はうれしそうに微笑《ほほえ》んだ。その笑顔がまぶしくて、直人は落ち着かない気分になってしまった。無意識にワイシャツの胸ポケットを探っていて、いつもはそこにあるものがないことに気がついた。落ち着かない原因のひとつはそれだったのだ。無意識に舌打ちを洩《も》らした直人に、比呂子が不思議そうな表情を向けた。

「どうかしましたか？」

「ん？　禁煙することにしたんだ。それなのについ、いつもの癖で煙草を探しててさ。習慣ってのは恐ろしいねえ」

「伊原主任が禁煙？　いきなりどうしてですか？」

自他共に認めるヘビースモーカーである直人がいきなり禁煙することにしたと宣言したのだ。理由を言わないわけにはいかない。それに、その理由はめでたいことなのだから。少なくとも世間一般には……。

「実は妻が妊娠していることがわかってね。さすがに家で吸うわけにはいかなくなったんで、もういっそのこと完全に禁煙しちゃおうと決意したんだ」

意識して軽い調子で話したが、比呂子の表情が固まった。普段から気配りのできる女の子だった。上司に子供ができたことを知らされれば、当然、すぐに祝福の言葉を口にするだろうと思っていたが、その日の比呂子はただ強張《こわば》った笑みを顔に浮かべたきりだった。そんな比呂子の代わりに、耳ざとく聞きつけた他の営業部員が大きな声を出した。

「伊原主任！　今の話は本当ですか、奥さんがおめでただっていうのは？」

知らん顔しながら比呂子と直人の会話に聞き耳を立てていたのだろう。すでに始業時間が近づき、オフィス内に溢れていた社員たちが一斉に直人のデスクのまわりに集まってきた。みな、口々に祝福の言葉をかけてくれた。その喧噪《けんそう》の中で、比呂子はいつの間にか自分の席へ戻っていた。もちろん小さな包みを直人に渡すことなくだ。

その時の比呂子の不自然な態度が思い出された。なぜこんなにも印象深く残っているのか？　それは直人が本当はあの包みを受け取りたかったと、強く残念に思っていたからだ。あの時の包みの中身がこのライターだったに違いない。直人はそう確信した。

手のひらにライターがずっしりと重たく感じられた。直人の心がまた比呂子に傾き始めていた。そんなことを美雪に気づかれでもしたら……。すでに窓の外の夕闇の気配が一層濃くなってきていた。

「違うんだ、美雪。俺はもう彼女のことはなんとも思っていない。だからもう彼女を憎むのはやめてくれ」

いくら弁解したところで、今の美雪に理解できるとは思えなかった。そこにいるのは、粉々になってまで何度も生き返り、直人を独り占めしようとしている嫉妬と愛情の化け物なのだから。

「わかったよ。美雪、おまえの気持ちはよくわかった」

直人は庭に降り、家の横の細い通路に無造作に放置されていた灯油の入ったポリタンクをふたつ持ち出した。この冬から使い始めた石油ストーブのための灯油だ。灯油の匂いが苦手で直人が敬遠していたにもかかわらず、美雪が家計の節約のために使おうと言って強引に購入した石油ストーブ。そのことが今、暗示的に思えた。美雪の遺志……、こんな化け物になってしまった自分を地上から抹殺してくれという願い——。

都合のいい考え方かもしれないが、そうでも思わなければ、直人は今から自分がしようとしている行為を正当化できなかった。

庭の土のあちこちがまるで巨大な湿疹のようにいくつも盛り上がっている。その下には小さな不気味な生き物が蠢《うごめ》いている。美しい美雪の面影はそこにはない。こんな姿になってまで死ぬこともできずに生き続けるなんて哀れ過ぎる。

「もうすべてを終わりにしよう。この呪われた家と一緒に忌《い》まわしい出来事を全部燃やしてしまうんだ」

直人は美雪が埋まっている辺りにポリタンクふたつ分の灯油をまんべんなく撒いていった。冷たい空気の中に、油の匂いが立ちのぼって噎《む》せ返りそうになる。乾ききった地面に油が染み込んでいき、その下で眠っていた者が油まみれになって不満げにのたうっているのがわかる。

　美雪が怒っているのだ。

「駄目なんだ。こんなことはもう駄目なんだ。許してくれ、美雪。おまえは死んだんだ。指のカケラからまた生えてくるなんて、そんなことがあっていいわけがない。俺が悪かった。許してくれ。俺が春翔にあんな冗談を言わなければ……。だけど、もちろんおまえひとりを逝かせたりはしない。俺も一緒だ。おまえが生き返らなくても、俺がおまえのところに行ってやるさ。それでいいだろう？」

　気がつくと、自分の口からそんなつぶやきが際限なく洩れていた。頭の芯が熱くなり、手足の感覚がなくなっていく。まるで何かに取り憑《つ》かれたかのように直人は灯油を撒き続け、ポリタンクが空になるとそれを放り投げて、ポケットを探った。さっき拾ったライター――比呂子からの贈り物であるジッポーを取り出し、大きく呼吸を繰り返した。

　ぶちまけた灯油はすぐに地中に染み込んでいき、表面に薄くたまったところが虹色に光っている。

「さあ、火をつけるんだ」

自分を鼓舞するようにつぶやきながらも、ライターのウィールにかけた親指は動かない。この下に埋まっているもの……、それは自分の妻なのだ。彼女を焼き殺すなんて。胸が押しつぶされそうだ。

直人はじっと庭を見つめた。小山がいくつもできていて、ぞっとするような光景だ。この下に埋まっているのは確かに美雪であるかもしれないが、似ても似つかない醜い姿をしているはずだ。それがいくつも蠢いている。日暮れを待ちきれないというふうに、地面の下でもぞもぞと動いている。

屍肉の塊として蘇ってきて、直人と比呂子を追いかけまわしていた美雪の姿。それよりもおぞましいものが、今にも顔を出そうとしている。見たくない。もう、そんな美雪の姿は見たくない。

親指に力を込めた。

「さあ、一緒に地獄へ堕ちよう。行き方がわからないっていうのなら、俺が案内してやるよ」

ライターを手に、今まさに火をつけようとしたその時、可愛らしい声が幻聴のように直人の身体《からだ》の奥を震わせた。

「パパ、何してるの？」

弾かれたように振り返ると、テラスの上に春翔とそれに従う従順な下僕であるポチの姿があった。

「またママをいじめてるんだね。そんなこと、ぼくがゆるさないよ」

33

「やっぱり先に病院へ行ったほうがいいんじゃないですか？」

機材車のハンドルに覆い被さるような体勢でしがみつき、次々と現れる急カーブを猛スピードで捌《さば》きながら柏原が言った。

「そんな時間はないの。もっと急げない？　もう日が暮れちゃったじゃないの」

車に取りつけられた無線機の位置情報システムで居場所を特定し、柏原は森の中で気を失っていた比呂子を捜し出してくれた。ただ、それには時間がかかり過ぎた。比呂子が助け上げられた時にはすでに、辺りは暗くなりかけていたのだった。

「もっとスピードを出して！」

ダッシュボードを乱暴に叩いた拍子に、左脚に激痛が走った。枯れ枝を添え木にして簡易式のギプスを作っていたが、ほとんど役にはたたない。

「ほら、大人しくしててくださいよ」

柏原が顔をしかめ、自分の脇腹を庇《かば》うように手を添えた。本当ならしばらく入院していなくてはいけないほどの傷なのに、比呂子のことを心配して、柏原は病院を抜け出してきてくれたのだ。

柏原の様子は痛々しかったが、そんなことを気遣っている余裕はなかった。助け上げられると比呂子はすぐに、「伊原さんの家に向かって!」と柏原に頼んでいた。

あの呪われた家に駆けつけたところで比呂子に何ができるのか……。美雪の力の前には、比呂子はあまりにも無力だ。それでも行かないわけにはいかない。そこには直人がいる。そして、直人は危険にさらされているのだ。

何かがフロントガラスに当たった。柏原が困ったなという表情を浮かべている。また何かが当たって硬い音がした。

「ちくしょう。邪魔してるんだ」

次々にフロントガラスに何かが当たる。虫だ。ヘッドライトで切り裂かれた宵闇《よいやみ》の向こうから小さな虫が次々にこちらに向かってくる。すぐに豪雨のようになった。舌打ちして柏原はワイパーを動かした。

「間違いないわ。美雪さんはまだ生きている……。そして、私たちが来るのをいやがってるんだわ」

だが、その力は驚くほど弱い。こんな小さな虫たちしか、今の美雪には自由に操ることはできないのかもしれない。それでもその弱い力なりに比呂子が駆けつけるのを妨害しようとしていることが、美雪の憎悪の深さを感じさせた。

「柏原君、急いで。伊原さんの家に急いで！」

34

ポチを横に従え、春翔は直人に対峙《たいじ》するようにまっすぐに睨みつけてくる。

「春翔……。おまえ、どうしてここに？　どうやって帰ってきたんだ？」

直人の両親の家は遠い。春翔のような小さな子供がひとりで帰って来られる距離ではない。

「おばあちゃんに車で連れてきてもらったんだ」

そんなはずはない。あれほど春翔をこの家にいさせることをいやがっていた頼子が、どんなに頼まれても連れて来るとは考えられない。

「おばあちゃんは今どこにいる？」

「帰らせたよ。ぼくはおばあちゃんのことは好きだからね。怖い思いはさせたくないんだ。だけど、パパはゆるさない」

「な……なんだって？」

「『春翔ちゃん、助けて』ってママが言うんだ。パパがいじめるって。どうして、そんなことをするの？　パパはママをいじめてばっかり。かわいそうなママ……。ママを悲しませるやつを、ぼくは絶対にゆるさないよ」

やわらかそうな頬の肉が細かく震えている。春翔の怒りの大きさを表すように風が強く吹き、塀の隙間で切り裂かれてビュービュー鳴った。ポチが尻尾を体の下で丸め、不安そうに直人と春翔を交互に見た。

春翔は直人が今まで見たこともない冷たい目をしている。いや、直人が気づかなかっただけで、心の中ではずっとこんな目で父親を見ていたのかもしれない。

「違うんだ、春翔。パパはママをいじめてたわけじゃない」

「うそを言わないでよ。いつもママは泣いてたんだ。ぼくにだけは全部話してくれたよ。パパは本当はママのことがあんまり好きじゃないんだって。他に好きな女の人がいるはずなんだって。それがあのお姉ちゃんだったんだね。だって、あのお姉ちゃんを見る時のパパの顔はとってもうれしそうだったもの、すぐにわかるよ」

腹立たしげで、冷ややかな言い方。とても小学校に上がる前の子供の口調とは思えない。その声に含まれた比呂子に対する憎悪は怖くなるほどだ。まさか……。

すべては春翔の仕業《しわざ》だったのだ。そのことに直人は今初めて気がついた。怖れていたことは事実だったのだ。美雪の力が春翔に遺伝していても、なんの不思議もない。そう、ふたりは母子なのだから。

死んだ美雪が生き返ったのは彼女の力ではない。春翔の力が、指だけになった母を蘇らせたのだ。この庭に満ち溢れる陰のエネルギーは、すべて春翔が撒き散らしたものなのだ。

小さな子供にとっては、母親の存在は父親とは比べ物にならないぐらい大きいはずだ。母が口にしたすべての言葉を信じてもおかしくない。いや、美雪の力を引き継いでいるのであれば、いちいち言葉にする必要もないだろう。理性では直人の愛を信じてくれたが、心の奥底に眠っていた美雪の嫉妬や裏切られたという悔しさの感情を春翔が受け止め、その復讐を手助けしようとしていたのだ。

ひょっとしたら五年前の出来事も……。そう言えば、美雪が春翔を会社に連れてきて比呂子と対面した直後に異様なことが起こり始めた。あれは春翔がまだ何もわからないなりに、増幅器のように美雪の憎悪の感情を巨大化させたことによって起こったのではないのか。

今回のこともそうだ。指のカケラから蘇ってきた美雪には理性などない。自分がいなくなったことで直人が他の女――ずっと密かに思い続けていた比呂子のもとに走るのではないかという嫉妬と憎しみの感情があるだけだった。その感情を春翔の不思議な力が増幅させていたのだとしたら……。

春翔は灯油の匂いが立ちのぼる庭の中央まで駆けていき、油でぬかるんだ地面の上で立ち止まった。ゆっくりと振り返った春翔の顔には、美雪の面影が強く残っている。その血は濃く、直人の血など少しも混じっていないかのようだ。

「ママ、ぼくが来たからもう大丈夫だよ。きのうはおばあちゃんとおじいちゃんのところに行っててごめんね。ぼくがいたら、ママをこんな目にあわせたりしなかったのに……。ほんと、ひどいパパだよね」

春翔の言葉に反応して地面の隆起が蠢《うごめ》き始め、モグラや蟬《せみ》の幼虫が顔を出すように、地表を突き破り、白いゼリー状のものが溢れ出してきた。肉体として固まるだけの時間を待てずに、再生への渇望に突き動かされて美雪は地上に這い出してきているのだ。

春翔はその液体状のものが自分の母親であるということを確信しているかのように、うれしそうな笑みを浮かべながら眺めている。

「ママ、がんばって。えろいむえっさいむ、えろいむえっさいむ、えろいむえっさいむ」

油の混じった粘着質な液体が庭のあちこちで垂直に立ち上がり、まるで植物のように生長していく。おぞまし過ぎる光景に呆然としていた直人は、ふと我に返って春翔を叱りつけた。

「春翔！　やめるんだ！　おまえがしようとしていることは自然の摂理に反することだ。一度死んだ人間が生き返ってくるなんて、そんなことはあってはならないことなんだ。尻尾からトカゲが生えてきたと、おまえを騙したことはあやまる。悪気はなかったんだ。ただおまえがよろこぶ顔が見たくて、おまえをがっかりさせたくなくてしたことなんだ。だから、もうこんなことはやめてくれ！」

「トカゲのことなんか、どうでもいいよ。ぼくが生き返ってほしいのはママなんだ。パパはじょうだんで言ったのかもしれないけど、こうしてママが生き返ってきてるのは本当なんだもの。パパにも見えるでしょ？　ママがいっぱいいるよ。ぼくが絶対にママを生き返らせるんだ！」

春翔が金切り声を上げた。粘液の柱はどれも猛烈なスピードで伸び続け、すぐに人の背丈ほどになった。顔も髪も何もない白いのっぺらぼうが何体も庭の中でゆらりゆらりと揺れている。

春翔が現れてからの美雪の成長のスピードには目を見張るものがあった。すべては春翔の力だったのだ、と直人は改めて確信した。ゆうべは春翔がいなかったから、地上に這い出してきた美雪の肉体は再生のスピードに追いつかないほど死滅し続けていたのだ。

「ママ！　すごいよママ！　もう少しだ、がんばって！」

春翔の楽しげな声が辺りに響きわたる。美雪が事故にあって以来、春翔がこんなに楽しそうに笑ったことなどなかった。時々は直人に向けられることがあった笑顔も、どれもが作り物だったことを思い知らされた。

息子が……、春翔がよろこぶなら……。このまますべてを春翔の手に委《ゆだ》ねてしまいたい。

この異常な現象を肯定しそうになり、直人は思いとどまった。もしもそんなことを受け入れたら、肉片から再生した母と春翔がこれから一緒に暮らしていくことになるのだ。人間でないものに春翔が育てられていくなんて、そんなことがあっていいわけがない。

だが、直人の身体は言うことを聞かない。庭の中央に駆け寄り、春翔をその禍々《まがまが》しい魔法陣の中から救い出さなければと思いながらも、直人の足は地面に楔《くさび》で打ちつけられたかのように、一歩も踏み出すことができなかった。

それは怖れからだ。直人は自分の息子を怖れているのだ。怖れることは、同時に春翔を見捨てたことになる。自分が助けてやらないと春翔はこのまま地獄に堕ちてしまう。そう思いながらも直人の足は動かない。

「どうしたの？　パパはうれしくないの？　そうだよね、せっかく元通り生き返りそうになっていたママをこんな姿にしちゃったんだものね。でも、残念でした。ぼくがいる限り、ママを死なせたりしないんだから！」

得意げに言い、ケラケラ笑っている春翔の声が辺りに響きわたった。その声を掻き消すように一陣の風が吹き抜けた。枯れ木やゴミを組み合わせて作った塀がしなり、電線に切り裂かれた空気が耳障《ざわ》りな音を立てる。さっきまでの冷たい身を切るような風とは種類が違う、湿り気を含んだ生暖かい風が直人の頬を撫で、春翔のやわらかな髪を掻き上げた。

星空を覆い尽くすように黒雲がはびこり始める。春翔が笑うのをやめ、不安そうな表情で空を見上げた。何か不吉な気配を感じたのか、両手をひろげ、庭のあちこちで再生しつつある美雪たちに向かって声をかける。

「ママ、急いで。早くしないとじゃまが入りそうだ。ぼくが祈ってあげるから、さあ急いで！　えろいむえっさいむ、えろいむえっさいむ」

春翔は目を閉じ、一心不乱に呪文を唱え始めた。油と混じり合った粘液の柱である美雪たちが徐々に人間の形を取り始める。風はますます強く吹きつけ、高い塀が大きく揺れる。

庭の小石が風によって巻き上げられ、竜巻のように円を描いて飛びまわる。その中心に春翔は立ち、呪文を唱え続ける。律儀にご主人様の足下にひれ伏していたポチが、悲しげに鼻を鳴らしながらテラスの下に逃げ込んだ。

「えろいむえっさいむ、えろいむえっさいむ、えろいむえっさいむ、えろいむえっさいむ」

石が当たって窓ガラスが割れ、壁の塗装が崩れ落ちた。瓦《かわら》が舞い上がり、次々に地面に叩きつけられる。油にまみれた美雪たちが口もないのに悲鳴のような奇妙な声を発する。苦しげなその呻《うめ》き声は地獄の沼で溺れそうになっている亡者《もうじゃ》たちの叫びに聞こえる。

「春翔！　やめろ！　そんなことをしちゃ駄目だ。死んだ人間を生き返らせるなんて、そんなことは許されないんだ！」

「いやだよ！　ママ！　生き返って！　ママ！　えろいむえっさいむ、えろいむえっさいむ！」

舌足らずな発音で春翔は必死に呪文を唱え続ける。ごうごうと風が鳴る。辺りはもう嵐のようだ。真っ黒な雲が夜空に、手が届きそうなほど低く垂れ込めてきている。

「やめろ！　やめるんだ！」

俺はこの子の父親なんだ。我が子を化け物を見るような目で見て、恐れ戦《おのの》いているなんて父親失格だ。春翔を救わなくては！

直人が意を決して嵐の中に飛び込もうとした時、目が潰れそうなほど強烈な光が辺りを包み込んだ。あっと思った時には、爆風が直人の身体を舞い上がらせた。背中から塀にぶち当たり、塀ごと裏の空き地まで吹き飛ばされた。

地面に叩きつけられた直人がなんとか顔を上げると、春翔を始め、再生途中の美雪たちも皆、地面に倒れていた。家の屋根から煙が立ちのぼっている。雷が落ちたのだ。

もう一発、とどめを刺そうと狙いを定めているかのように、黒雲の狭間《はざま》で時おり稲光が走り、ゴロゴロとまだ雷鳴が轟《とどろ》いている。雷は「神鳴り」とも書く。まさに春翔がしようとしたことに対する神の怒りが落ちたのだ。

「は、春翔……」

直人はなんとか立ち上がろうとしたが、まるで何か見えない力がのしかかっているかのように身体が重い。神の裁きは今にも次の一撃を放とうとしている。

「やめろ！　もうやめてくれ！　春翔を許してやってくれ！」

直人は天に向かって叫んだ。

その視線の先、屋根の上に炎が揺らめき、パチパチと火が爆《は》ぜる音が聞こえる。春翔がよろめきながら身体を起こした。泥だらけになり、洋服が灯油にまみれている。幼い顔に憎悪と苦渋の色を滲《にじ》ませながら、春翔は両手をひろげ、再び大声で呪文を唱え始めた。

「えろいむえっさいむ、えろいむえっさいむ」

火の粉が雨のように庭に降り注ぐ。地面の油に炎が燃え移るのに時間はかからなかった。

「春翔、逃げろ！」

灯油の海の上を炎が走り、家の壁に燃え移った。突風に煽られて炎が大きく立ちのぼり、直人たちの家を飲み込んでいく。その様子は、巨大な赤い舌が家を舐めているように見えた。

火は床の上を蛇のように這い、すぐに家の中にひろがった。雨樋《あまどい》が溶けて雨のように滴り落ちた。ごうごうと熱風が唸り、あちこちで何かが爆ぜる。真っ黒な煙が黒雲と溶け合っていく。

青白い炎が地面をさーっと這っていき、庭の中心で仁王立ちして呪文を唱えている春翔を飲み込んでいく。その瞬間、見えない鎖を引きちぎるようにして、直人は立ち上がった。

「春翔ー!」

直人が大声で叫ぶのと、狙い澄ました神の一撃——落雷が春翔を直撃するのは同時だった。

35

坂をのぼりきり、住宅街になり損ねた荒野に出たとたん、辺りを閃光が包み込み、一瞬遅れて爆音が轟《とどろ》いた。あまりの衝撃にハンドルを取られて、道路脇に突っ込みそうになった柏原が急ブレーキをかけた。

シートベルトが肩に食い込み、比呂子の身体に激痛が走った。

「な、なんなんだ、今のは？」

柏原が腹の傷を手で押さえながら、辺りをきょろきょろと見まわした。

「雷が落ちたんだわ」

比呂子の目に、夜空を赤く染める炎が飛び込んできた。造成途中で放置された荒れ地がひろがる向こうに、赤々と燃え上がる炎が見える。比呂子は悲鳴を上げた。

「見て！　燃えてるのは伊原さんの家だわ。今の落雷が原因かも。急いで！」

左脚の痛みも忘れて比呂子は身を乗り出した。

「言われなくてもわかってますよ」

柏原がアクセルを踏み込むと車が急発進し、比呂子の身体がシートに押しつけられた。道が荒れているため振動が比呂子の身体を揺さぶったが、もう痛みは感じなかった。徐々に間近に迫り来る炎の勢いに、比呂子はただ直人の無事を祈るばかりだ。

直人の家のすぐ前で柏原がブレーキを踏むと、路面に積もった砂でタイヤが横滑りした。完全に停まるのを待ちきれずに車から飛び出した比呂子は、森の中で拾った枯れ木を杖代わりにして空き地を抜けて、裏庭のほうへとまわった。

直人が作った異様なゴミの塀は落雷の衝撃で薙ぎ倒されていて、庭の様子が目の前に飛び込んできた。家が火事であるだけではなく、庭それ自体が燃えているかのように地面から炎が立ちのぼっている。強烈な油の匂いが鼻をつき、比呂子は手で鼻と口を覆った。

いったい何がどうしたのか？　よく見ると、炎の中に人影のようなものが見える。それもひとりではない。何人もの人間が燃え盛る地面に横たわっている。その中に直人もいるのだろうか？

「比呂子さん、そこに人が倒れてます！」

遅れて駆け寄ってきた柏原が慌てた声を出した。声のしたほうを見ると、裏の空き地に直人が倒れていた。落雷の衝撃で塀もろとも吹き飛ばされたのだろう。

「伊原さん、大丈夫ッ？」

杖をつきながら駆け寄り、抱き起こした。

「倉沢君……？」

事態を把握できていないのだろう、直人が虚ろな瞳で比呂子の顔を不思議そうに見つめた。その視線が比呂子の顔からすっと背後に移動した。背中に熱風を感じる。振り返ると、地面からの炎が二階の屋根のところまで立ちのぼり、辺りを真っ赤に染めていた。

時おり吹く突風が火の勢いをさらに強め、頬が焦げそうなほどだ。灯油の匂いがするが、果たして灯油だけでこんなにも激しく燃えるものだろうか？　何か特別な力が働いているように感じた。すべてを焼き尽くそうという強い意志が、そこには確かに存在している。

直人の瞳が不意に焦点を結んだ。

「春翔！」

比呂子の腕を払いのけて炎の中に飛び込もうとした直人を、柏原が背後から羽交い締めにして止めた。

「駄目です。こんな炎の中に飛び込んだら、あんたまで焼け死んでしまう」

「いったいどうしたの？　ねえ、伊原さん、何があったっていうの？」

「あの炎の中に春翔がいるんだ！」

「えッ、春翔ちゃんが？」

泣き叫ぶ直人の横で比呂子は炎を見つめた。炎の中に見えた人影が春翔なのだろうか？　それにしては大き過ぎる。では、あれは美雪……？　だが、人影はひとりではなく何人もいるように見えた。

比呂子の疑問に答えるように直人が口を開いた。

「すべての黒幕は春翔だったんだ。美雪以上の力を春翔は持っていた。死んだ母親を生き返らせたい思いが、春翔の力を目覚めさせたんだ。あの庭の地中から、さっき何人もの美雪が這い出してきた。春翔の力だ。あんなことは許されることじゃないんだ。神の怒りに触れたんだ。人間として、踏み越えてはいけない一線を春翔は越えようとした。その罰が当たったんだ」

直人が話しているあいだにも、炎はさらに勢いを増し、家をすっぽりと飲み込んでいった。

もう何週間も雨が降っていなくて空気が乾燥していたからだろうか、直人の家はまるで紙で作られていたかのように勢いよく燃えている。自慢げに「ママを見せてあげる」と言っていた春翔を思い出した。この炎の中にあの子がいるなんて……。

ふらふらと炎に吸い寄せられそうになり、比呂子は腕をつかまれた。振り向くと柏原がつらそうな表情で首を横に振った。この炎の中にいるのだとしたら、もう助からないだろう。そんなことは考えるまでもないことだった。

辺りが急に騒がしくなった。火事に気づいた近所の住人たちが駆けつけてきたのだ。この出来損ないの住宅地にこんなに人が住んでいたのかと思うほど、大勢の野次馬が家の周りを取り囲んでいた。同時にそのざわつきは超自然的な邪悪な気配を消し去り、代わりに辺りを日常的な空気で包み込み始めていた。

家の奥で大きな爆発音が轟き、同時に炎が一際大きく噴きあがった。ガス管が破裂したらしい。あちこちで悲鳴が上がった。炎の中で家が揺らぎ、みしみしという音を立てながら二階が崩れ落ち、火の粉が舞い上がった。家を取り囲んでいた野次馬たちが一斉にのけぞり、どよめきがひろがった。

直人の口から絶望のため息が洩《も》れた。直人は全身の力が抜けてしまったかのようにその場にしゃがみ込んでいた。

「馬鹿なことをしてしまった。まさかこんなことになるとは……。全部、俺が悪いんだ。美雪を裏切り、春翔に嘘の呪文を教えた俺が悪いんだ……」

その場に座り込んで土下座でもするように地面に両手をつき、直人は涙を溢れさせた。誰かが連絡したのだろう、消防車のサイレンが近づいてくるのが聞こえた。

「比呂子さん、この人を見ててください。僕は消防車のために野次馬の整理をしてきます」

魂の抜け殻みたいになって座り込んでいる直人には、もう一度炎の中に飛び込もうとするだけのエネルギーは残っていないと柏原は判断したようだった。もちろんそれだけではない。柏原が機材車にカメラを取りに行こうとしているのがわかった。

火災の現場、しかも落雷による火災の現場に遭遇したのだから、テレビマンとしては当然の行動だろう。その裏にある異常な出来事に触れるかどうかは別にしても、ニュースネタには充分なるはずだ。柏原を責める気にはなれなかった。

すでに炎は完全に直人の家を飲み込んでしまい、すべてを焼き尽くしてしまおうというふうに強烈に燃え盛っている。

――炎は神聖なものだ。獣を寄せつけず、邪悪な存在を滅ぼしてくれる。

寺で聞かされた大門の言葉が頭の中に、ふっと響いた。期せずしてそれが実現されたのだ。でも、本当に美雪は邪悪な存在だったのだろうか？　それに春翔……。母を思うあの子の心が邪悪なものだったというのだろうか？

比呂子がぼんやりとそんなことを考えた時、直人が奇妙な呻《うめ》き声を発した。さっきまで虚ろだった直人の瞳が大きく見開かれて、燃え盛る炎に向けられていた。比呂子もつられるようにしてそちらに顔を向けた。

熱風が荒々しく渦を巻く炎の中から、小さな火の塊が出てきた。それは最後の力を振り絞るように、よろけながらこちらに向かってくる。

「ポチ……」

直人が声を絞り出した。全身の毛が燃え上がり、火の玉と化したポチはもう目も見えないのだろう、直人を探すように首をめぐらせながら、いつ動きをとめてもおかしくないほどゆっくりとこちらに近づいてくる。

「ポチ……こっちだ、ポチ！」

直人の声をまわりの喧噪《けんそう》の中から聞き分け、ふらつきながらこちらに歩み寄り、ポチは目の前でぱたりと倒れ込んだ。直人は上着を脱ぎ、それで覆うようにしてポチの体についた火を消そうとしたが、途中でポチが息絶えていることがわかったようだ。

その場に尻餅をつくように座り込むと、まだ燻《くすぶ》り、煙を立ちのぼらせているポチを見つめながら直人は苦々しげにつぶやいた。

「犬のくせに主人を見捨てて逃げてきやがって……」

哀れに焼け焦げたポチの姿を比呂子は見下ろした。まだ子犬なのに……。まるで春翔の死体がそこに横たわっているかのように、ダブって見えた。

「かわいそうに……。熱かったでしょうね」

涙を流しながらポチの顔をのぞき込んだ比呂子は、ポチが何かをくわえていることに気がついた。微かに開いた口のあいだから、青い布が見えるのだ。驚いた比呂子の気配に、直人も異変を感じたらしい。比呂子を押しのけてポチの顔をのぞき込むと奇妙な声を洩らした。

「あぁ……」

「どうしたの？」

比呂子の問いかけには答えずに、直人はポチの死体に覆い被さるようにして手を伸ばし、半開きになった口に指を突っ込んだ。制止する暇もなかった。直人は力任せにポチの口を開かせた。顎《あご》の骨が砕ける音がした。唾液と血が混じり合い、直人の手を汚した。唾液はポチのものだ。そして、血は……。

ポチの口の中には青い布にくるまれるようにして、小さな肉片があった。

「これは春翔のシャツだ。ポチはあの炎の中から春翔を助け出そうとして、春翔の身体を嚙んで引きずっているうちに肉がもげてしまったんだ。見てみろ。ポチが犠牲になってくれたおかげで少しも焦げてない」

興奮した口調で言い、息子の瑞々《みずみず》しい肉片を両手で大事そうに持ち、直人は涙でぐしゃぐしゃになった顔を比呂子に向けた。その顔は絶望の中に新たな希望を見出《みいだ》したかのような輝かしい表情を浮かべていた。

こみ上げてくる愉快な思いを抑えることができないといった様子で、直人が笑い始めた。家が焼け、子供が炎に飲まれてしまったことで正気をなくしてしまったのだと思っているのだろう、野次馬たちが哀れみの視線を向けてくる。

直人の笑いの意味を理解しているのは、おそらく比呂子だけだ。直人の耳元で悪魔が囁いているのが見える。薔薇《ばら》の香りのする甘い言葉で、子供を失ったばかりの父親をそそのかしているのだ。

「伊原さん、だけどそれじゃあ……」

比呂子はそれ以上、何も言うことはできなかった。直人はほんの少し後ろめたそうな表情を浮かべたが、春翔の肉片を再び青い布きれで包み、野次馬たちの目を盗んで素早く庭の隅に埋めた。

その時、ようやくサイレンをうるさく鳴り響かせながら消防車が到着した。野次馬の整理のために拡声器でがなり立てる声はひび割れて、何を言っているのかわからない。放水が勢いよく始められた。

「この家の方ですか？」

救急隊員が駆け寄り、直人に声をかけた。無言でうなずく直人の様子に、ショックを受けていると思ったのだろう、「もう大丈夫ですよ」と救急隊員たちが毛布を肩にかけて救急車へと連れていく。途中で振り返った直人は、黙っててくれ、見逃してくれ、と比呂子に目で訴えかけてきた。

「あなたもこの家の方ですか?」

続けて救急隊員が比呂子に声をかけた。比呂子は無言で首を横に振った。隊員は服がボロボロになった比呂子を訝しげに見つめ、怪我をしていることを確認すると「大丈夫ですよ、もう安心してください」と優しく声をかけながら救急車に連れていこうとした。比呂子はその救急隊員の手を反射的に振り払っていた。

「放して! 私はビデオカメラマンよ!」

すぐ近くで、柏原が火事の様子を撮影していた。機材車に載せてあった業務用の大きなビデオカメラを構えている。一応の操作の仕方は知っているのだろうが、業務用のビデオカメラの扱いはそんなに簡単ではない。どうせ映像は手ブレとピンボケばかりのはずだ。

「柏原君、カメラを貸して!」

枯れ枝を杖代わりにして駆け寄り、柏原の手からビデオカメラを奪い取ると比呂子はそれを肩に担いだ。骨折した脚が痛み、ふらついたところを柏原が抱きかかえてくれた。

「大丈夫ですか? 無理しなくても……」

ただの火事現場だ。そんなに無理をして撮影することはないと言いたいのだろう。

だが、比呂子にとっては違った。すべてが燃え落ちる様子を記録に残しておきたかった。いずれは曖昧になってしまう記憶ではなく、いつまでもはっきりと残る映像データという記録に。それが新しい悲劇の始まりだとしても、とりあえずの終焉《しゅうえん》であることは間違いないのだから……。

エピローグ

曲がりくねった道路の両側には桜の花が咲き誇っていた。爽やかな風に吹かれて舞い落ちた花びらが、フロントガラスに降りかかる。開け放った車の窓からも、まだ少しひんやりとした風とともに花びらがひらひらと吹き込んでくる。

季節が変わったからだろうか、あの日、この道を車で駆け上がった時の禍々《まがまが》しい気配は完全に消え去っていた。今、倉沢比呂子は直人の家に……、いや、直人の家があった場所に向かって車を走らせていた。

庭に灯油が撒かれていたために当初は放火の疑いで取り調べを受けていた直人だが、言動の不自然さから自傷他害の怖れがあるとして措置入院させられた。

結局、出火の直接的な原因は落雷のせいだったこともあって、今日、直人の不起訴が決定し、それと同時に措置入院も解除されたという報せを、比呂子は知人でもある警察担当記者から電話で受けたのだった。

退院した直人の行く場所は他には考えられない。あの家に帰ってくるはずだ。あそこには春翔の肉片が埋まっているのだから。

あの日、火事の喧噪《けんそう》の中、直人が春翔の肉片を庭の隅に埋めることを、比呂子は制止することはできなかった。柏原はちょうど消防車を先導していたので、そのことを知っているのは直人と比呂子だけだ。

本当にあの小さな肉片から春翔が再生してくるのか、想像もつかない。美雪が生き返ったのだから、その可能性はある。だがそれは春翔の力のせいだったと直人は言っていたはずだ。

もし本当に春翔が復活してきたとしたら、いったいどんな事態になるのだろうか？きっと再生した母を再び死に追いやり、結果的に自分まで死なせ、家庭を崩壊させた比呂子に対する憎悪を燃えたぎらせることだろう。

それがわかっていても、子供を——家族を失った父親の悲しみの前では、比呂子は直人の行為をとめることはできなかった。

坂をのぼりきると視界が一気に開けた。ほんの一ヶ月ほど前なら山を切り崩して造成した空き地がひろがっているだけで、この位置からも遠くにある直人の家が見えたのだが、今はまったく様子が変わってしまっていた。

事業が他の業者に譲渡されたらしく、今まで途中で放置されていた宅地開発が一気に進み、あちこちに新しい家が建てられていて、町は明るい活気に満ちていた。まるであの火事で直人の家が焼けたことによって、この町の厄払いが済んだかのようだ。

町の変わり様に驚き、きょろきょろしながら車を走らせていると、物陰から小さな子供が駆け出してきて、比呂子は慌てて急ブレーキをかけた。

半ズボンに青いトレーナー姿。小学校に入るかどうかといった年頃だろうか。一瞬、春翔かと思って驚いたが、よく見ればまったく違う。この住宅地に新しく引っ越してきた家庭の子供なのだろう。

急ブレーキに驚いたらしく、その子供は道の真ん中で立ち止まり、呆然とこちらを見つめている。完全に道を塞いでしまっていて、いくら待っても動く気配はない。仕方なく窓から顔を出して「ごめんね。ちょっと通してもらえるかな」と声をかけると、「あら、駄目じゃないの」と家の中から母親らしき若い女性が飛び出してきて、子供を抱え上げて道の端に寄った。

比呂子は笑顔で小さく会釈をしてから車を発進させた。バックミラーに、母親に抱かれた子供が手を振っているのが見えて、微笑《ほほえ》ましい気持ちになった。住宅地なのだから、またどこかから子供が飛び出してくるかもしれない。慎重に、ゆっくりと車を走らせていると、いきなり目の前に、他の住宅とはまったく異質な気配を漂わせているものが現れた。

黒焦げになった骨組みを剥き出しにした〝かつては家であったもの〟だ。まわりに「立入禁止」と書かれた黄色いテープが張り巡らされているそれは、あの日のまま取り壊されることもなく放置されていた直人の家だった。

もとは二階建てだったが、すっかり焼け落ちた家は原形をとどめておらず、黒焦げの柱が何本も虚しく立っているだけだ。

比呂子は道の端に車を寄せて停め、後部座席を振り返った。比呂子の新しい相棒であるソニー製のデジタルビデオカメラが置かれている。以前に使っていたビデオカメラに比べると、小さくて軽くて、まるでオモチャのようだが、性能はこちらのほうがずっとよかった。いつまでも馬鹿でかくて重いビデオカメラに頼っているわけにはいかなかった。比呂子も少しは成長しなくてはならないのだ。

谷底に転落した車から拾い出したビデオカメラは、もう完全に駄目になっていた。中のメモリーカードも焦げてしまっていたが、特別な方法でデータの復元をしてもらうと、地中から這い出してきた美雪がこちらを睨みつけている姿がはっきりと映っていた。

それを見た時、ただ痛々しさばかりが胸に突き刺さった。自分が経験した異常な出来事をみんなに信じてもらいたくて記録を始めた比呂子だったが、そんなことはどうでもよくなった。あの映像を他人に見せたりしたら、美雪が哀れ過ぎる。結局、今回の出来事に関係する映像データはすべて消去してしまった。

助手席に置かれていた松葉杖を手に取った。この状態でカメラをまわすなんて無理だ。そう自分に言い訳して、ビデオカメラを手にすることなく車から降りた。臑《すね》を骨折した左脚は、まだギプスがはめられたままだ。松葉杖をついて、家の裏にまわった。

焼け落ちた家の向こうから、ぼそぼそと低いつぶやきが聞こえてくる。

「伊原さん、いるの？」

比呂子の言葉に応《こた》えることなく、その低いつぶやきは繰り返される。比呂子がここに着くずっと前からそうやってつぶやき続けているのだろう。

「えろいむえっさいむ……えろいむえっさいむ……」

庭の隅にうずくまり、薄汚れた服を着た男が、低く不気味な声でつぶやいている。いつの間にか、夕暮れが近づいていた。裏山の向こうに沈もうとする夕陽が辺りを真っ赤に照らしている。その夕焼けの中で男は一心不乱に呪文を唱え続けていた。

「伊原さん……」

「えろいむえっさいむ、えろいむえっさいむ、えろいむえっさいむ……。春翔、だいぶ大きくなってきたみたいだな。もうそろそろ地上に出られるからな。がんばるんだぞ」

時おり楽しそうに笑みを浮かべ、優しい瞳で地面に語りかけながら、直人はまた、えろいむえっさいむと繰り返す。

入院しているあいだに直人が正気を取り戻し、春翔の再生をあきらめてくれているのではないかと淡い期待を抱いていた比呂子だったが、その思いは簡単に裏切られた。直人の中では、あの夜から時間は止まっているのだ。

声をかけることもできずに、比呂子はその場で立ちつくしていた。その時、焼け落ちた家の柱を何か黒いものが駆け上がった。柱の先端で動きを止めたのはトカゲだった。まるで自分の縄張りを確認するかのように辺りをぐるりと眺めまわし、赤い舌をしゅるりと出すと、また素早い動きで駆け降り、廃墟の中にもぐり込んだ。

そのトカゲがあの日、春翔から逃れるために尻尾を切り離したトカゲかどうか、それは誰も知らない。

〈了〉

第4回　本のサナギ賞 審査員

有隣堂　伊勢佐木町本店	佐伯敦子	様
井筒屋	サトボン	様
水嶋書房　くずはモール店	和田	様
山形大学生協　小白川書籍店	小島憂也	様
浜書房　サンモール店	小林太一	様
今井書店	K	様
大垣書店　Kotochika 御池店	書店員M	様
蔦屋書店　ひたちなか店	藤彩乃	様
三省堂書店　名古屋本店	本間	様
ブックスキヨスク	伊藤昌至	様
明文堂書店　富山新庄経堂店	野口陽子	様
KaBoS ららぽーと柏の葉店	福田	様
さわや書店	竹内敦	様
喜久屋書店　北神戸店	松本光平	様
文教堂書店　赤羽店	三井洋子	様
ジュンク堂書店　京都店	C・M	様
喜久屋書店　BOOK JAM	K・K	様
谷島屋書店	匿名希望	様
みどり書房　イオンタウン郡山店	東野徳明	様
大垣書店	井上哲也	様
三省堂書店　有楽町店	内田剛	様
岩瀬書店　ヨークベニマル福島西店	半澤裕見子	様
栄文堂書店	石引秀二	様

焼津谷島屋	中野道太	様
旭屋書店	匿名希望	様
HINT INDEX BOOK　ecute　東京店	植村恵里	様
ニューコ・ワン　株式会社	Ｈ・Ａ	様
湘南台文華堂	室井友佑	様
廣文館 新幹線店	遠藤隆也	様
未来屋書店　高の原店	Ｋ・Ｍ	様
本のがんこ堂　石山駅前店	広林美由紀	様
未来屋書店	小板橋央	様
福家書店　アリオ鳳店	宮田修	様
ジュンク堂書店　三宮駅前店	豊島寛子	様
戸田書店　静岡本店	島原あき	様
NHKエンタープライズ	西村崇	様
角川大映スタジオ	涌田秀幸	様
松竹株式会社	奥田誠治	様
テレビ東京	松岡謙二	様
よみうりテレビサービス	松山浩士	様
日本推理作家協会	野地嘉文	様

匿名希望２名

ご協力誠にありがとうございました。

＊順不同。ご所属は審査当時のものです。

禁じられた遊び
清水カルマ

発行日　2019年　6月15日　第1刷
　　　　2023年　5月15日　第12刷

Photographer　appletat(getty images)
Book Designer　國枝達也

Publication　株式会社ディスカヴァー・トゥエンティワン
〒102-0093　東京都千代田区平河町2-16-1
平河町森タワー11F
TEL　03-3237-8321(代表) 03-3237-8345(営業)
FAX　03-3237-8323
https://d21.co.jp/

Publisher　谷口奈緒美
Editor　藤田浩芳

Proofreader　株式会社鷗来堂
DTP　アーティザンカンパニー株式会社
Printing　株式会社暁印刷

ISBN978-4-7993-2480-6